KB147472

또 다른 사랑법

또 다른 사랑법
한 사제의 성찰과 고백

2016년 11월 24일 초판 1쇄
2017년 8월 3일 초판 3쇄

지은이   호인수
펴낸이   박현동
펴낸곳   성 베네딕도회 왜관수도원 ⓒ 분도출판사
찍은곳   분도인쇄소

등록   1962년 5월 7일 라15호
주소   04606 서울시 중구 장충단로 188 분도빌딩 102호(분도출판사)
           39889 경북 칠곡군 왜관읍 관문로 61(분도인쇄소)
전화   02-2266-3605(분도출판사) · 054-970-2400(분도인쇄소)
팩스   02-2271-3605(분도출판사) · 054-971-0179(분도인쇄소)
홈페이지   www.bundobook.co.kr

978-89-419-1621-5   03810

또 다른 사랑법

한 사제의
성찰과 고백

호인수 지음

분도출판사

해야 할 말, 하고 싶은 말

올해 초였습니다. 학생 때부터 좋아하며 따랐던 선배 한 분에게 슬그머니 물었습니다. "형님, 제가 올해로 40년 사제 생활을 마무리하게 됐는데 그동안 살아오면서 보고 듣고 느낀 것들을 글로 한번 써 보면 어떻겠습니까? 특히 이건 아니다 싶은 것들, 고치고 바꿔야겠다 싶은 것들, 그렇지만 아무도 선뜻 말하기를 꺼리는 것들을 구체적인 예를 들어 가며 나열하면 혹시 후배들에게 조금이라도 도움이 되지 않을까 해서요." 의당 '그거 좋은 생각이다, 한번 해 보지 그래'라는 대답이 나올 줄 알았던 나의 예측은 그만 어긋나고 말았습니다. "그냥 조용히 나가는 게 좋겠다. 너 그동안에 그런 거 쓸 만큼 썼잖아. 읽을 사람은 벌써 다 읽었고. 그런데도 더 할 말이 남았니?" "아니, 그게 아니고 ⋯." 어쩌고 할 여지도 없이 나는 바로 뜻을 접고 말았습니다.

사제가 된 지 25년이 되었을 때, 지금은 고인이 되신, 수십 년 술 동무이자 존경하는 후견인이었던 홍성훈 선생님이 내게, 신부님은 남들 다 하는 은경축 기념행사도 안 한다니 잔치 대신에 그동안 여기저기 써 낸 글들을 모아 책을 한 권 엮는 게 어떻겠냐고 넌지시 의사를 타진해 온 적이 있었습니다. 나는 깊이 생각해 볼 것도 없이 일소에 부쳤습니다. 부끄러웠기 때문입니다. 내 이름의 단행본 출판은 이유 여하를 불문하고 주제넘는 짓이라는 생각이 앞섰기 때문입니다. 그로부터 꼭 15년이 지난 지금도 부끄러움은 여전합니다만 어느 날 '우리신학연구소'와 「가톨릭뉴스 지금여기」를 만들고 오랫동안 희로애락을 같이한 후배 박영대 씨가 술자리에서 조곤조곤 따져 묻는 몇 마디가 마침내 나의 결심을 흔들어 놓고 말았습니다. "신부님의 글이 다 지당하고 훌륭하다는 것은 아닙니다. 게다가 대부분 마이너 매체를 통해 발표됐기 때문에 많은 사람이 볼 기회를 갖지 못했던 게 사실입니다. 지금까지의 사제 생활에 한 획을 긋고 새로운 삶을 꾸리려는 이 시점에서 평생을 견지해 온 당신의 소신이 과연 옳은 것이었는지 확인해 볼 필요는 있지 않겠습니까?" 맞는 말이었습니다. 막무가내로 고집만 부리는 게 능사가 아니었습니다.

　사제로 살아오면서 나는 이런 말을 많이 들었습니다. 나에 대한 사람들(특히 가톨릭 신자들)의 평가는 호불호가 분명하다고. 좋아하는 사람도 많지만 아주 끔찍이 싫어하는 사람도 적지 않다고. 좀 우스운 이야기로 어떤 사람은 내가 미워서 호빵도 안 먹는다고까지 했습니다. 아무런 이유 없이 그냥 좋아하거나 싫어하는 거야 내가 어찌해 볼 도리가 없는 일이지만 그렇지 않다면 그것이 무엇인지는 알아야겠다는 생각이 들었습니다. 그래야 나의 인생 제2막을 열면서 끝까지 고집할 것은 하고 고치거나 버려야 할 것은 그렇게 하려고 애라도 써 볼 수 있겠다 싶었습니다. 뒤늦게 눈치를 살피자는 게 아닙니다. 사람이 죽을 때까지 버리지 못한다는 명예욕이 새삼 발동한 것도, 더 많은 사람의 인기를 누려 보겠다는 것도 아닙니다. 그래서 뭘 어쩌겠습니까?

지난 40년 동안 나는 다른 사제들처럼 교회 각 분야에서 특수직이나 전문직에 종사한 적이 한 번도 없었습니다. 내 이름 옆의 괄호 안에 신분과 직책을 표기할 때는 늘 '본당사제'가 전부였습니다. 우리 사회에서 어느 종교를 막론하고 성직자는 일반인과 다르다는, 또는 달라야 한다는 인식이 상식이 되었지만 한국 천주교회에서는 사제들 가운데 제일 흔하고 평범한 직책이 본당이라는 단위 교회를 맡은 주임, 혹은 보좌입니다. 공무원이라면 지방의 일반직 말단 관리요 학교라면 평범한 담임교사입니다. 그런 내가 글을 쓴들 무슨 뾰족한 것이 나오겠습니까? 그저 그렇게 살면서 몸으로 겪고 가슴으로 느껴 온 사회와 교회와 사람들의 이야기입니다. 그 덕에 나는 한 사람의 필부로서 평생을 농촌에서, 섬에서, 도시 변두리에서 수많은 다양한 사람과 어깨동무하고 웃고 울고 뒹굴 수 있었으니 그건 여느 동료나 선후배 사제들에게는 쉽게 허락되지 않는 나만의 큰 행운이라고 믿습니다.

이 책의 글 대부분은 정년을 의식하고 새로 쓴 것이 아닙니다. 짧지 않은 세월 동안 교회에 몸담은 한 평범한 사제의 솔직한 성찰과 고백이니 홍 선생님께도 미안함이 덜합니다. 이제 지금까지 살아온 날들과는 다른 미지의 날들이 내 앞에 펼쳐질 것입니다. 남은 날들의 마지막 순간을 더는 부끄럽지 않게 맞이하기 위해 이미 쏟아 놓은 해야 할 말, 하고 싶은 말들을 비질해서 부끄러운 마음으로 고마운 누나들과 동생, 그리고 벗들과 선후배, 독자 제위 면전에 올립니다.

4장 ── 용케도 버텼다

1장

내가 만난 이웃들

그해 겨울의 회상

벌을 받아도 크게 받을 짓인지는 몰라도 언제부턴가 성탄절이나 부활절이 매년 말고 10년에 한 번씩만 돌아오면 좋겠다는 생각을 했다. 개신교의 목사님들도 그렇겠지만 우리 신부들에게 성탄절이나 부활절은 1년 중 가장 바쁘고 힘들고 크고 작은 잡다한 행사가 많은 때기 때문이다(나이가 쉰에 가까워지면서부터는 정신 못 차릴 정도로 더 빠르게 돌아온다).

어? 진짜 사람이잖아!

김포성당에 살던 어느 해 성탄, 그해에는 좀 독특한 성탄 장식을 만들어 보자고 교우들과 의논하던 끝에 매년 성당 안의 같은 장소에 같은 모양으로 조그맣게 만들던 마구간 장식 세트를 과감히 바꾸어 성당 입구 마당에 크게 만들어 세우기로 했다.

우리는 즉시 공사를 시작했다. 두 평 정도의 집을 지으면서 삼 면은 판자로 막고 정면은 열어 놓고 지붕을 얹었다. 진짜 외양간처럼 여물통도 갖다 놓고 삽이며 괭이, 낫 등 농기구도 여기저기 세워 놓고 볏짚도 지저분하게 흩어 놓았다. 영락없는 농촌의 외양간이 되었다. 이제 마리아, 요셉, 목동들, 양들 따위의 석고 인형들이나 보기 좋게 안치하면 그만이었다. 그런데 우리가 가지고 있는 성탄 장식 인형들은 모두가 실내용으로 크기가 꼭 주먹만 해서 배치해 놓고 보니 두 평짜리 큰 외양간에는 전혀 어울리지 않았다. 이걸 어떻게 할까, 궁리 끝에 반짝 좋은 생각이 떠올랐다. "그래, 그거다! 진짜 엄마와 아기가 들어앉아 있도록 하는 거다!" 나는 수녀님께 부탁해서 우리 교우 중에 최근에 아들을 낳은 사람이 있는지 알아보도록 했는데 마침 해산한 지 한 주일밖에 안 되는 엄마와 아기가 있다는 연락이 왔다. 아기 부모에게 사정을 말씀드리고 매우 어렵겠지만 성탄절 밤에 한 번만 우리가 만든 외양간에 와서 예수와 마리아를 대신해 줄 수 없겠느냐고 정중히 부탁을 했더니 흔쾌히 승낙을 해 주었다.

드디어 성탄절 밤이 되었다. 누가 걸어 놓았는지 외양간 옆 빨랫줄에 기저귀까지 바람에 펄럭이고 있었다. 평소보다 두 배는 많은 신자가 모여 외양간 앞에서 이제 막 태어난 아기 예수를 보고 「고요한 밤, 거룩한 밤」을 노래하기 시작했다. 노래가 끝나고 모두 조용히 눈 감고 예수의 탄생을 묵상하는데 갑자기 아기가 "응애" 하고 우는 것이다. 사방이 고요한 성탄절 밤에 외양간에서 흰옷 입은 엄마 품에 안겨 있는 갓난아기가 울음을 터트린 것이다. 순간 기도하던 사람들이 술렁이기 시작했다. 뒷전에 서 있던 신자들은 더욱 깜짝 놀란 듯했다. 맨 앞에서 구경하다가 눈이 동그래진 대여섯 살쯤 된 아이가 소리를 질렀다. "어? 진짜 사람이잖아!" "와" 하고 터진 신자들의 웃음소리.

그래, 진짜 사람이 태어났다. 매년 인형이 태어났는데 이번에는 진짜 사람이 태어난 거다. 진짜 사람이 태어난 성탄절이었다. 그 후로 외양간에 앉아 있던 모자는 이웃들 사이에 예수의 어머니와 아기 예수로 통했다.

보금자리가 된 외양간 세트

그해 성탄 시기가 지난 후 나는 외양간 세트를 부수기가 너무 아까워서 통째로 번쩍 들어다가 마당 한구석에 갖다 놓았다. 그런대로 자주 쓰는 연장들이나 잡동사니들을 넣어 두는 헛간으로 쓰기에 딱 좋았다. 그리고는 하루 이틀이 지나면서 그 간이 헛간은 차츰 우리들 눈 밖으로 벗어났는데, 어느 날 무심코 그 앞을 지나다 보니 휑하니 들여다보여야 할 외양간이 가마니 몇 장으로 가려져 있었다. 이상하다 싶어 들춰 보니 거기 웬 사람이 꾀죄죄한 이불을 덮고 누워 자고 있었고 한쪽 구석에는 가스레인지며 냄비, 밥그릇과 젓가락, 빈 소주병 등이 아무렇게나 뒹굴고 있는 것이 아닌가. 깜짝 놀랐다.

놀란 가슴을 진정시키고 자는 사람을 자세히 보니 그는 바로 장 씨였다. 거의 하루도 거르지 않고 성당 마당에 와서 앉았다가 사라지는, 일가친척 하나 없고 얼굴에는 항상 주독이 완연한 예순쯤 되어 보이는 중늙은이 걸인 장 씨였다. 그는 성당 마당에서 나를 만나기만 하면 어디서 났는지 담배를 한 개비 권하기도 했다. 동네 아이들이 화단에 들어가 노는 것을 보면 큰 소리를 쳐서 내쫓는 경비 노릇도 잘했다. 그 장 씨가 나도 모르는 사이에 예수께서 나신 외양간에 살림을 차린 것이다.

그를 흔들어 깨웠다. 귀찮고 짜증스러워하는 표정, 왜 곤히 자는 사람을 귀찮게 하느냐 이거지. 나는 여기서 자면 얼어 죽는다, 가스레인지 때문에 불이 날 염려도 있다며 당장 철수하라고 다그쳤다. 그는 어슬렁어슬렁 성당 밖으로 나갔다. 그런데 다음 날 보니 또 거기서 자고 있었다. 내쫓았지만 소용이 없었다. 나는 그때 걸인 장 씨에 대한 애틋한 동정심을 품고 있던 터라 늘 어디 양로원에라도 보내야겠다고 생각했기 때문에 귀찮거나 지저분해서가 아니라 정말 걱정이 돼서 나가라고 했던 것이다. 옳거니! 장 씨를 위해서 무엇인가 해야 할 때가 왔다고 생각한 나는 즉시 본당 사회복지부장을 불러 가까운 곳에 있는 양로원을 알아보게 하고 수속 절차를 마친 다음 싫다는 그를 거의 강제적으로 차에 태워 보냈다. 용돈도 두둑이 주었다. 마음이 홀가분해졌다. 이젠 겨울이 아무리 추워도 얼어 죽거나 굶주릴 염려는 없다. 가슴이 뿌듯했다. 그로부터 열흘쯤 지났을까?

외양간에 예전의 그 가마니 휘장이 또 내려져 있었다. 아니나 다를까, 양로원에 있어야 할 장 씨가 또 들어와 똑같은 이불을 쓰고 거기 누워 자고 있었다. 흔들어 깨워 물어보니 답답해 못 살겠어서 어젯밤에 도망을 나왔단다. 온몸에서 술 냄새가 풀풀 났다. 이걸 어쩌면 좋은가. 그냥 둘 수도 없고, 그렇다고 내가 사제관에 모시고 살 수도 없다. 생각다 못해서 나는 아예 그 보금자리인 외양간 세트를 부수기로 했다. 그러면 그는 싫어도 다시 양로원으로 돌아갈 수밖에 없겠지. 그러나 그게 얼마나 큰 잘못이요 착각이었는지를 깨닫는 데는 그리 오랜 시간이 걸리지 않았다.

그날로 나는 외양간 철거 작업을 했다. 작업이랄 것도 없이 그 외양간 세트는 잠깐 사이에 사라져 버렸다. 장 씨는 자기 보금자리가 부서지는 것을 옆에서 물끄러미 지켜보다가 터덜터덜 뒤돌아 성당 밖으로 나갔다.

외양간의 철거는 죽음을 부르고

그다음 날이었다. 장 씨가 읍내 시장 바닥에서 죽은 시체로 발견되어 병원 영안실에 옮겨졌다는 소식을 들은 것은.

내가 내쫓아 죽게 한 거다! '이건 내 탓이 아니다. 나는 한겨울에 아무런 대책도 없이 그를 내쫓은 것이 아니지 않은가. 순전히 그의 탓이다. 양로원까지 알선해서 겨울을 나도록 했으면 됐지 더 이상 어떻게 하란 말인가. 누가 저를 보고 양로원에서 도망 나오라나? 우리 마당 외양간에 있어도 얼어 죽기는 마찬가지다.' 이렇게 수없이 혼자 중얼거려도 편치 않았다. 아무리 그럴듯한 변명을 늘어놓는다 하더라도 나는 결국 내 마음대로 그를 처리했고 그의 생각이나 그의 처지는 조금도 염두에 두지 않았다는 가책을 면하기 어렵게 되었다. 비난이 두려운 게 아니었다. 내가 취한 행동이 나를 못 견디게 했다. 오랫동안 나는 죄책감에서 헤어나지 못했다. 그를 위한다는 알량한 동정심이 오히려 그를 죽인 결과를 낳은 것이다. 아, 나는 왜 이 모양일까. 차라리 처음부터 그런 외양간을 만들지 않았더라면, 만들었더라도 바로 철거했더라면, 철거만 하지 않았더라도, 그냥 못 본 체만 했더라도 이런 끔찍한 일은 생기지 않았을 텐데 ….

진짜 사람이 태어났다고 불과 며칠 전에 우리가 환희의 노래를 부른 그곳에 사람이 산다고, 사람이 살 곳이 아닌데 사람이 산다고, 이런 외양간은 결코 사람이 살아서는 안 되는 곳이라고 사정없이 때려 부쉈다. 거기에서 살지 못하게 된 사람은 끝내 살 자리를 찾지 못해 죽었다. 그런 장본인이 나다. 매년 성탄절만 다가오면 나는 그 외양간과 산모, 갓난아기, 그리고 담배 한 개비 건네던 장 씨가 생각난다. 올해는 어떤 모양의 성탄 장식을 만들까.

1995년 『살림』

'예수 모방'에 정진하는 신부님 정양모

성금요일 아침 여덟 시, 모처럼 교우들과 함께 성체조배를 한답시고 수난 감실(성목요일 밤부터 다음 날 낮까지 예수의 수난을 묵상하기 위해 성당 밖에 따로 꾸며서 성체를 모셔 놓은 작은 제대) 앞에서 밤을 홀딱 새우다시피 하고 새벽녘에야 겨우 눈을 붙인 나는 꿈속에서처럼 들려오는 전화벨 소리에 눈도 못 뜬 채 반사적으로 수화기를 들었다. 귀에 익은 목소리, "정양모입니다".

　무슨 일일까. 이 아침에 나를 찾으시는 까닭은. 눈을 번쩍 뜨고 목소리를 가다듬었다. 올 여름이면 성공회대학교에서 은퇴하게 되는데 기념 논문집을 만들어 준다 하니 거기에 축하의 글을 한 편 써 달라는 말씀. '우와', 어쩌다 이런 영광이 나에게! 내가 지금 잠결이라 잘못 들은 건 아닌가? 그런데 순간 이건 아니라는 생각이 퍼뜩 들었다. 내가 어른의 책에, 그것도 다름 아닌 수십 년의 공부에 한 획을 그으시는 교수 은퇴 기념 논문집에, 감히 내가 무슨 말로 축하의 인사를 드릴 수 있단 말인가. 말도 안 되는 일을 정 신부님은 내게 아주 정중하게 부탁하고 계신 것이다. "아니 신부님, 말씀만 하시면 써 주시겠다

고 나서는 높고 유명한 분들이 줄을 설 텐데 저한테 무슨 그런 부탁을
…." 이건 예의상 한번 해 본 사양이 아니라 내 진심이었다. 그런데 그
다음에 이어지는 신부님의 말씀이 나를 꼼짝달싹 못하게 만들었다.
"높은 사람들한테는 워낙 정나미가 떨어져서 …." 그래, 그렇다면 자
꾸만 고사할 이유가 없다. 주제넘게 건방 떨지 말고 열심히나 써 보자
고 마음먹었다.

　내가 정양모 신부님을 먼발치에서나마 처음 뵌 것은 군복무를 마
치고 신학교 본과에 복학한 70년대 초반이었다. 우리 학생들의 초청
으로 광주신학교에서 서울신학교에 오셨던 신부님은, 외모에는 전
혀 신경 쓸 겨를이 없다는 듯 아무렇게나 깎은 짧고 희끗희끗한 머리
가 무척 인상적인 분이었다. 그분 강의의 주제나 내용은 지금 하나도
생각나지 않지만 우리는 두고두고 그분의 강의를 이야깃거리로 삼
았다. 왜냐하면 평소에 서울신학교 교수신부님들에게서는 들어 보지
못했던 새로운 말씀들이 우리를 깜짝깜짝 놀라게 했기 때문이었다.
훗날 돌이켜 생각해 보니 그것이 아마 정 신부님이 평생 신약성서 연
구의 근간으로 삼으셨다는 역사비평과 해석학이 아니었겠나 싶다.

　당신은 요즈음에 쓰신 자전적 고백에서 70년대 이후 우리나라
민주화 운동에 가담하지 않았으며 예수께서 가르치신 이웃 사랑을
정치·사회적으로 확대 해석하거나 실천하지 못했다고 자책하시는
데 그 당시 우리 눈에 비쳤던 그분은 그렇지가 않았다. 신부님은 단호
하게 두 손을 내저으실지 모르겠으나 그때 우리 학생들은 그분이 같
은 광주신학교의 서인석 신부님과 서울신학교의 박상래 신부님과 함

께 반독재 민주화 운동에 신학적 근거를 제시하는 분이라고 믿고 있었다. 왜, 무슨 근거로 그런 얘기가 돌았는지는 모르겠으나 아무튼 그랬다.

최근에 신부님과 비교적 자주 만나면서 가깝게 된 동기는 '우리신학연구소'와 바실리오 장학회 일로 해서다. 내가 보기에 신부님은 교회 성직자들에 대한 희망은 일찌감치 접으시고 대신 평신도에게 큰 기대와 관심을 가지시는 것 같다. 앞의 두 모임에 신부님이 직접 관여하시는 이유도 같은 맥락에서일 터다.

'우리신학연구소'는 모든 체제와 조직이 다 성직자 중심으로 운영되는 한국 천주교회에서 10여 년 전에 평신도가 주체적으로 설립한 최초의 연구소다. 교회 안의 여느 연구소들과는 달리 이제껏 주교회의의 공식 인가를 받지 않은 사단법인체인데 여기 이사장과 소장은 반드시 평신도가 맡는 것을 불문율로 삼고 있다. 정 신부님과 나는 이 연구소의 이사다.

또 나는 인천교구 '사제수요모임'에서 뜻을 같이하는 동료와 선후배 신부들과 함께 6년 전부터 평신도인재양성위원회를 만들어 운영해 왔다. 주교님들이 오로지 성직자 양성을 최우선 과제로 삼아 신학교에 돈과 열성을 쏟아붓고 있으니 우리는 비록 늦은 감이 없지 않으나 이제라도 사회 각 부문에서 뛰어난 평신도 인재를 발굴·육성하여 균형 잡힌 교회를 만들어야겠다는 데에 뜻을 모았다. 교구와는 별도의 사조직인 우리는 대학에서 석·박사 과정의 신자 학생들을 선발하여 1인당 연간 5백만 원씩의 장학금을 지급했다. 이 소식을 들으신

정 신부님이 어느 날 나를 불러 성직자가 아닌 평신도로서 신학을 공부하는 사람들을 위한 장학회를 만들자고 제의하셨다. 그분의 말씀은 이랬다.

어떤 고위 공무원의 아들이 20대 초반의 나이에 지병으로 죽었는데 그 부모가 죽은 아들을 오래 기억하기 위해서 조의금과 예금을 합친 돈으로 기념될 만한 일을 하려 한다는 것이었다. 그런데 그것이 신축 성당에 1억 원 상당의 제대를 제작해서 아들의 이름을 새겨 넣는 것이라는 말을 듣고 신부님은 그 부모를 만나서 간곡히 설득을 하셨단다. 새 성당의 제대는 당신이 아니라도 할 사람이 많을 테니 이왕에 당신이 아들을 기억하기 위해서 좋은 일을 하려거든 사람 키우는 데 투자하는 것이 어떻겠느냐고. 이렇게 해서 만들어진 것이 죽은 학생의 세례명을 따서 이름 붙인 바실리오 장학회다. 죽은 바실리오의 부모가 기탁한 1억 원의 종자돈에 고맙게도 전국에서 신부들과 평신도들이 매년 2백만 원이란 거금을 얹어 주셨고 그 돈은 고스란히 엄선된 학생들에게 전달되었다. 장학금을 주고받기 위해서 다 함께 모이는 날이면 우리는 얼마나 즐거웠는지. 나는 그 자리에서도 자주 신부님을 만났다.

그즈음 서강대학교의 이상일 총장은 종교학과에서 신학 강의를 없애 버렸다. 그러니 장학금까지 마련해 가며 평신도 신학자 양성에 심혈을 기울였던 정 신부님은 얼마나 속이 상하셨을까. 가히 짐작이 가고도 남았다. 장학금 주며 등을 두드려 줄 평신도 신학도가 없어진 그때부터 지금까지 안타깝게도 바실리오 장학회는 개점휴업 상태다.

내가 제물포본당에 있을 때 정 신부님을 초대해서 강론을 부탁드린 적이 있었다. 그때 매우 침통한 표정으로 신자들에게 하신 충격적인 말씀을 나는 잊을 수가 없다. "신자 여러분, 앞으로 10년쯤 후에 여러분이 속해 있는 본당의 신부가 멍청하고 무식하다고 욕하지 마십시오. 교구마다 하나씩 신학교를 세워 놓고 그 자리 채워 운영하려면 학생들을 많이 뽑아야겠지요. 교수가 모자라니 그저 유학만 갔다 오면 교수 이름 붙여 학교에 데려다 놓겠지요. 그러다 보면 공부 못해 마땅히 갈 데 없는 자식들에게 신학교나 가라는 부모들이 늘겠지요. 다른 데는 안 돼도 거긴 합격할 테니까요. 교수와 학생의 질이 떨어질 것은 불을 보듯 뻔한 일입니다." 아니, 어쩌면 저런 말씀까지 …. 교우들 앞에서 나는 얼마나 민망하고 슬펐는지 모른다. 그러나 신부님은 당신의 말씀이 신자들에게 어떤 영향을 미칠 것인가에 대해서는 조금도 걱정하지 않는 투였다. 말씀에 주저함이 없었다.

정 신부님은 소학교 시절 일본의 무조건항복(8·15) 소식을 듣고 우리나라가 망했다고 선생님을 붙들고 통곡했다는 창피스러운 과거까지 솔직하게 고백하시는 분이다. 과거를 들춰내자고 악다구니로 덤벼드는 사람도 없으니 말 안 하고 지나가면 아무것도 아닐 일을 굳이 까발려 좋을 게 뭔가. 가능한 한 자신의 과거나 현재를 미화하려고 애쓰는 사람들이 가득한 세상에 이런 정직함이 버티고 있을 수 있다는 것이 놀랍다. 성직자로서의 당연한 양심이라고만 보기에는 그렇지 못한 사람들이 우리 주위에 너무나 많은 까닭이다. 그런 분이 한국 교회의 미래를 다분히 비관적으로 보신다고 고깝게만 여길 일이 아니다. 귓전으로 흘려버릴 일은 더더구나 아니다. 심각하다. 정말 걱정된다. 그분이 자주 허튼 소리를 하거나 체면상 빈말이나 남발하시는 분이 아니기에 더욱 그렇다. 20년을 넘게 몸담고 계시던 서강대학교에서 정년을 불과 몇 년 안 남겨 놓고 서공석 신부님과 함께 사직서를 내셔야 했던 이유도 근원을 따지고 보면 바로 여기에 있지 않나 생각한다.

그런 신부님을 성공회대학교가 기다렸다는 듯이 잽싸게 모셔 갔다. 천주교회 일부 지도자들의 어리석음 덕분(?)에 성공회대학교는 힘들이지 않고 봉황을 잡은 셈이다. 이건 엄청난 사건이었다. 그러나 교회의 신문이나 방송은 단 한 줄의 보도도, 단 한 마디의 논평도 없었다. 분하고 섭섭하지만 어쩌랴. 교회는 여전히 에서 단 한 발짝도 벗어나지 못한 것을.

전에도 그렇긴 했겠지만 신부님은 근래에 연세가 드시면서 동서양을 가르는 사고의 틀이나 서로 다른 종교 사이의 벽을 훌훌 잘도 넘어 다니신다. 어떤 때는 정말 오랫동안 도를 닦아 득도하신 도사 같기도 하다. 신학자로서 그림에 몰두하시는 보기 드문 모습도 '어쩌다 보니 그렇게 된' 것이 아닐 터이다.

나의 변변치 못한 이야기가 한없이 길어진다. 그만하고 어느 교우 할아버지의 신앙에 대한 자문에 신부님이 보내신 답신(1996년)의 한 부분을 소개한다. 부디 만수무강하시고 이제부터는 당신의 말씀대로 '예수 공부'를 넘어 '예수 모방'에 더욱 정진하시기 바라며 큰절을 올린다.

저는 사람으로 태어나서, 아울러 그리스도인으로 거듭 태어나서 역사 비평과 해석학을 익힌 것을 일생일대 큰 행운으로 생각합니다. 두 가지 방법론 덕분에 비평의 단련을 거친 성숙한 신앙을 지니게 되었노라고 감히 자부합니다. 그 덕분에 저는 퍽 자유스럽고 평화로운 마음으로 나날을 살고 있습니다. 앞으로 제가 살 날이 얼마이든 간에 '없이 계시는 님'이 제 삶을 거두어 가실 때까지 더욱 보람 있는 삶이 되리라고 기대하고 기도합니다. 다만, 예수 공부에 비해서 예수 모방이 많이 모자라는 게 한스럽습니다. 그렇지만 이런 불찰조차도 인간이 타고난 유한성의 일면이려니 하고 자위하면서 삽니다. '없이 계시는 님'은 또한 대자대비하신 아빠시니 저의 잘잘못을 다 선처하시리라고 믿는 것이지요. 죄스런 몸이지만 복음 따라 기쁘게, 구원 따라 홀가분하게 이승에서 살다가 감히 부활 영체로 변모하고 싶습니다.

2001년 『믿고 알고 알고 믿고』(정양모 교수 은퇴 기념 논총)

덕적도를 위하여

팍팍한 봄가뭄이 한동안 계속되더니 모처럼 하루 종일 비가 온다. 육지보다 며칠 늦게 핀 목련과 살구꽃들이, 비가 오면서 유리창이 덜그렁거릴 정도로 불기 시작한 바닷바람에 매달린 가지를 놓치지 않으려고 안간힘을 쓴다. 부활 주일이 며칠 남지 않았는데도 내가 사는 성당엔 도무지 바쁜 일이 없다. 본당신부에게 바쁜 일이라야 밀려오는 판공성사꾼들에게 시달리는 것이 다지만 여기는 그나마 성사를 보겠다는 교우들도 없어 여느 때와 마찬가지로 그저 조용한 하루하루가 지나갈 뿐이다. 비가 오니 초봄부터 밭에 엎드린 노인들도 오늘은 보이지 않는다. 신 김치 한 포기 썰고 돼지비계 몇 점 넣은 밀가루 부침개에 소주나 한잔하자고 부르는 사람 없나?

내가 사는 성당에 가까운 이웃들

우리 집 부엌 뒷문을 열면 빈 병이나 상자, 간단한 농기구들을 두는 헛간(창고라고 하기엔 좀 뭣하다)이 있고 그 뒤에 '인천민박'이 있는데 그 집은 여름 한철을 제외하고는 늘 비어 있다. 민박 손님도 없고 할 일도 없는 계절에 환갑이 넘은 안주인이 혼자 우두커니 집이나 지키고 있을 이유가 없기 때문이다.

그 옆집, 그러니까 내 방 창문을 열면 코밑에 새로 얹은 파란 지붕 집이 우리 성당 인명배 회장 댁이다. 그분 내외는 인천에서 맞벌이하는 아들이 맡긴 세 살배기 손자를 데리고 사는데, 손바닥만 한 성당 밭 한 뙈기에 채소를 조금 심고, 한여름 피서철에 해수욕장에서 비닐 깔개나 파라솔, 물놀이용 튜브를 대여해 주고 번 돈으로 1년을 버틴다. 그런 처지에 동네 사람에게 농협 대출 보증을 서 준 덕(?)으로 적지 않은 빚까지 짊어지고 툭하면 땅이 꺼져라 한숨이다. 부인과 주위 사람들의 지청구를 들을 만큼 들으면서도 술과 고기는 입에 대지도 않고 대신 하루에 두 갑 가까운 담배는 절대 끊지 못하는 골초다.

또 그 옆집엔 젊었을 때 뱃일을 하다가 하반신을 못 쓰게 되어 30년이 넘도록 꼼짝 못하고 누워만 있는 최 씨 노인과 남편 수발하느라고 하도 고생을 해서 나이보다 훨씬 더 늙어 보이는 오 씨 할머니가 산다. 벌써 오래전에 며느리가 가출해서 졸지에 홀아비가 된 맏아들과 어미 없는 자식이 된 두 손녀가 한 식구다. 아들은 마음이 착해서 동네 허드렛일을 제 일처럼 봐주기도 하고 어떨 때는 꽃게잡이 배를 따라 나가지만 벌이는 영 신통치가 않은 듯하다. 나는 뻔뻔스럽게도 자주 그 할머니가 가꾸는 내 방 밑 텃밭에서 상추며 쑥갓, 파 등을 뽑아다 먹는다. 벼룩의 간을 내먹는 꼴이지.

최 씨 댁 옆집에 사는 허 씨는 이 동네에선 젊은이로 분류되는 40대 중반의 부인이다. 강화도에서 중장비 일을 하는 남편과 떨어져 홀로 생활한다. 원래는 부부가 함께 인천에서 사업을 했는데 실패해 다 들어먹고, 남편은 강화도 공사 현장으로 가고 부인만 남편의 고향인 이 섬에 들어와서 마침 비어 있는 친척 집을 얻어 살게 되었다고 한다. 허 씨에게는 자식이 없는데 그래서인지 동네의 부엌일엔 빠지는 적이 없고 가끔은 푸짐하게 음식을 해서 혼자 사는 할머니들이나 젊은이들을 부른다. 어쩌다 한 번씩 남편이 집에 와서 담장 너머로 이웃과 인사도 하고 부인이 옷가지랑 싸 들고 남편에게 가는 것을 보면 부부 사이에 문제가 있는 것 같지는 않다. 지난여름에는 해수욕장에서 피서객을 상대로 음식 장사를 했는데 죽어라 고생만 했지 남은 게 없었나 보다.

허 씨 댁 맞은편 '양파민박'엔 여든이 넘은 영감님이 며칠 전에 암으로 돌아가시고 운명이 기구하여 세 번째 시집와 살다가 또다시 과부가 된 68세의 할머니가 홀로 산다. 살아온 여정이 그래서일까? 양파집 할머니(이 동네에선 그 댁을 그렇게 부른다)는 영감님이 말기 암으로 인한 지독한 통증으로 고생하시던 한 달여를 제외하고는 늘 입에 술 냄새를 달고 살았다. 남이야 인상을 찌푸리든 말든 줄담배를 피우고 입담은 얼마나 거친지 한번 시작하면 아무도 못 말리는 욕쟁이 할머니로 동네에 소문이 자자하다. 삼우제 다음 날엔 죽은 영감이 땅은 다 제 자식들 주고 내겐 집만 달랑 남기고 갔으니 이렇게 분하고 억울할 데가 어디 있느냐고 술이 잔뜩 취한 채 우리 집에 와서 얼마나 가슴을 치며 소리소리 지르는지 내가 아주 혼이 났었다.

성당 건물 건너편 수녀원(지금은 빈집이다) 옆집엔 40대 초반의 노총각 정 씨가 산다. 그 집은 20여 년 전에 최 분도 신부님이 운영하던 병원의 의사 사택이었는데 병원이 문을 닫고 의사들이 떠난 후, 마침 집이 없던 정 씨가 공소 회장에게 사정사정해서 살게 된 곳이다. 그런데 정 씨가 처신을 어떻게 하고 다녔는지 동네에 인심을 잃어 들리는 소문이 영 안 좋다. 내가 부임해서 집을 비워 달라고 했지만 막무가내로 버티고 있으니 배짱도 대단한 사람이다. 정 씨는 밭일도 안 하고 배를 타는 것도 아닌데 봉고차를 몰고 다니며 큰소리 치고 사는 걸 보면 참 용하다.

이미 많은 사람이 더 이상은 해 먹고 살 것이 없어 이 섬을 떠났다. 이제 남아 있는 사람들은 도시에 사는 자식들에게 가 봤자 눈칫밥이나 먹고 귀찮은 짐이나 될 터이니 차라리 물 좋고 공기 좋은 여기서 텃밭이나 가꾸는 게 속 편하다는 노인들과, 가진 것도 배운 것도 없어 도시에 나가기조차 두려운 몇 안 되는 젊은이들뿐이다. 다들 하나같이 서러운 사연들을 가슴에 안고 살아가는 것이다.

불쌍한 우리의 아이들

여기는 유치원부터 고등학교까지 한 울타리, 한 건물에 모여 있다. 시골의 작은 학교 통폐합 정책의 결과다. 교장 한 분이 유치원, 초·중·고등학교를 총괄 지도한다. 초등 교사는 4년, 중등 교사는 3년만에 교체된다. 덕적도는 도서 벽지면서도 다른 섬들에 비해 비교적 교통이 좋은 편이라 인천교육청 소속 교사들 중 특별히 교장, 교감을 바라보는 경력자들이 다투어 지원하는데, 그 이유는 벽지 근무가 도시 근무보다 승진에 필요한 점수를 더 받기 때문이란다. 그러니 지원자가 많고 연륜이 높은 교사부터 차례로 발령을 받을 수밖에.

내가 '불쌍한'이라고 쓴 것은 다음과 같은 이유에서다. 앞에서도 우리 아랫집 얘기를 했지만 이 섬에는(아마 다른 섬이나 산간벽지도 마찬가지일 것이다) 부모가 둘 다 없어서 할아버지나 할머니 손에 크는 아이들이나 부모 중에 하나만 있는, 소위 결손가정에서 자라는 아이들이 육지에 비해 훨씬 많다. 대개 부모의 이혼, 가출, 경제적 문제로 인한 별거 등이 그 원인이다. 학교 교사들의 말을 빌리면 아이들 문제로 학부모와 상의할 게 있어도 상의할 부모가 없다는 것이다. 나는 1년 넘게 여기 살면서 우리 성당 마당이나 바닷가에서 너무나 심심한 표정으로 혼자 서성거리고 있는 꾀죄죄한 아이를 여러 번 보았다. 가정이 정상이라야 아이들도 바르게 자란다. 물론 이혼한 가정의 아이들을 무조건 싸잡아서 건강하지 못하다는 건 아니다. 그런데 이 섬에는 부모와 함께 생활하는 아이들이 겨우 전체의 반 정도밖에 안 되니 미안한 말이지만 그들의 장래는 대단히 비관적이다.

특히 할아버지 할머니의 손에서 자라거나 엄마 없이 아빠와 사는 아이들을 보면서 내게는 걱정거리가 하나 생겼다. 최근에 우리나라도 아이들의 성장이 빨라져서 여자아이의 초경이 전보다 훨씬 앞당겨졌다는데 생전 처음으로 그 일을 당하는 아이는 얼마나 놀라고 무서울 것인가에 생각이 미쳐서다. 80대 노인이 어떻게 손녀의 두려움과 고민을 해결할 것이며 아빠가 무슨 수로 딸의 생리까지 챙길 것인가? 더군다나 학교의 전체 교직원 24명이 모두 남자이고 여교사는 단 한 명도 없으니 이를 어쩌면 좋은가?

생각 끝에 나는 전부터 안면이 있는 인천시 교육감에게 전화를 했다. 사정이 이러이러하니 다음 번 인사이동 때는 덕적초등학교에 여자아이들이 언제든지 쉽게 다가갈 수 있는 엄마나 언니 같은 여교사를 한두 분 배정해 주시면 좋겠다고. 솔직히 말해서 나는 그때 이 정도의 민원이면 들어주지 못할 일이 아닐 것이라고 쉽게 생각했는데 그게 오산이었다. 교육감의 답변은 이랬다. '벽지 학교는 점수 때문에 지원자가 많아서 순서대로 보내야 한다. 그런데 그 순번에 여교사는 없다. 그렇다고 원하지도 않는 여교사를 억지로 보낼 수는 없는 일, 마침 학교 옆에 보건소가 있으니 거기 여직원들을 적극 활용하는 방법을 찾아보도록 하겠다.' 인천시의 그 많은 교사 중에 낙도의 불쌍한 아이들을 위해 점수와 상관없이 기꺼이 자원하는 여교사가 없을까? 교사의 인사 규정은 궁극적으로 누구를 위해서 있는 거냐는 성경 같은 말을 하고 싶지 않다. 어차피 의지가 없는데 그것이 무슨 소용이랴. 나는 아직 이 섬의 여자아이들이 '그 일'을 어떻게 처리하는지 알지 못한다.

덕적면 주민자치센터 유감

지방자치제도가 실시되면서 광역, 기초 할 것 없이 각 자치단체들은 주민들을 위한 서비스에 열을 올리고 있다. 민선 단체장의 보은 차원일 수도 있고 차기까지 확보하려는 포석일 수도 있겠지만, 주민에겐 어쨌든 싫지 않은 일이다. 그중 하나가 각 동사무소, 또는 구청,

시청 옆에 대민 서비스 공간을 마련하는 것이다. 그 바람이 이 섬에는 겨우 작년 말에야 불어왔다. 덕적면은 서포리 해수욕장 입구에 있는 관리 사무소와 하계 파출소 건물 내부를 완전히 뜯어고쳐 주민자치센터라는 간판을 걸고 옹진군수가 와서 개장 테이프 끊어 주기만을 기다리고 있다.

새로 세워 놓은 예쁜 안내판에는 컴퓨터 정보실, 독서실, 체력 단련실(헬스클럽), 취미 교실(꽃꽂이, 붓글씨) 등이 쓰여 있었다. 참 기가 막혔다. 이게 지난 가을부터 면장이 누차 자랑하던 최신식 서비스센터였던 것이다. 시설비가 자그마치 1억 5천만 원인가 2억이라고 했다. 이제 들일 돈 다 들여 완성해 놓은 지금 목소리를 높인다고 무슨 소용이 있겠느냐마는 말이야 바른 말이지 여기 사는 사람 중에 헬스클럽에 나갈 사람이 어디 있나? 70~80대 노인들이 갈까? 꽃꽂이, 붓글씨 배우러 갈 주부들은 있을까? 컴퓨터는 도대체 누가 하나? 학생들을 위해서라면 학교에 다 있다. 그렇다면 이 최신식 주민자치센터는 누구를 위해 만든 것인가? 한여름의 피서객들을 위해서? 그들을 상대로 돈 벌려고?

면장한테서 주민자치센터에 대한 이야기를 처음 들었을 때, 나는 곧바로 면의 계획이 얼마나 무모한 발상인지 차근차근 짚었다. '이왕에 큰돈을 얻어다 좋은 일을 하려면 실제로 여기에 살고 있는 주민들에게 도움이 되도록 해라. 여기는 노인밖에 더 있느냐. 게다가 교통편도 매우 불편하다(하루에 한두 번 연락선 입·출항 시간에 맞춰 마을버스를 운행하는 것이 대중교통수단의 전부다). 정작 필요한 것은 헬스클럽이나 취미 교실이 아니라 노인들을 위한 작은 규모의 찜질방 겸 목욕탕, 보건소까지는 아니더라도 침을 맞을 수 있는 공간, 이발소(진리에 하나밖에 없다)에 가지 않아도 이발사가 와서 머리를 깎을 수 있는 방, 비록 몇 명 안 되지만 어린이들이 모여 놀며 숙제를 할 수 있는 방 등이다.' 그러나 면장은 내 말을 들어주지 않았다. 이런 자치센터가 요즈음 각 동사무소나 구청의 일반적인 추세라나. 면장은 여기가 차 많고 사람 많은 대도시인 줄로 착각하나 보다. 그렇지 않고서야 어찌 일반적인 추세 운운하는가? 하기야 내가 무슨 끗발로 면장의 마음을 바꿀 수 있겠나? 면장은 벌써 나름대로 자문위원이나 원로들의 의견 수렴 과정을 거쳤을 텐데.

동네 노인들이나 어린이들에게 외면당하는 주민자치센터는 허구한 날 파리나 날리다가 문을 닫는 둥 마는 둥 못 쓰게 될 게 뻔하다. 그러면 또다시 그때의 '일반적인 추세'에 따라 새 예산을 세워 건물을 고치고 군수 불러서 테이프를 끊겠지. 이렇게 세월은 가고 노인들은 하나 둘 세상을 뜨고 그 빈자리는 채워지지 않은 채 섬은 점점 폐허가 되겠지. 슬프다.

올봄 들면서 우리 동네는 부쩍 여관이나 민박집 등 새로 짓는 건물들이 늘었다. 성당 정면에 장 씨가 주인인 제법 큰 4층짜리 고급 여관이 생기고(그 건물 때문에 우리 성당 입구가 꽉 막혀 답답해졌다), 그 옆에 사 씨가 살다가 육지로 떠나면서 비워 둔 낡은 집은 흔적도 없이 사라지고 건축 자재가 들어왔다. 양파민박집 앞에도 인천에 살던 서 씨가 고향에 돌아와 요새 유행한다는 조립식 새 민박집을 후딱 지었고, 그 옆 공터에는 그의 동생이 또 새 민박집을 짓는단다. 부인이 인천에서 장사하기 때문에 어쩔 수 없이 혼자 남매를 데리고 사는 덕적도의 만물박사 오 씨도 올여름에는 살던 집을 헐고 민박 겸 식당으로 쓸 새집을 지을 거란다.

몇 년 전부터 덕적도는 매년 여름 조금씩 피서객이 줄어들고 있다는데 이 새집들은 누구를 겨냥하는 건가? 돈을 많이 들여 짓는 건물일수록 사철 끊임없이 손님이 들어야 수지타산이 맞을 텐데 겨우 한여름 장사에 목을 매는 이 섬에서 무슨 수로 건축비를 뽑고 돈을 벌려고 하는지 걱정스럽다. 아, 내가 이 섬, 이 아이들과 노인들을 위하여 할 수 있는 일이란 고작 이렇게 걱정이나 하고 한숨이나 쉬는 것뿐인가?

2003년 『공동선』

작은 몸집에 큰 품, 장정옥

직접 재 보지 않아 정확히는 모르겠지만 키가 150센티미터나 될까?
몸무게는 분명 40킬로그램을 훨씬 밑돌 게다. 그러나 그는 겉모습처
럼 가녀리기만 한 천생 여자는 결코 아니다. 유별나게 눈물이 많고 웃
음도 헤프지만 언제 어떤 상황에서든 주위 사람을 다 끌어안고 다독
이는 모습을 보면 영락없이 아들딸 손자를 수십 명은 둔 큰 할머니다.

　내가 처음 그를 만난 것은 1978년, 그 살벌하던 박정희 유신 독재
시절, 전국을 순회하던 '김지하 문학의 밤'을 인천 가톨릭회관에서 개
최하기로 하고 출연자들이 모여 연습할 때였다. 요새 같으면 있을 수
없는 일이지만 당시 상황은 그 무대에서 시 한 수 낭송하는 것도 정보
기관에 끌려갈 각오를 해야 될 만큼 무섭고 험했다. 그때 얼굴이 유난
히 하얗고 앳된 20대의 처녀가 겁도 없이 용감하게 나섰는데 그가 바
로 장정옥이었다. 그가 정작 무대에 섰을 때는 주체할 수 없을 정도
로 눈물 콧물을 줄줄 흘려 강당을 꽉 메운 청중들을 덩달아 울리던 생
각이 난다. 나는 그가 무서움도 모르는 순 깡다구로 뭉친 사람인 줄만
알았더니 속은 한없이 여린 사람이었던 것이다.

그가 1년 뒤, 내가 가난한 사람들의 밀집 지역인 수도국산 밑 송림동성당 보좌로 있을 때, 후배들이라며 학생으로 보이는 청년들을 여럿 데리고 찾아왔다. 그들과 함께 주변의 노동자들을 모아 시작한 것이 한때는 인천에서 제법 유명했던 '서해야학'이었다. 그 후, 도시 변두리의 야학들이 무더기로 된서리를 맞고 선생과 학생들이 줄줄이 잡혀갔는데 유독 '서해야학'만은 무사했으니 장정옥의 부드럽지만 주도면밀한 전략 덕이 아니었나 싶다.

1979년, 장정옥은 때마침 인천교구의 새 주보 발간 계획에 적임자로 선정되어 영세도 하지 않은 상태로 주보 편집 실무자가 되었다. 70~80년대의 천주교 「인천주보」를 기억하는 분들은 아실 것이다. 대부분의 언론 매체들이 할 말 못하고 독재 권력의 눈치만 살피던 시절, 통쾌한 「인천주보」의 '소금'난이 교회 안팎을 통틀어 얼마나 인기와 호응이 높았던지 성당마다 주보 품귀 현상까지 빚어졌던 사실을. 장정옥은 그 어려운 일을 박봉에 불평 한마디 없이 잘 해낸 사람이다.

고잔이라는 시골 성당 마당에서 야학을 함께하던 이우청과 결혼식을 올리고 첫날밤을 사제관에서 동료들과 함께 잔치판 벌여 지새웠던 때가 1981년 여름. 그다음 해에 부부는 둘이 똑같이 안드레아라는 세례명으로 영세했는데 참된 의미의 복음적 삶이란 예나 지금이나 고난의 길임을 입증하려 했나? 이우청은 학생운동의 주동자로 찍혀 덜컥 감옥으로 끌려가고 만다. 신혼의 남편이 교도소에 가 있는데도 장정옥은 어찌 그리 의연했을까? 내가 오히려 교도소 면회실을 드나들며 안절부절못했다. 장정옥이 아니면 어림도 없는 일이다.

1991년, 교회가 다시 공의회 이전으로 돌아가고 있다는 우려의 목소리가 높아지던 무렵, 교구청을 떠난 장정옥은 '우리신학연구소'의 태동에 박영대 등과 함께 산파 역할을 하더니 1995년에는 지금은 고인이 된 강희철과 시인 신현수와 함께 인천 지역의 가장 큰 시민운동단체인 '평화와 참여로 가는 인천연대'를 창립했다. 이제는 남편 대신 그가 직접 시민운동의 제일선에 나선 것이다. 그런데 참 신기한 일은 누구든지 장정옥만 만나면 경직되었던 몸과 마음이 사르르 녹아 자기도 모르는 사이에 그의 주장과 유도에 빠져들고 만다는 사실이다. 난 그의 어디에 그런 매력이 있고 그의 어디에서 그런 기운이 나오는지 모르겠다.

　　1999년, 을씨년스러운 초겨울에 장정옥은 남편과(그들에게는 자녀가 없다) 홀연히 단출한 보따리를 싸 들고 강화도 산골의 비어 있는 집으로 이사를 했다. 거기서 헌 집을 고치고 텃밭을 일구고 이웃 할머니들에게 메주 띄워 장 담그는 법을 배우며 조용히 시골 아낙의 삶을 익혀 온 지 벌써 햇수로 5년째다. 남편 이우청은 서울의 학원 강사로 일하면서 주말부부가 되었다. 참, 요새는 뒤늦게 30분도 더 걸리는 논길을 걸어 피아노를 배우러 다닌다나? 이다음에는 그가 공소에서 주일날 성가 반주하는 모습을 볼 수 있을지도 모르겠다.

　　장정옥이 보낸 편지 한 구절을 소개하면서 글을 마무리한다.

　　구정도 지나고 입춘도 지났습니다. 그러나, 잔설도 남았고 추위도 남았고 마음에 어지러움이 남아 힘들었습니다. 집안일에는 뾰족한 답이 없는 답답함만 이어집니다. … 그럴수록 저는 강화에 사는 걸 감사합니다. 마음이 더 여려지기도 하지만 치유 또한 쉽게 된다고 믿습니다. 혼자 있는 시간의 고마움. 신부님께 전화도 못 드리고, 하는 일도 없으면서, 새로운 일도 특별한 일도 없으면서, 바쁘지도 않으면서, 아무튼 무지하게 게으르지만 좋습니다, 이 생활이.

2004년 『경향잡지』

20년 공든 탑
— 인형극 「길, 동무, 꿈」을 보고

올겨울 들어 처음으로 눈이 하루 종일 푸짐하게 왔다. 아침에는 교통 대란이었다. 본당 직원들도 열 시가 넘어서야 겨우 출근했다. 그날 저녁에 나는 미사를 보좌신부에게 맡기고 인천 '기차길옆작은학교'의 인형극단 '칙칙폭폭'이 공연하는 인형극을 보러 갔다. 텔레비전이나 영화를 통해서가 아닌 공연장에서 인형극을 보는 건 생전 처음이었다. 내가 지금 이 나이에 어린아이들이나 좋아하는 인형극을 재밌게 볼 수 있을까? 영등포 '하자센터'의 넓은 마당엔 치우지 않은 눈이 그대로 쌓여 있었다. 누군가가 눈사람을 만들어 놓았다. 날씨가 이래서 혹시 공연장이 썰렁하지 않을까 염려했지만 순전히 기우였다. 공연장 입구에는 엄마를 따라온 아이들이 벌써부터 뛰어놀고 있었다.

최근에 이름을 바꾼 '기차길옆작은학교'는 1987년에 인천에서 가장 오래된 빈민 지역인 만석동에 문을 연 공부방이다. 그때, 지금은 부부인 최홍찬 씨와 김중미 씨 등이 거기 들어와서 학교가 끝나면 딱히 갈 곳이 없는 아이들을 모아 '기차길옆공부방'이라는 간판을 달고 오늘까지 함께 살아온 터전이다(http://gichagil.saramdl.net 참조). 김중미 씨가 쓴 동화책 『괭이부리말 아이들』은 바로 그 동네 이야기다. 아이들과, 아이들이 삼촌 또는 이모라고 부르는 교사들은 1년에 두 번씩 꼭꼭 내게 카드를 만들어 보냈는데 그 내용이 너무 좋아 나는 성탄과 부활 대축일 미사 강론 때 교우들에게 그것을 읽어 드리곤 했다. 내가 한 일이라고는 방학 때 한 번씩 그들을 데리고 하인천 중국인촌 식당에 가서 짜장면을 함께 먹는 게 고작이었다. 얼마 전에 들으니 벌써부터 만석동에 재개발 붐이 일어 이제는 '기차길옆작은학교'가 문을 닫을 지경에 이르렀단다. 가슴 아픈 일이다.

인형극의 줄거리는 단순했다. 재개발이 한창인 산동네에 사는 가난한 아이들이 더 이상 쫓기지 않고 마음껏 춤추고 노래하며 살 수 있는 세상을 찾아 여행을 떠난다. 가면서 비슷한 처지의 동무들을 만나 함께 어울린다. 그러나 아이들은 자기네가 찾는 희망의 세상은 어디에도 없다는 것을 깨닫고 다시 전에 살던 산동네로 돌아온다. 더 이상 헤맬 게 아니라 여기를 아름다운 동네로 만들자고 다짐하면서(http://chicpok.saramdl.net 참조). 공연을 보는 내내 가슴이 뭉클하고 콧등이 싸했다. 온몸을 검은 천으로 휘감고 공연에 열중하는 초·중·고등학교 출연자들이 바로 가난한 말썽꾸러기 '괭이부리말 아이들'이란 말인가! 내 옆 의자에 앉은 젊은 엄마는 칭얼거리는 아기에게 서슴없이 젖을 물렸다. 그 모습이 하나도 볼썽사납거나 이상하지 않았다.

인형극의 백미는 공연 막판에 '기차길옆작은학교' 식구 모두가 한데 어울려 인형극을 준비한 과정과 지난해 춘천인형극경연대회에서 대상을 받던 광경을 담은 영상이 나올 때였다. 영예의 대상이 발표

되는 순간 '칙칙폭폭'의 모든 제작진과 출연진은 함성을 지르며 서로 얼싸안고 눈물을 흘렸다. 그러고는 동생들부터 언니들, 교사에 이르기까지 수상 소감을 말했다. 모두 하나같이 똑똑하고 대견했다. 김중미 씨는 한마디로 이렇게 말했다. "이제부터 시작입니다."

그들 가운데 누구 하나 인형극 전문가는 없었다. 그러니 여기에 오기까지 얼마나 큰 어려움과 아픔을 겪었을까? 나는 확신한다. 이것은 하루아침에 만들어 낸 작품이 아니다. 자그마치 20년을 공들여 세운 탑이다. 20년 동안 '기차길옆작은학교'를 드나든 많은 가난한 사람의 희망과 믿음과 사랑이 뭉쳐진 결실이다. 그들의 꿈은 소박하다. "우리가 유랑 극단을 만들어서 우리처럼 가난하고 힘없는 아이들이 있는 곳에 찾아가 공연하고 함께 어깨동무하는 것입니다." 나는 최홍찬 씨에게 부천의 변두리인 우리 동네에도 와서 공연해 주기를 간곡히 청했다.

2008년 「가톨릭뉴스 지금여기」

정호경 신부님께

— 『전각성경, 말씀을 새긴다』를 받고

일전에 몇몇 선후배 동무와 함께 소백산에 갔는데 하필이면 입산 금지 기간이라 산은 오르지도 못하고 산자락에 있는 황보 선생네 과수원에서 맛난 오가피술만 잔뜩 마시고 돌아왔습니다. 거기서 신부님 이야기가 나왔습니다. 참 이상하지요? 집에 돌아온 바로 그다음 날, 신부님이 내신 책 『전각성경, 말씀을 새긴다』(햇빛출판사 2007)를 받았습니다. 세상에는 말로는 도저히 설명이 안 되는 무슨 기氣 같은 게 있기는 있나 봅니다. 5년쯤 전인가, 제가 풍기에서 한여름을 지낼 때 신부님 댁에 가서 손수 해 주신 점심에 소주까지 잘 얻어먹고 얼굴 벌개져서 돌아온 후로는 전화 연락 한 번 드리지 못하고 살았는데 소백산 자락에서 신부님 이야기 좀 났다고 금세 이렇게 책이 오다니요.

그간 안녕하셨습니까? 표지 날개 안쪽에 인쇄된 신부님의 환한 얼굴을 보고 칠순을 바라보는 연세인데도 근력이 좋으신가 보다 생각했습니다. 책 뒤표지에 쓴 이현주 목사님의 글은 제가 하고 싶은 말 그대로더군요. "놀랍습니다. 집 짓고 농사짓고 손님들 맞이하고 빨래하고 밥해 먹고 술 마시고, 어느 짬에 이 많은 말씀을 나무에 새기셨던고? 꾸부정하게 앉아 나무를 파내고 있는 신부님의 모습을 그려 봅니다. 절로 존경심이 우러납니다." 정양모 신부님의 말씀도 딱 어울립니다. "전각성경이라. 듣도 보도 못한 일을 이 기인이 저질렀구나. 퍼뜩 떠오른 생각이었다. … 전각성경은 지난 이태 동안 공을 들여 펴낸 명품이다. '단상'에서 청량산 도인이 묵상한 신의神意를 엿보고 '전각'에선 그의 필치 신운神韻을 즐기기 바란다." 목수 일을 배우셔서 지금 살고 계신 집을 손수 지으신 것까지는 저도 아는데 나무도장 새기는 방법은 또 언제 누구에게 배우셨습니까?

신부님은 책갈피에 끼워 보내 주신 간단한 쪽지 편지에 다음과 같이 쓰셨습니다. "'말씀'을 정성으로 새겼습니다. '말씀'을 제대로 만나는 데 도움이 되기를 바랍니다." '말씀'을 정성껏 새겼으니 제 입맛대로, 엉터리 거짓으로, 건성으로 적당히 읽고 넘기지 말고 '제대로' 마음 깊이 새기라는 말씀이지요. 신부님이 둥글고 네모난 나무를 붙잡고 '말씀' 하나하나를 깊고 얕게, 굵고 가늘게 새기신 마음과 모습이 고스란히 제게로 와서 새겨졌습니다. 신부님이 새기신 것을 제가 다시 새깁니다.

신부님은 또 편지 끝에 "후딱후딱 '디지털' 시대에 느릿느릿 '아날로그' 인으로 살다가 갈" 것이라고 쓰셨습니다. 그렇지요. 지금 신부님이 하시는 농사일이나, 나무 깎고 흙 이겨 발라 집 지으신 일이나, 꾸부정한 자세로 성경 말씀을 새기는 일들은 무엇이든 경쟁하듯 빨리빨리 이루어서 그 성과를 제 눈으로 보아야 직성이 풀리는 요새 사람들에게는 하릴없는 구닥다리 늙은이의 한심한 작태로밖에 보이지 않을지도 모릅니다. 참새가 어찌 봉황의 뜻을 알겠습니까? 남들이 야 어떻게 보든 말든 신부님은 예부터 눈 하나 깜짝하지 않으셨습니다. 저도 하늘의 뜻을 알 나이가 지난 지 오랜데 아직도 남의 눈이 엄청 의식되거든요. 소신껏 무엇을 하기에 앞서 주변의 눈치부터 살피는 데 이골이 났습니다. 부끄럽습니다.

지금부터 꼭 20년 전, 6월민주항쟁 이후, 신부님이 제게 가톨릭 농민회를 맡으라고 몇 번이나 찾아오셨던 생각이 납니다. 나는 농민의 아들이 아니라는 어쭙잖은 평계를 대며 요리조리 빠질 궁리만 했던 기억이 새롭습니다. 그 후에 신부님은 아예 본당사목을 접고 홀로 농촌으로 들어가셨습니다. 스스로 농사꾼이자 목수가 되신 거지요. 댁으로 찾아뵙기 전에는 도무지 어느 곳에서도 신부님을 만날 수가 없었습니다. 그런 신부님을 이 소중한 책을 통해서 오늘 다시 뵙습니다. 새해에도 거기 그렇게 강녕하십시오.

2008년 「가톨릭뉴스 지금여기」

'행복한 집' 원장 수녀님

내 방 온도는 연일 32도를 웃돈다. 올여름 더위는 유난히 심하다. 이 찜통 방을 핑계로 사제관을 훌쩍 떠나 용인에 있는 '행복한 집'에 가서 며칠 머물다 왔다. '행복한 집'은 인보성체수녀회에서 운영하는 전문 요양원인데, 거기 살고 계시는 분들은 치매나 중풍에 걸린 무의탁 노인들이 대부분이다. 내가 2년 전에 위암 수술을 받고 석 달가량 신세를 진 다음부터 오면가면 한 번씩 들러서 미사도 드리고 밥도 얻어먹는 곳이다. 산 밑에 있어서 그렇기도 하겠지만 집을 얼마나 잘 지었는지 아름다운 실내는 여름엔 선풍기 없이도 시원하고 겨울엔 종일 환하고 따뜻하다. 우리 찜통 사제관이 지옥이라면 거기는 천당이다.

말지나 수녀님, '행복한 집'의 원장이다. 그분이 워낙 눈물이 많은 건 거기 살면서 불과 며칠 만에 알아 버린 비밀(?)이다. 오죽하면 나는 그분을 모델로 삼아 시를 써서 읽어 드리기도 했다. 용비어천가가 아니다. 너무 작아서 크고 화려한 것을 좋아하는 사람들의 눈에는 잘 띄지도 않는 분에게 바치는 노래다. 좀 부끄럽지만 여기 「말지나 수녀님」 전문을 옮겨 본다.

세상에 눈물 많다 많다 그렇게 많은 사람 보셨습니까?

경기도 용인시 삼계리 무의탁 노인 전문요양원

행복한 집 원장

귀먹은 할머니 불쌍하다고 울고

할머니가 춤을 너무 예쁘게 잘 춘다고 울고

시집간 딸 엄마 면회 와서 붙들고 운다고 울고

자식 없는 할머니는 일 년 열두 달 찾는 이도 없다며 울고

맛난 복숭아 사다 드리니 너무 잘 잡숫는다며 울고

추석빔 입혀 드리고 부잣집 노인 같다며 울고

한밤중에 119 불러 병원 응급실에 가며 울고

돌아가실지도 모르겠다며 울고

할머니들 운다고 슬퍼서 울고 웃는다고 기뻐서 울고

이야기하다가 울고 듣다가 울고

크지 않은 눈에 늘 그렁그렁 눈물을 매달고 삽니다.

내 한 팔로도 거뜬히 들어 올릴 것 같은 몸집

어느 구석에서 눈물은 끊임없이 솟아날까요?

그래도 실은 울기보다 웃기를 더 잘하는

연못 바닥 진흙에 얼룩진 작은 맨발이 예쁜

말지나 수녀님

한마디로 지극정성이다. '행복한 집'의 어르신들을 위하는 일이라면
수녀님은 매사에 그렇다. 노인들이 음식을 먹다가 흘리고 쏟는 일은

다반사인데 그때마다 수녀님은 아랫사람을 불러 대기 전에 먼저 털어 주고 닦아 주고 예뻐 죽겠다는 듯 쓰다듬는다. 할머니가 치마 밑으로 오줌을 질질 흘리며 헤매고 다녀도 얼굴 한 번 안 찡그리고 엎드려서 바닥을 닦고 아기 달래듯 목욕탕으로 모시고 가 새 옷을 갈아입힌다. 그럴 때면 어김없이 두 눈 가득 눈물이 글썽인다.

내가 언제 우리 본당 교우들을 위해서 저토록 정성을 다한 적이 있었던가? 어림도 없다. 그렇다면 저런 지극정성은 도대체 어디서 나올까? 혹시 부모님 살아생전에 효도를 다하지 못한 것이 한이 되어 남았나? 거기까지야 알 수 없는 일이지만 설령 그렇다 하더라도 남에게 잘 보이려는 겉치레가 아닌 것은 분명하다. 겉치레는 자연스럽지 못하고 오래가지 못한다는 것을 나는 안다. 그럼 무엇일까?

측은지심. 그렇다! 오갈 데 없고 아무도 가까이하려 하지 않는 천덕꾸러기 노인들에 대한 수녀님의 지극정성과 하염없는 눈물의 원천은 대자대비하신 예수님과 부처님을 닮은 측은지심이다. 그런데 세상은 정반대다. 측은지심은 찾아볼 수 없고 무한 경쟁, 이른바 정글의 법칙만 만연하다. 거기 눈물샘의 자리는 없다. 인정하고 싶지 않지만 교회도 별반 다르지 않다. 말지나 수녀님은 말복이라고 개를 잡아 점심을 준비하면서 "오늘이 금요일인데 …" 하며 살짝 웃는다. 어르신들 물놀이하기 좋은 자리도 찾아야 한단다. '행복한 집'에 한번 가 보라. 거기서 "섬기러 온"(마태 20,28) 분을 만날 수 있으니.

2008년 「가톨릭뉴스 지금여기」

점쟁이 천주교 신자

그는 앞 못 보는 장님이었다. 족히 일흔은 돼 보였다. 내가 김포성당
에 살던 1990년 당시 고촌면의 한 외딴 곳, 다 쓰러져 가는 양철집 단
칸방에 꼭 그만큼 늙고 꾀죄죄한 할멈과 단둘이 살고 있었다. 그가 거
기 산 지는 몇 년 되었지만 아무도 그가 세례 받은 신자라는 사실을
알지 못했다. 나중에 어찌어찌 그가 천주교 신자이고 영성체하기를
원한다는 말을 전해 듣고서야 나는 봉성체하는 날, 환갑이 넘은 수녀
님과 함께 그 집을 방문했던 것이다. 눈은 왜 못 보게 되었는지, 자녀
는 있는지, 왜 두 내외만 이렇게 사는지 등의 구구절절한 사연을 갈
때마다 조금씩 듣긴 했지만 지금은 거의 다 잊어버렸다.

　　그가 어쩌다 한 번씩 소문 듣고 찾아오는 손님의 점을 봐 주며 근
근이 연명한다는 사실을 알게 된 건 봉성체를 서너 번 하고 난 후였
다. 그도 그럴 것이 그는 10년이 넘게 성당에 못 갔다는 얘기만 했지,
점 이야기는 입도 벙긋 안 했을 뿐 아니라 나 역시 집 안팎에서 색다
른 물건이나 부적 같은 걸 본 적이 없기 때문이다. 내가 농사도 없는
데 뭘 먹고 사느냐고 자꾸 안쓰러워하니까 나중에야 마지못해 입을

연 것이다.

눈 못 뜨는 얼굴엔 죄송스러워하는 표정이 역력했는데 방 한구석에서 건성으로 마른걸레질만 하고 있던 할멈은 이야기를 듣는 건지 아닌지 꼭 돌부처 같았다.

"이런 짓 하면 하느님한테 죄 받겠지요? 그래도 어떡합니까? 목구멍이 포도청이니 뭐라도 해서 먹고살아야 하는데 능력은 없고요."

나는 흠칫했지만 아무렇지 않은 척 태연하게 고개를 끄덕였다. 언제 어떻게 배웠느냐는 물음에 그가 뭐라고 했는지 생각이 안 난다.

"하루에 몇 명이나 옵니까? 한 번 보는 데는 얼마씩 받으시고요?"

"한 명도 오고 두 명도 오고 그래요. 돈은 주는 대로 이천 원도 받고 삼천 원도 받고."

"잘 맞는다고 하던가요?"

"내가 소경이라 성한 사람보다 용한 줄 알고 오는 사람이 있어요. 난 나쁜 얘긴 안 하고 그저 좋은 얘기만 해요. 앞으로 잘될 거라고."

이럴 때 나는 어떻게 처신해야 하나? 즉각적인 결단이 요구되는 순간이었다.

"영감님, 제 말 잘 들으세요. 조금도 걱정 마시고 앞으로도 찾아오는 사람들 잘 봐 주세요. 영감님은 죄 짓는 게 아닙니다. 하느님도 다 이해하실 거예요. 돈 벌어서 방이라도 따뜻하게 하고 사셔야지요. 그리고 오늘은 저도 좀 봐 주세요."

내가 이래도 되나? 명색이 천주교 사제인데 ….

"에이, 무슨 말씀을요. 그래도 나는 하느님 한 번도 안 버렸어요."

"그럼요. 그렇고말고요. 하느님도 영감님을 안 버리세요."

이젠 아예 지당한 말씀이다. 내가 생각해도 참 멋진(?) 말을 했다.

집을 나왔는데 수녀님이 따라 나오지 않는다. 방에서는 영 못마땅한 얼굴로 입을 꼭 다문 채 지켜만 보더니 따로 긴히 해야 할 이야기라도 있었나? 길가에서 한 10분은 기다렸을 게다. 그제야 사립문을 나서는 수녀님께 왜 이렇게 늦었냐고 물으니 정색을 하고 톤을 높여 내게 쏘아붙였다.

"도저히 그냥 나올 수가 없어서 제가 다시 자세히 가르쳐 드리고 왔어요. 신부님이 농담하신 거라고요. 그거 대죄 중의 대죄라고요. 그러니 신부님 말씀을 그대로 믿지 말고 다시는 점 봐 주지 말라고요. 그래야 영성체할 수 있다고 했어요. 신부님도 그렇게 말씀하시면 안 돼요. 그 영감 진짜 자기가 옳은 줄 알아요."

순식간에 그와 나는 십계명 중 첫째 계명을 거스른 대죄인이 되었다. 세상에, 이럴 수가!

다음 달에 다시 성체를 모시고 그 댁에 갔을 때 주인 내외는 어디론가 이사 가고 집은 썰렁하게 비어 있었다. 대자대비하신 하느님은 그를 교적에서 아주 지워 버리셨을까?

2008년 「가톨릭뉴스 지금여기」

민들레한글학교 이야기

'민들레한글학교'는 내가 사는 부천시 고강동천주교회 부설로 지난해 11월에 문을 열었다. 몇 달 동안 시범 수업을 하면서 학생을 모집해 금년 3월에 정식으로 개교와 함께 입학식을 한 학교다. 가르치는 봉사자 선생님이 다섯 분(40~50대 전업 또는 맞벌이 주부)이고 학생은 현재 총 43명이다. 주로 환갑이 넘은 할머니들이다. 개중에는 40대 중년층도 있고 남자도 두 명 있다. 우리 동네에 글자 모르는 분이 이렇게 많을 줄 몰랐다. 어쩌면 이보다 훨씬 더 많은 분이 있지만 학교가 있는지 몰라서, 혹은 남부끄러워서 못 오시지 싶다. 수업은 일주일에 두 번, 한 번에 두 시간씩 하는데 아예 '가나다'도 모르는 기초반부터 읽기는 하지만 쓰기가 서툰 중급반까지 수준에 맞게 나누어 진행한다. 학교 이름은 먼저 공부를 시작한 다음 두 달이 지나서야 선생님들과 학생들이 오래도록 궁리한 끝에 겨우 지었다. 민들레꽃의 이미지가 우리 학교와 비슷하다는 데 공감했다 한다.

민들레한글학교가 여름방학을 했다. 개교해서 첫 학기를 마친 것이다. 선생님 한 분이 떡을 해 와서 나눠 먹고 가을 학기를 기약했다.

나는 선생님들 수고하셨으니 1박 2일쯤 어디 시원한 계곡에 가서 쉬며 지난 학기를 정리하자고 인심이나 쓰듯 제안했다가 무안스레 거절당했다. 그분들의 빡빡한 살림 사정을 미처 생각하지 못한 탓이다. 부끄러웠다. 모두들 이렇게 바쁜 와중에도 싫은 내색 한번 안 하고 열과 성의를 다하는데 나는 그것도 모르고 …. 대신 한나절 소풍으로 때우기로 했다.

남한산성 골짜기에서 점심을 먹으며 터지기 시작한 선생님들의 입은 돌아오는 봉고차 안에서도 그칠 줄 몰랐다. 경찰관들은 놀러 가도 도둑놈, 강도 이야기만 하나? 선생님들의 이야깃거리는 온통 민들레학교 할머니들에 관한 것뿐이었다.

"우리 반 아무개 어머님은(선생님들은 학생들을 이렇게 부른다) 글자를 꼭 소리 나는 대로밖에는 못 쓰시는 거야. 충청도가 고향이라 그런지 미역국이라고 또박또박 불러도 꼭 멱국이라고 쓰시거든."(모두들 까르르)

"우리 반 아무개 어머님은 아침 아홉 시면 벌써 오셔서 혼자 청소 다 하시고 책상 정돈 다 해 놓고 공부하시는 거야."

"우리 반 어머님들은 방학하지 말고 계속해서 공부하재요. 얼마나 대단하신지 몰라. 근데 그분들보다 내가 더 죽겠는걸 뭐."(또 한번 까르르)

이럴 줄 알았으면 녹음이라도 해 둘 걸. 많은 이야기 중에 백미는 단연 다음 이야기였다.

"우리 지난번에 반별로 영화 구경 갔잖아요. 「크로싱」이오. 근데 우리 반에 올해 예순 되신 아무개 어머님은 생전 처음 극장에 가신 거래요. 그럴 수도 있나? 그분이 그러는데 극장 입구에 들어가자마자 '아, 여기가 바로 천당이구나' 하는 생각이 들더래요. 그게 무슨 말씀이냐고 물으니까 당신이 젊었을 때 아파서 한 사나흘 죽다 살아났는데 이번에 본 극장이 그때 본 천당과 너무 똑같다는 거야. 처음엔 이해가 안 갔지만 나중에 곰곰이 생각해 보니까 그럴 수도 있겠다 싶었어요. 울긋불긋 알록달록한 극장 로비가 천당처럼 아름답게 느껴진 거지. 정작 영화의 내용은 이해를 못하셨나 봐요. 말씀이 없으신 걸 보니. 하지만 그분은 두 번째로 천당 구경을 하신 거예요."

아, 그럴 수도 있구나. 이제 환갑 되신 분도 극장이란 데를 생전 처음 가 볼 수 있는 일이구나. 그분의 육십 평생이 어땠으리라는 것은 더 묻지 않아도 대강 그림이 그려졌다. 해서 올 가을에는 극장보다 더 천당에 가까운 수학여행을 갈 거다. 1박 2일로. 혹시 핑계를 대며 안 가겠다고 꽁무니를 빼는 분이 있으면 억지로라도 모시고 가야겠다. 우리에게는 반드시 그래야 할 의무가 있다. 민들레한글학교에 학생이 없어 텅텅 빌 날은 언제일까?

2008년 「가톨릭뉴스 지금여기」

내 친구 아내의 고백

써 놓고 보니 꼭 무슨 선정적인 영화 제목 같다. 아무튼 어느 날 모처럼 만난 그분이 내게 한 고백은 사뭇 충격적이었다. "제가 지금까지 남편과 살아온 이야기를 다 하자면 소설을 열두 권 써도 모자랄 겁니다." 내 친구가 올해 환갑이 되니 자세히 묻지는 않았지만 그들이 부부로 함께 산 지 족히 30년은 되었을 것이다. "신부님이 제 남편과 사귄 지 아무리 오래됐어도 신부님이 알고 계시는 건 단지 그의 일부분에 불과합니다. 그게 남편의 다가 아닙니다. 제 남편은 신부님이나 다른 많은 친구가 알고 있는 그런 사람 좋은 사람이 아닙니다." 당연하지. 열 길 물속은 알아도 한 길 사람 속은 모른다 했거늘 내가 아무리 그와 친하다 해도 어떻게 그의 모든 면을 샅샅이 알 수 있겠는가.

"남편은 욕심이 너무 많습니다. 그렇다고 돈을 벌지도 못합니다. 그냥 욕심만 많을 뿐입니다. 제가 노점 장사까지 했습니다. 이날 이때까지 안 해 본 게 없을 정도로 제 몸을 혹사해 가며 일했습니다. 육신이 고달픈 게 문제가 아닙니다. 저는 늘 남편과 시부모에게 달달 볶였습니다. 그래도 남편은 성에 차지 않았습니다. 신부님께 이런 말까지 해도 되는지 모르겠습니다만 지난 20년 동안 저희 부부는 단 한 번도 오붓한 둘만의 잠자리를 가져 보지 못했습니다. 늘 부모님과 아이들과 함께, 심지어는 시동생까지 한방에서 자야 했습니다. 우린 말이 부부지 실제론 부부가 아닙니다. 아이들만 아니었으면 이혼을 해도 벌써 했을 겁니다. 부모고 자식이고 다 버리고 도망가고 싶었던 적이 한두 번이 아니었습니다. 남편은 물론 시부모님도 다 미웠습니다. 빨리 죽으면 좋겠다고 생각했습니다. 어떤 때는 막 소리를 지르며 미친 듯이 시부모님께 대들기도 했습니다. 주일날 성당에 안 간 지는 이미 오래됐고요, 기도해 본 적이 언젠지도 모릅니다. 그런 저를 신부님은 상상도 못하시지요?"

예전에 내가 초등학교 시절 시골에 살던 우리 식구는 늘 한방에서 한 이불을 덮고 함께 잤다. 하나도 이상하거나 어색하지 않았다. 그런데 요즘도 그런 집이 있단 말인가. 믿을 수 없는 얘기였지만 믿지 않을 수 없었다. 지옥이 따로 없구나 싶었다. 그분은 도대체 그런 숨막히는 분위기를 어떻게 견디며 살아왔을까? "이제 막내 하나 남았습니다. 그거 시집보내면 저는 당장 훌훌 털고 집 떠나서 꽃동네 무료 봉사라도 하며 여생을 보내고 싶습니다. 저 너무 못됐지요?"

화가 났다. 이럴 땐 뭐라고 해야 하나? 내 친구가 천하에 나쁜 놈이니 차라리 이혼하는 게 낫겠다고 할까? 명색이 천주교 사제인데 그래서는 안 되겠다. 지금껏 용케 참고 살아왔으니 그저 주어진 십자가로 여기고 여생을 참고 살라고 해야 할까? 역시 안 될 말이다. 남 얘기라고 그렇게 쉽게 하는 게 아니다. 내가 무슨 권리로 그녀에게 희생을 강요할 수 있단 말인가. 물론 그분은 내게서 뾰족한 묘수가 나오리라 기대하고 고백한 건 아니다. 그냥 눈물 콧물 줄줄 흘려 가며 자신의 한을 쏟아 놓은 것뿐이다. 그러나 나는 무슨 말이든 꼭 해야만 될 것 같아 그분의 손을 덥석 잡고 기어드는 목소리로 더듬거렸다. "ㅇㅇㅇ 어머니는 훌륭한 분입니다. 조금도 모자라거나 잘못하신 게 없습니다. 잘 살아오셨습니다. 괜한 소리가 아닙니다. 당신은 훌륭한 며느리이고 아내이고 어머니입니다."

언젠가 이름만 대면 누군지 금방 알 만한 유명 인사 모 씨가 내게 하소연하던 생각이 났다. "내가 남편과 딴 방을 쓴 지 오래됐는데 남들은 알지도 못하고 우리를 멋진 부부라고 부러워해요. 사회적 체면 때문에 이혼은 꿈도 못 꿉니다. 그런데 유치원에 다니는 막내딸이 방학 때 친구네 집에서 하룻밤을 자고 돌아오더니 놀란 표정으로 내게 말하는 거예요. '순희네 엄마 아빠는 참 이상해요. 한방에서 같이 자요'라고요. 가슴이 찢어졌어요." 그분도 내게 눈물을 보였다. 도대체 이 사회에는 이런 부부가 얼마나 많은가. 부부란 과연 무엇인가? 고백하건대 여전히 나는 모르겠다. 왜 이리 점점 모르는 게 많아지나.

2008년 「가톨릭뉴스 지금여기」

내게 금붕어를 건네준 아이들

점심을 먹고 산책길을 나서는 것은 특별한 일이 없는 한 거의 매일 반복되는 일과다. 그날도 성당을 나와 차들이 빽빽이 들어선 연립주택 골목을 지나던 참이었다. 초등학교 3~4학년쯤으로 보이는 여자 아이들 셋이 무엇인가를 소중하게 들고 재잘거리며 저만치서 나 있는 쪽으로 걸어오고 있었다. 내 앞까지 온 아이들은 나를 보더니 "안녕하세요?" 하며 인사를 했다. 기특하기도 하지. 얼굴은 낯설지만 으레 우리 성당에 다니는 아이들이려니 하며 나도 반갑게 손을 흔들고 지나쳤다. 몇 발짝 가다가 등 뒤에서 "할아버지" 하고 부르는 소리를 들었다. 나를 부르는 소리라고는 상상도 못했다. 머리만 조금 하얗다 뿐이지 내가 어디 할아버지 같은가? 당연히 돌아보지도 않았는데 또다시 할아버지를 부르는 소리를 듣고서야 뭔가 이상해서 걸음을 멈추고 주위를 둘러보았다. 아무도 없었다. '아, 나를 부르는 소리구나!' 조금 전에 내 곁을 지나갔던 아이들 셋이 나를 향해 뛰어오고 있었다.

"나를 불렀니?"

듣기는 매우 거북했지만 내가 어째서 할아버지냐고 아이들과 시비할 일도 아니지 않은가.

"그럼요. 여기 할아버지 말고 또 누가 있어요?"

나를 할아버지라고 부르는 것으로 보아 그 아이들은 우리 성당 주일학교 아이들은 분명 아니었다. 한 아이가 나서더니 눈을 동그랗게 뜨고 내게 말했다.

"할아버지, 가만히 보니까 무척 외로워 보이시는데 이거 드릴 테니 가져가세요."

갑자기 전봇대에 세게 부딪힌 것처럼 머리가 띵했다. 아니, 외로워 보이다니! 이게 무슨 소리? 그 아이는 제 손에 들고 있던 플라스틱 물병을 조심스레 내게 건넸다. 목 부분을 아무렇게나 잘라 낸 뿌연 병에는 작은 금붕어 두 마리가 들어 있었다. 엉겁결에 병을 받아 든 내게 아이는 열심히 설명을 해 댔다.

"학교 앞에서 파는 거 샀는데요, 금붕어 밥은 수족관이나 백화점에 가시면 살 수 있으니까 잘 기르시고 친구하세요."

나는 금붕어 병을 들고 동네를 벗어나 논둑길로 접어들었다. 오만 가지 생각이 머릿속을 맴돌았다. 내가 혼자 사는 외로운 늙은이? 얼마나 불쌍하고 궁상맞게 보였으면 초등학생이 제 용돈을 털어 산 아까운 금붕어를 선뜻 건넸을까? 내 꼴이 지나가는 아이의 측은지심을 불러일으킬 만큼 그렇게 초라하고 꾀죄죄한가? 그래, 설사 그렇게 보였다고 치자. 그래도 그렇지, 어떻게 처음 보는 초등학교 3~4학년의 어린애들이 그런 생각을 하고, 그렇게 말하고 행동할 수 있을까? 저 애들은 외로움이 뭔지 알기나 할까? 아니면 혹시 나도 모르는 내

무의식 속의 외로움이 아이들 눈에 들킨 것일까?

집에 돌아오자마자 나는 금붕어를 큰 대접에 옮겨 담고 먹이를 사다가 넣어 주었다. 저것들이 잘 살까? 아이들의 예쁜 마음을 봐서라도 금붕어들은 내 곁에서 오래오래 잘 놀아 줘야 했다. 내가 외롭지 않기 위해서라도. 그러나 나의 바람은 물거품이 되고 말았다. 사흘째 되는 날 아침에 나는 금붕어 두 마리가 대접 위에 배를 드러내고 누워 있는 것을 보았다. 바로 어항을 사다가 산소발생기라도 넣어 줬어야 했는데 미처 그 생각을 못 한 거다.

금붕어보다 아이들에게 먼저 미안했다. 금붕어가 죽은 줄 알면 얼마나 섭섭해할까? 그 아이들을 다시 보면 나는 뭐라고 해야 할까? 이 할아버지(?)한테 한 번 더 기회를 달라고 부탁할까? 그러면 아이들은 뭐라고 대답할까? 금방 새 금붕어를 가져다줄까? 어쩌면 그럴지도 몰라. 그러나 나는 다시는 골목길에서 그 아이들을 마주치지 못했다. 얼굴도 기억이 안 나니 다시 만나기는 다 틀렸다. 어느 학교 몇 학년, 이름이라도 알아 둘 걸 ….

나도 남들과 똑같이 차츰 할아버지가 되어 간다는 엄연한 사실을 애써 부정하려고 발버둥치는 이 한심한 작태를 새삼 돌아보게 해 준 그 천사들은 도대체 누구일까? 곱게 늙는 법을 익혀야겠다고 다짐하게 한.

2008년 『갈라진 시대의 기쁜소식』

대구의 기적

대구에서 기적이 일어났다. 그렇다. 그건 분명히 기적이다. 사건이란 표현은 오히려 적절치 않다. 전남 나주에 있는 어느 성모상이 피눈물을 흘렸다는 소문과는 다른 차원의 기적이다. 내가 지금 대구라고 했지만 엄밀히 말하면 대구가 아니라 경북 경산시 진량읍에 있는 대구대학교 이야기다. 그 대학에서 지난 9월 17일, 제10대 총장에 당선된 사회학과 홍덕률 교수의 이야기다.

홍 교수와 나와의 인연은 지금부터 꼭 30년 전, 박정희 유신 말기인 1979년으로 거슬러 올라간다. 세상이 온통 살벌하고 암울했던 당시에 나는 인천 수도국산 밑 송림동성당에 서품 3년차 보좌로 있으면서 노동자들을 모아 야학('서해야학'이라 했다)을 꾸렸는데 그때 장정옥, 고남석, 이정희, 김윤, 임헌 등과 함께했던 교사 한 사람이 서울대 재학생 홍덕률이었다. 그가 부인과 함께 트럭에 이삿짐을 싣고 대구로 가서 대구대학의 강단에 선 지 21년 만에 총사령탑에 오른 것이다.

지난 10월 말, 가을비가 추적추적 내리는 주말 오후에 부천역 앞의 한 국숫집에서 오래전부터 그와 가까이 지내던 경인 지역의 동료,

선후배 스무 명가량이 모였다. 고향 동무들이 마련한 조촐한 축하 자리였다. 당연히 홍덕률 내외가 주인공이었는데 거기 모인 사람들 중에 내가 제일 나이가 많았다. 좁고 허름한 국숫집 이 층 방의 분위기는 참으로 화기애애하고 유쾌했다. 저마다 한마디씩 덕담을 건네고 축하와 화답의 술잔이 오갔다. 그 자리에서 어떻게 서울도 인천도 아닌 대구 같은 외지에서 당선될 수 있었느냐, 이건 뭔가 말 못할 '야로'가 있었던 게 아니냐는 내 농담조의 물음에 홍덕률은 다음과 같이 이야기했다.

"전부터 총장 선거에 나서 보라는 주변의 권유가 몇 번 있었는데 그때마다 제가 늘 고사했어요. 그런데 이번에는 때가 됐다는 생각이 들어 적극적으로 나섰습니다. 누구보다도 열심히 뛰었습니다만 특별히 한 것은 없고요, 안 한 것은 몇 가지 있습니다. 하나는, 단 한 사람에게도, 그 누구에게도 보직을 약속하지 않았다는 거고요. 또 하나는, 신부님도 아시다시피 전 워낙 술을 못해서 누구와 술을 많이 마시지도 않았습니다. 그리고 또 하나는, 제가 가진 게 없다 보니까 돈을 쓸 수가 없었다는 겁니다."

"그럼 한 게 아무것도 없으니 순전히 재수가 좋아서 됐구먼."

와~ 웃음이 터졌다. 홍덕률의 말엔 거짓이나 꾸밈이 조금도 없음을 나는 안다. 나뿐 아니라 거기 모인 모든 동무가 다 안다. 그러니까 내가 그런 농담도 할 수 있었던 거다.

대구가 어떤 도시인가. 5·16 쿠데타부터 오늘에 이르기까지 민정당, 민자당, 한나라당으로 대를 이으며 권력을 휘두른 수구세력의 본거지가 아닌가. 유독 정치·사회 부문에서만이 아니다. 천주교 대구교구는 여타의 교구들에 비해 가장 보수적인 교구로 알려져 있다. 대구의 배타성은 유별스럽다. 게다가 대학이라는 데가 본디 다른 조직 사회보다 유난히 더 고등학교나 대학의 선후배 인맥으로 엮인다는 것은 알려진 사실이다. 더더구나 지금은 이른바 뉴라이트와 부자 재벌들이 역대에 최고로 득세한 이명박 정권 시대다. 그런 지금, 여기 대구에서 인맥 하나 없이 굴러 들어온 홍덕률 교수가 박혀 있는 주류를 제치고 총장으로 선출된 것이다.

홍덕률 교수에게 박수를 보낸다. 그러나 그보다 더, 재단의 미움을 사서 한때는 해직까지 당했던 비주류의 손을 들어 준 대구 사람들이 멋지다. 임기가 끝나는 4년 후, 8년 후에도 변함없이 대구는 그들의 선택이 옳았다고 축배를 들기 바란다. 나는 오늘, 깜깜한 이 땅에서 한 줄기 환한 희망의 빛을 본다.

2009년 「가톨릭뉴스 지금여기」

회사원 ㅎ씨의 비애

ㅎ씨는 37세, 여성이다. 미국에서 8년간 의상 디자인을 공부하고 돌아와 서울 변두리의 한 중소 의류수출회사에 어렵게 취직해서 일한지 3년이 되었다. 정규직 과장이다. 허구한 날 새벽 여섯 시가 되기 전에 집을 나서서 밤 열한 시에야 돌아오고 툭하면 토요일도 일요일도 특근이니 연애는 물론 맞선 한 번 제대로 볼 시간적 여유가 없어 아직도 본의 아니게 미혼이다.

ㅎ씨는 요즘 유난히 더 슬프고 서럽다. 얼마 전에 새로 들어온 상무가 사사건건 꼬투리를 잡아 시비를 걸고 다른 사원들 앞에서 공공연히 그에게 편잔을 준다. 전에 있던 상무도 어떻게든 그를 내쫓으려고 안달을 하다가 끝내는 회사 돈을 횡령한 사실이 발각되어 쫓겨났는데 이 사람은 한술 더 뜬다. 묵주반지를 낀 손으로 삿대질은 보통이고 어떤 때는 '자매님'이라고 불러 가며 지청구란다. 그러니 어디 살겠느냐고 ㅎ씨는 밤늦은 퇴근길에 전화기에 대고 땅이 꺼져라 한숨을 짓는다.

ㅎ씨의 하소연은 차츰 회사 전반의 문제로 전이된다. "우리 회사

는 사원이 백 명이 넘는데 노조도 없어요. 사원들 사이에는 바른말 하면 왕따가 돼서 결국은 쫓겨난다는 사고가 팽배해요. 미국 지사는 사내의 인권 문제를 감독하는 기관이 따로 있어서 마음 편히 일할 수 있는데 여기 본사는 시도 때도 없이 휘둘러 대는 상사의 언어폭력에 고스란히 노출되어 있고 그로 인해서 받는 스트레스는 이루 말할 수 없어요. 말을 안 해서 그렇지 제가 입사한 후에만 30대 직원이 둘이나 죽었어요. 둘 다 암 판정을 받았는데 그건 보나마나 회사에서 받은 스트레스 때문일 거예요. 사원들은 우리도 언제 죽을지 모르니 보험이라도 들어 둬야 하지 않겠냐는 말들을 예사로 해요. 시체놀이란 말 들어 보셨어요? 어쩌다가 주말에 집에 있으면 하루 종일 시체처럼 꼼짝 않고 잠만 자는 거예요. 아무것도 하기 싫고 할 수도 없는 상태가 되는 거지요. 저 그래서 주일미사 못한 지가 얼마나 됐는지도 모르겠어요. 그래도 저는 혼자라서 좀 나은 편이지요. 결혼한 사람들 중에 아이가 둘인 경우는 거의 없고요, 식구들 얼굴도 한 주일에 두세 번 보는 게 고작이라니까요. 남편과 애가 일어나기 전에 나오고 잠든 다음에 들어가니 그럴 수밖에요. 정규직이면 대수예요? 1년을 못 버티고 나가는 애들이 수두룩한 걸요. 너무 안됐어요."

스트레스가 죽음의 직접적인 원인이든 아니든 사실 여부와는 상관없이 동료들이 그러리라고 믿는 데는 분명 그만한 이유가 있을 것이다. 그의 불평은 계속된다. "본래 웃기 잘하는 제게서 점점 웃음이 떠나고 얼굴이 딱딱하게 굳어져 가요. 전 경마장엔 안 가 봤지만요, 말이 죽을힘을 다해 뛰다가 쓰러져서 다시는 일어나지 못하는 그런 상황에 처한 것 같아요. 요새 제가 꼭 그래요.”

이 땅의 모든 ㅎ씨들은 이렇게 산다. 그런데 나는 사제랍시고 그런 ㅎ씨들에게 주일미사 참례를 강요했다. 본당의 봉사 활동 단체에 적어도 하나씩 가입하라고, 그래야 신앙생활을 제대로 할 수 있다고 기회만 되면 침을 튀겼다. 그렇게 30여 년을 살아왔다. 부끄럽다. 오늘 밤은 20여 년 전부터 보아 온 터라 늘 어린애 같기만 한 ㅎ씨에게서 정말 훌륭하고도 요긴한 ‘알로쿠시오’(훈화)를 들었다.

오늘 아침에 받은 교구 공문이 오버랩된다. “2011년은 인천교구 설정 50주년이 되는 해다. 기념사업으로 ‘영성교육피정센터’를 건립하는 데 3백억 원 정도가 든다. 신자들에게 ‘봉헌 약정서’를 배부하고 설명하라. ‘인천교구 성령충만’이라는 구호를 미사 때마다 제창하라”는 내용이다. 하라면 하면 되나? 해야 하나? 이 기념사업이란 게 진정 ㅎ씨에게 위로가 될까?

2009년 「가톨릭뉴스 지금여기」

담배 끊기

누가 그랬던가, 담배 끊은 사람과는 상종하지 말라고. 독하다는 게 이유다. 나는 담배를 안 피운다. 20년 넘게 물고 다니던 것을 끊은 지 꼭 17년 됐다. 이제는 누구라도 아직 장담할 수 없다고는 못할 게다. 나는 과연 독한 사람인가? 솔직히 말하는데 "아니다!". 인내심도 없고, 한 번 한다면 하는 결단성도 부족하고, 매사에 물러 터지기만 하다.

그해, 나는 안식년을 얻어 독일 누나 집에 머물고 있었다. 담배를 하루에 한 갑 이상 피우던 때였다. 뒤뜰로 창이 나 있는 널찍한 방이 내 차지였는데 누나네 식구들은 어른 아이 할 것 없이 담배를 피우는 사람이 없어서 내놓고 피우기가 좀 뭣했다. 참느라고 참았지만 식후 금연은 3초 내 즉사라, 방문을 꼭 닫은 채 창문 밖으로 머리를 내밀고 피울 수밖에 …. 하지만 그때의 그 기분과 맛을 무엇에 비길까? 담배 연기는 넓은 정원으로 잘도 빠져나갔고 방 안은 냄새 하나 없이 쾌적했다. 완벽한 처리였다.

문제는 조카 녀석들이었다. 이놈들이 내 방 앞을 지날 때면 어김없이 코를 벌름거리고 오만상을 찌푸리며 저희끼리 수군덕거리는 것이다. 담배 냄새가 난다 이거지. 복도로 난 방문은 꼭꼭 닫아서 바람도 안 통하는데 어찌 그리로 연기가 새 나갔을꼬? 이놈들 코는 모두 개코인가? 한편 괘씸하면서도 다른 한편으로는 슬슬 '쫀심'이 상하기 시작했다. 내가 어린것들한테 이런 수모(?)를 당하면서도 담배를 물고 살아야 하나? 에이, 더럽고 치사해서 차라리 안 피우고 말지. 그러나 그게 마음처럼 쉽지 않았다.

집에 돌아온 다음 이상한 일이 벌어졌다. 어느 날 아침, 거짓말처럼 담배 생각이 싹 없어진 것이다. 밥을 먹고 나도 생각이 안 났다. 어찌 된 일일까? 담배를 끊자고 9일기도를 한 것도 아니고 아프게 입술을 깨문 일도 없다. 있다면 그저 예쁜 조카들의 찡그린 얼굴 표정에 대한 기억뿐이다. 소위 금단증세라는 것도 모른 채 오늘까지 왔다.

담배라면 나보다 두세 배는 더 피우던 선배 조성교 신부의 이야기. 지난 2008년 봄이다. 우리 일행 넷은 스페인의 산티아고 2천 리 순례를 위해 파리에서 야간열차를 타고 프랑스 국경으로 가던 중이었다. 밤 시간이 무료하던 차에 일행의 리더인 외과의사 홍성훈 선생이 난데없는 내기를 걸었다. "조 신부님이 담배를 끊으면 내가 '우리신학연구소'에 천만 원을 기부하겠습니다. 대신 실패하면 없던 일로 합니다." 아니, 담배 끊는 데 천만 원을 걸어? 순간, 나는 벌떡 일어나 좁은 통로로 나가서 선배에게 넙죽 큰절을 했다. "형님, 제발 부탁드립니다." 이 양반 왈, "야야, 너 나한테 잘 보여. 여차하면 다시 피운다." 그 후로 그가 담배 피우는 것을 나는 본 적이 없다. 물론 연구소 통장에는 에누리 없는 천만 원이 입금되었다.

부자의 객기가 아니었다. 나중에 알고 보니 옳은 일이라면 서슴없이 주머니를 여는 홍 선생은 이미 연구소에 기부하겠다고 마음먹었던 터였고, 조 선배는 집 떠날 때부터 머나먼 순례에 골칫거리인 무거운 배낭을 줄이기 위해서라도 부피가 큰 담배는 갖고 가지 말자고 다짐했던 터였다. 뜻밖의 선물은 두 분의 합작품이었던 셈이다.

지난 추석 다음 날, 여러 동무와 함께 북한산 둘레길에서 내려와 막걸리를 마시는 자리에서 홍 선생은 또 한 번 후배 의사인 ㄱ씨의 옆구리를 찔렀다. "네가 올해 안에 담배를 끊고 두 달만 안 피우면 네가 지정하는 곳에 내가 천만 원을 기부하겠다. 대신 그게 안 지켜질 경우에는 네가 이천만 원을 내가 지정하는 곳에 기부하는 거다. 신부님이 공증인이다. 어떠냐?" ㄱ씨는 계산 좀 해 보자며 즉답을 피했지만 눈치를 보니 둘 다 또 어디엔가 기부하고 싶은 곳이 있는 게다. ㄱ씨가 드디어 담배를 끊을 것인가, 아니면 두 배로 벌금을 낼 것인가? 자못 궁금, 흥미진진하다.

2010년 「가톨릭뉴스 지금여기」

솔직 담백하신 분

― 홍성훈 선생님께 드리는 편지

홍 선생님, 그간 편안하셨습니까? 홍 선생님 뵌 지가 열흘은 넘은 것 같습니다. 한 달에도 몇 번씩 만나 막걸리 잔을 나누었지만 홍 선생님께 편지를 쓰기는 이번이 처음이지 싶습니다. 생각나십니까? 선생님을 처음 뵌 게 선생님이 부천 요셉병원에 계실 때, 그러니까 제가 소사본당 보좌로 있던 1977년이었습니다. 봉성체를 하다가 병원에 들러 흰 가운을 입고 계시는 선생님과 처음 만났지요. 저야 말할 것도 없이 사제 서품 1년차 햇병아리였지만 선생님도 머리가 까맣고 잘생긴 청년 의사셨습니다. 그런데 올해 벌써 칠순이 되셨으니 저도 아찔한 세월의 빠름을 선생님은 어떻게 감당하십니까?

홍 선생님이야 이제는 유명 인사가 되셔서 인천 지역에서는 모르는 사람이 없게 됐지만 '홍성훈' 하면 제일 먼저 떠오르는 이미지가 뭐냐고 누가 묻는다면 저는 서슴지 않고 한마디로 '솔직 담백한 분'이라고 대답할 수 있습니다. 그래서 이 공개편지의 제목도 그렇게 달았습니다. 자기 잘난 자랑거리를 줄줄이 늘어놓는 것이야 그게 아무리 거짓 없는 사실이라 하더라도 어디 솔직하달 수 있겠습니까? 잘못한 일, 못난 모습, 부끄러운 치부를 스스로 드러내는 사람이야말로 솔직한 사람이지요. 홍 선생님이 잘 쓰는 표현에 따르면 제 똥구멍을 보이는 사람입니다. 그런데 요즘 그런 사람이 어디 있습니까? 머리가 조금 돌거나 사회생활을 포기한 사람이 아니라면 그럴 수가 없지요. 그런 바보 같은 솔직함을 저는 홍 선생님에게서 보았습니다.

"아무리 생각해도 나는 명의가 아닌데 새벽부터 우리 병원 앞에 길게 늘어서 있는 환자들을 나는 도저히 이해할 수가 없다."

"스페인에서 2천 리 순례 길을 걷는 34일 동안 나는 단 하루도 포도주를 안 마신 날이 없다. 나는 술꾼이다. 이 정도면 중독이다."

이런 말은 아무나 할 수 있는 게 아니지요. 홍 선생님에게서만 들을 수 있는, 홍성훈이니까 가능한 말입니다. 저는 가끔 깜짝 놀랄 때가 있습니다. 아무리 나이가 들어도 그렇지 사람이 어떻게 저렇게 담백할 수가 있을까? 홍 선생님의 솔직 담백함은 세상 누구에게도 아무것도 거리낄 게 없는 당신의 자신감과 당당함의 자연스러운 표출이라고 저는 생각하는데요. 어떻습니까? 제 말씀에 동의하십니까?

홍 선생님이 오랫동안 교회 안팎의 환경 운동이나 정의 평화 운동에 몸담고 적극 활동하신 삶의 궤적도 이와 무관하지 않은 듯합니다. 켕기는 게 많은 사람은 절대로 초지일관 대나무처럼 꼿꼿한 자세로 바른말을 하지 못합니다. 아예 눈을 돌리고 입을 다물거나 한두 번 목청을 높이다가 슬그머니 꼬리를 내리기 일쑤지요. 더군다나 우리나라 같이 비열하고 무자비한 권력이 남용되는 사회에서는 어림도 없는 일입니다. 그저 좋은 게 좋은 거니 옳고 그름은 제쳐 두고 누이 좋고 매부 좋게 사는 걸 지혜라고 여기는 사람들이 태반입니다. 홍 선생님은 그런 사람이라면 지위 고하를 막론하고 상종을 않든가 혹은 대놓고 비판하셨습니다. 그래서 요샛말로 까칠하다고 홍 선생님을 좋아하지 않는 사람들도 더러 있다는 걸 아시지요? 칠순이 되신 이제껏 변함이 없으시니 저는 "그게 바로 홍성훈의 매력이요 장점이라고 이 연사 소리 높여 외칩니다아아아!"

개인적으로 선생님께 받은 도움은 열 손가락으로 꼽기가 어렵습니다. 물론 물심양면입니다. 그동안 제가 선생님과 함께 관여했던 '우리신학연구소'나 인터넷신문 「가톨릭뉴스 지금여기」에 쾌척하신 후원금은 얼마며 제가 얻어먹은 밥과 술은 또 얼맙니까? 남모르게 살그머니 찔러 주신 어려운 학생과 노동자를 위한 봉투는 또 얼마고요?

이런 공개편지는 대개가 사실보다는 과장된 찬사로 일관되는 것, 선생님도 잘 아실 겁니다. 보기에 따라서는 저의 이 편지도 그렇게 보일 수 있겠지요. 선생님 마음에는 영 안 드실지도 모르겠다는 생각을 해 봅니다. 그렇지만 면전에서 그 사람 듣기 좋으라고 하는 말을 못하는 성격인 제가 생전 처음으로 아무런 계산도 없이 쓰고 싶은 대로 쓰는 것이니 그냥 한 번 읽고 웃어넘겨 주시면 고맙겠습니다.

홍 선생님께는 언제나 고마운 마음입니다. 앞으로 꼭 20년만 더 자주 뵙고 함께 막걸리 마시며 지낼 수 있으면 좋겠습니다. 욕심이 너무 큰가요?

2011년 「홍성훈 원장의 삶과 여행 이야기」

월남전 참전 용사 김 씨

그를 처음 만난 게 1980년 초, 내가 인천의 변두리, 한국화약 공장이 있는 고잔동성당에 초임 발령을 받고 부임한 때였다. 그는 또래의 두세 사람과 함께 동네에 하나밖에 없는 구멍가게에 걸터앉아 새벽부터 소주를 마시고 있었다. 생면부지의 그를 만나려고 며칠을 수소문한 끝에 얻은 성과였다. 만나는 사람마다 약속이나 한 듯 그를 빼고는 고잔을 말하지 말라니 도대체 어떤 사람일까 무척 궁금했던 것도 사실이다. 그때만 해도 그나 나나 술이라면 한가락 한다고 자부하는 터였으니 우리는 쉽게 가까워졌다.

그는 홀로된 어머니와 노쇠한 할머니까지 한집에 모신 여덟 식구의 가장이었다. 하지만 동네에서 모범적이고 성실한 청년이라고 칭찬하는 말은 별로 들어 보지 못했다. 확실한 직장도 없는 데다 대대로 내려온 농사일에도 열심이지 않았으니 그럴밖에. 수재만 들어간다는 인천중학교를 졸업했으니 공부를 못한 때문은 아닌 듯하다. 아마도 남들처럼 한 푼이라도 더 벌려고 악착을 떨지 않고 매사에 큰 욕심 없는 천성 때문이 아니었나 싶다. 솔직히 말하자면 욕심이 없는 것인지

의욕이 없는 것인지 감을 잡을 수 없을 때도 더러 있었다. 우리는 거의 매일 만나서 김치 안주에 소주를 마시고 웅덩이를 퍼서 미꾸라지도 잡고 갯가에 망둥이도 잡으러 다녔다. 늘 가난을 벗어나지 못했지만 그는 태어난 그 땅에서 힘들 것도 바쁠 것도 없이 그냥 그렇게 살았다.

그러다 갑자기 뜻하지 않은 우환이 생긴다. 흥부 각시 같은 부인이 심장 수술을 하게 된 것이다. 수술비는 엄청났다. 고민 끝에 그는 편법을 쓴다. 사장 친구에게 사정해서 건강보험 카드를 만들었는데, 안 되는 놈은 뒤로 자빠져도 코가 깨진다고 그만 들통이 나고 말았다. 가난한 시골 사람으로서는 도저히 감당하기 어려운 거액을 고스란히 물어야 했다. 할 수 없이 땅을 팔았다. 그나마 버텨 오던 살림은 급속도로 기울었다. 와중에 할머니와 어머니가 돌아가시고 동생들 시집 장가도 보냈다. 그때부터 그는 집을 떠나 타향살이에 돌입한다. 자본도 기술도 없는 그에게 돈벌이는 그리 녹록지 않았다. 하는 것마다 잘 안되었다. 엎친 데 덮친 격으로 고향에 남아 농사를 짓던 동생이 앓다가 죽고 부인은 심장병이 재발해서 또 한 차례 큰 수술을 받는다. 그는 급기야 밥보다 더 좋아하던 술과 담배를 딱 끊는다. 와! 그 의지력은 대단했다.

그런데 이게 또 웬일? 아들과 딸의 말과 행동이 이상해지는 게 아닌가. 둘을 데리고 정신병원을 전전했지만 호전될 기미는 보이지 않았다. 하느님도 무심하시지, 작년에 그에게 결정적인 재난이 닥친다. 위암이었다. 본인은 이쪽, 부인은 저쪽, 자식들은 또 다른 병원에 각

각 수용되었다. 부인이 끝내 운명했다는 전화를 받은 것은 아직 백 일이 채 안 된 지난 봄이었다. 그는 수화기 저편에서 서럽게 울었다. 부인은 삼일장도 못 치르고 바로 화장장으로 직행했다. 이유인즉 죽은 아내도 아내지만 아이들은 살아야 할 것 아니냐는 것이었다. 저 아이들을 돌볼 사람이 없어 자기는 죽지도 못한단다. 그 쥐구멍에는 볕 들 날도 없어 보인다.

그는 월남전 참전 용사다. 고엽제 운운은 약삭빠른 사람들의 몫이었다. 화를 참지 못하고 묻는다. 사제인 나는 심신의 건강과 가정의 화목, 풍족한 재물이 정녕 하늘의 축복이요 은총이라고 목소리를 높여야 할까? 나의 30년 지기 김 씨는 평생 하늘의 저주를 받은 사람인가? 지금도 여전히 나를 동무로 대해 주는 그가 고마울 뿐이다.

2013년 「한겨레신문」

감옥에서 온 편지

공지영 작가의 「한겨레신문」 연재소설 '높고 푸른 사다리'를 읽다가 문득 여러 달 전에 받은 김영수(가명) 님의 편지가 생각났다. 여기에 그 일부를 옮긴다.

수도회 성소자(수도자 지망생) 시절, 어느 분원에 1년 가까이 살았습니다. 그곳엔 시설 전체를 담당하는 청소하는 아주머니가 계셨어요. 그분은 손가락이 다섯 개가 아닌 네 개였습니다. 이야기를 나누다가 우연히 발견한 것입니다. 꼭 그 때문은 아니지만 저는 그분이 출근하기 전이나 낮 시간에 틈틈이 짬을 내서 그분이 맡은 일의 삼분의 일 정도를 대신해 드렸습니다. 나중에야 그분은 제가 도왔다는 사실을 알고 무척 고마워하셨지요. 그러면서도 제가 일하는 거 원장님이 알면 당신이 혼난다고 손사래를 치곤 하셨습니다. 그래서 제가 그랬어요. 원장님이 아주머니 혼내면 제가 원장님을 혼낼 테니 걱정 마시라고.

날씨가 스산한 어느 늦가을 날, 점심을 먹으러 가다가 청소나 세탁 등 궂은일을 하시는 아주머니 네 분이 식당 옆 계단에 웅크리고 앉아 계시는 것을 보았습니다. 여기서 뭐 하시냐, 식사하러 들어가시자고 했지요. 그런데 그분들이 눈치만 슬슬 보며 말씀을 안 하시는 것이었습니다. 직감적으로 아, 무슨 사연이 있구나 싶었습니다. 말씀 안 하시면 저도 안 들어가겠다고 고집을 부리자 한 분이 조심스레 말씀하셨습니다. 주방장이 신부님, 수사님, 수녀님, 직원 및 시설 입소자들과 함께 밥을 먹으면 안 된다고, 그분들이 다 드시고 나면 그때 먹으라고 지시했다는 거였습니다. 제가 봐도 그 시설의 식단은 훌륭했지만 그동안에 그분들은 늘 남들 다 먹고 남은 음식을 드셨던 것입니다. 저는 그런 딱한 사정이 있는 줄 몰랐습니다. 이야기를 듣자마자 저는 주제넘게도 곧바로 원장 수사님에게 가서 자초지종을 다 말씀드리고 그분들도 우리와 똑같이 한자리에서 따뜻한 밥을 먹을 수 있도록 허락해 주실 것을 간곡히 청했습니다.

다음 날 점심시간에 저는 식당에서 아주머니들이 지저분한 작업복을 입은 채 신부님, 수사님들과 다른 직원들 사이에 같이 앉아 활짝 웃으며 식사하시는 것을 보았습니다. 저와 마주친 그분들의 눈엔 고마워하시는 빛이 역력했습니다. 가슴 뿌듯하고 행복했습니다. 제가 스물다섯 살 때의 이야깁니다.

내게 처음으로 편지를 보내면서 그는 현재 10년이 넘는 징역형을 받고 복역 중인데 신문에 실린 나의 칼럼을 읽었다며 간략하게 자신을 소개했다. 아직 1년이 안 된 인연이다. 그래선가? 나는 생면부지의 수도자 출신인 김영수 님에 대하여 궁금한 게 너무 많다. 그가 지금 몇 살인지, 무슨 연유로 장기수가 되었는지, 감옥엔 언제 들어갔는지, 언제까지 옥살이를 해야 하는지 알지 못한다. 그는 여태껏 여러 통의 편지를 보냈으나 그런 말은 한마디도 없었고 나도 캐묻지 않았으니까. 다만 그가 아무 수도원 소속 수도자였다는 것은 알게 되었으니 수도원과 수사들이 등장하는 소설을 읽다가 불현듯 그의 편지가 생각난 것이다.

성소자라는 자신의 처지도 잊은 채 일용직 노동자들의 서글픈 근무 환경을 개선하기 위해 감히 장상에게 달려간 아름다운 측은지심의 소유자가 이 사회에서 격리되어야 할 흉악무도한 범죄자라니! 그건 분명 아니라고 나는 믿는다. 그간의 편지 내용으로 미루어 짐작건대 정치범이나 양심수도 아닌 것 같다. 그렇다면 혹시 유전무죄의 시대에 무전유죄?

그도 이 글을 읽을 것이다. 사전에 본인의 허락을 받지 않아서 찜찜하다. 그에게 누가 되지 않기를 바란다. 조만간 면회라도 갈까? 고해성사를 권할 생각은 없다. 내가 그에게 고해를 해야 할지도 모르겠다.

2013년 「한겨레신문」

보성에서 만난 천사

남도의 봄은 아름다웠다. 5월의 연록빛 차밭과 거울 같은 율포 앞바다, 일림산 등성이를 덮은 자줏빛 철쭉의 군무는 황홀했다. 어제도 오늘도 도시 변두리의 잿빛 연립주택들에 둘러싸여 눈 뜨고 감는 내겐 그랬다.

서른넷의 전신장애인 최 씨를 만난 건 보성 읍내의 비교적 높은 지대에 널찍하게 자리 잡아 시야가 탁 트인 성당 마당에서였다. 이달 초에 운 좋게도 나는 그곳 수녀님의 주선으로 신자들과 함께 해외 성지순례를 떠난 주임신부를 대신해서 열흘 동안 거기 머무르며 미사를 드려 주고 있었다. 최 씨는 전동 휠체어를 타고 와서 산에서 돌아와 씻으려고 막 사제관에 들어가려던 나를 만나겠다고 수녀님께 청했다. 목소리가 여러 발자국 떨어져 있는 내게도 들릴 만큼 크고 거칠었고 발음은 매우 어눌했다. 수녀님은 그의 말에 익숙한 터라 그가 주일미사에서 들은 내 강론이 재밌어서 차를 한잔 대접하고 싶어 왔다고 통역(?)을 했다. 힘겹게 움직이는 오른손은 작동키를 잡고 있고 다른 한 손엔 접힌 천 원짜리 두 장이 들려 있었다. 귀찮았다. 유명한 보성의 녹차고 뭐고 다 싫고 쉬고만 싶었다. 게다가 저 장애인이 차 대접을 핑계로 내게 무슨 엉뚱한 요구를 할지도 모른다. 하지만 어쩌랴! 냉정하게 거절하고 돌아선다면 좋았던 내 이미지가 한순간에 구겨질 수도 있으니 ⋯. 웃는 낯으로 나무 그늘 밑 벤치에 앉았다.

그가 태어날 때부터 장애가 있었고 나이 들어 겨우 한쪽 손을 움직일 수 있어 휠체어라도 타게 되었다는 것을 나는 몇 번씩 되묻고야 비로소 알았지만 비교적 쉽게 이야기를 나누기까지는 10분도 채 걸리지 않았다. 취미가 뭐냐고 물으니 그는 다른 사람과 이야기하는 걸 제일 좋아한다고 했다. 뭐가 제일 먹고 싶으냐? 특별히 먹고 싶은 건 없다. 밥은 하루에 한 끼만 먹는다. 어렸을 적부터 습관이 돼서 여태껏 그렇게 산다. 집엔 몇 식구가 사나? 엄마와 둘이 산다. 형은 인천에 사는데 신부님이 인천에서 왔다니 더 좋다. 내 물음은 그저 의례적인 것들에 지나지 않았다. 그런데 그는 나와는 달랐다. 사제 생활에 고민은 없느냐고 묻는다. 우린들 왜 고민과 걱정이 없겠냐는 내 대답에 그는 신부님들은 아무 걱정거리도 없는 줄 알았단다. 시골에 오니 불편하지 않으냐? 아니, 오히려 편하고 조용해서 좋다. 나의 피로감과 경계심은 어느새 말끔히 가셨다. 갑자기 그는 뜬금없는 질문을 했다. "신부님, 수고비는 받으세요?" 설마 돈 얘기랴 싶어서 다시 묻자 그는 고개를 끄덕였다. 순간 내 입에서는 자동 응답 같은 소리가 튀어나왔다. "아니요, 그런 것 없어요!"

솔직히 고백한다. 있었다. 보성성당에 도착한 이튿날 직원은 내게 주임신부가 전하라고 했다며 봉투 하나를 건네주었다. 여기 계시는 동안 쓰시라고 했단다. 내가 대신 집을 봐 주는 대가, 그야말로 수고비였던 셈이다. 전혀 예상 밖이라 안 받는다고 단호히 거절했지만 직원이 그냥 돌아서는 바람에 봉투를 책상 한쪽에 밀어 놓았었다. 거기까지는 좋았는데 나의 속물근성이 슬슬 머리를 들기 시작했다. 봉투 속부터 확인했다. 그때부터 나는 지갑을 열 때마다 그 봉투를 챙길까 말까 갈팡질팡했던 것이다.

챙긴들 흠이 아니다. 그런데도 나는 남몰래 봉투를 들었다 놨다 했다. 더없이 창피한 일이다. 이런 나의 본색을 최 씨는 귀신같이 꿰뚫었다. 나는 왜 생각도 안 하고 불쑥 거짓말을 했을까? 지금도 이해할 수 없다. 아, 그는 하늘이 내게 보내신 천사였구나. 그 덕에 나는 봉투와 함께 쪽지 한 장을 써 놓고 보성을 떠날 수 있었다. "암만 생각해도 수고한 게 없어서 놓고 갑니다."

2013년 「한겨레신문」

류근일 선생님께

안녕하십니까? 너무 오랜만에 인사를 드려 죄송합니다. 마지막으로 가까이서 뵌 게 제가 명동성당 문화관에 무슨 심포지엄의 평자로 초청되어 우연히 선생님 바로 옆 자리에 앉았을 때니까 벌써 10년은 된 듯합니다.

뜬금없이 편지를 드리게 된 사유는 이렇습니다. 몇 달 전에 전주교구의 시국미사 도중 박창신 신부의 강론이 큰 이슈가 된 후 이른바 '종북사제'란 신조어가 생겨났고 각 교구가 돌아가면서 시국미사를 봉헌하고 있습니다. 그런가 하면 '대한민국 수호 천주교인 모임'(대수천)이라는 어르신들이 미사가 봉헌되는 성당마다 모여들어 종북사제 물러가라고 온통 난리입니다. 마치 한국 천주교회가 매국 교회와 애국 교회로 갈라져 피 터지게 싸우는 것처럼 보입니다. 이런 웃지 못할 일련의 사태를 답답한 심정으로 지켜보다가 문득 류근일 선생님이 떠오른 겁니다. 이럴 때 당신은 무슨 생각, 무슨 말씀을 하실까 궁금해졌습니다.

선생님을 처음 만난 것은 1976년부터 근 2년 동안 제가 부천 소사성당에서 부제와 보좌신부로 재직 중이던 때였습니다. 우리 성당 신자이며 「중앙일보」 논설위원이셨지요. 주일미사가 끝나면 일부러 저에게 오셔서 강론에 대한 간략한 평을 해 주셨는데 어쩌다가 준비가 좀 소홀했다 싶을 때면 귀신같이 알아채고 조용히 일침을 가하셨습니다. "신부님, 공부할 시간이 없으셨나 봅니다." 그럴 때면 머리털이 주뼛 서는 걸 느끼며 쥐구멍을 찾아야 했습니다. 당신은 저를 그렇게 단련시켰습니다.

회사로 저를 부르신 적도 있었지요. 초짜 사제인 저를 데리고 편집국이며 논설위원실을 두루 돌며 많은 분을 소개해 주셨습니다. '창비'에 가서 이름만 듣던 기라성 같은 평론가와 시인, 소설가들을 만나게도 해 주셨습니다. 덕분에 아무것도 모르고 편협하기만 했던 저는 다방면에 눈을 뜨고 교제의 폭을 넓혀 갈 수 있었습니다. 저는 참으로 고마운 은인을 만난 행운아였습니다.

기억하십니까? 80년대 초, 전두환이 광주학살 후 대통령이 되어 '새 시대, 새 인물'을 내세울 때입니다. 당신이 인천의 고잔동성당에 부인과 함께 놀러 오셔서 하셨던 말씀을 저는 지금도 잊을 수가 없습니다. "전두환이 저를 부릅니다. 제가 거기에 응해서야 되겠습니까? 우선 텔레비전에 출연해서 얼굴을 알리라기에 마침 앓던 어금니를 빼고 솜을 물고 죽는 시늉을 하며 거절했습니다." 부인은 제게 봉투를 하나 건네면서 우리 남편이 감투 쓰지 않도록 기도해 달라고 간곡히 부탁하셨습니다. 그때 저는 속으로 쾌재를 불렀습니다. 세상에나! 하게 해 달라는 게 아니라 하지 않게 기도해 달라는 부탁을 저는 난생 처음 들어 봤습니다. 류근일 선생님, 당신은 그런 분이셨습니다.

포털사이트에서 류근일을 찾았습니다. 바로 사진이 뜨는데 많이 연로하신 모습입니다. 저도 환갑이 넘은 지 오래니 새삼 세월의 무상함을 느낍니다. 선생님은 「조선일보」와 「뉴데일리」에 천주교정의구현사제단을 종교인이 아닌 '종교 부문 운동가'로 규정하고 그들이 아무리 신자들을 현혹하더라도 애국 국민은 그리 호락호락하지 않으니 교회 당국이 못하면 평신도들이 나서서 논쟁을 해야 한다고 주장하셨더군요. 이미 오래전에 아무런 통보도 없이 갑자기 연락을 끊으시고 명동에서 인사도 없이 서둘러 가신 까닭을 조금은 알 것 같습니다.

그래서 큰맘 먹고 조심스럽게 여쭙니다. 선생님도 누구처럼 연세 드시면서 도무지 통하지 않고 알아주지도 않는 옛 동지들에게 거듭 실망해서 등을 돌리셨습니까? 아니면 제가 아둔해서 애당초 보수 논객의 실상을 몰라보고 마음 내키는 대로 판단한 것입니까?

가족 모두 평안하시기 바랍니다.

2014년 「한겨레신문」

산타클로스를 만났다

지난해 봄, 예수부활대축일 한 주 전에 나는 천주교 「인천주보」의 '오늘의 말씀'난에 다음과 같은 글을 썼다.

최근에 저는 은퇴한 지 얼마 안 되는 우리 교구의 한 선배 신부님께 봉투를 하나 받았습니다. 자그마치 천만 원입니다. '은퇴하면서 돈을 너무 많이 받았다, 이렇게라도 해야 할 것 같다'며 저를 보고 알아서 필요한 사람에게 주라는 것이었습니다. 깜짝 놀랐습니다. 하기 민망한 말이지만 적지 않은 사제들이 받는 데 익숙하지, 주는 데는 더디고 짜거든요. 게다가 공금도 아닌 쌈짓돈이니 은근슬쩍 생색을 낼 법도 한데 그는 끝내 제 등 뒤에 숨어 버렸습니다. 겨우 심부름이나 하는 제가 이렇게 신나는데 선뜻 쌈지를 내놓은 선배나 그것을 받을 사람들은 올 부활절을 얼마나 눈부시게 맞을까요?

한 해가 저물어 성탄절이 가깝던 어느 날, 점심이나 같이 먹자며 우리 집에 온 그 선배는 또다시 내게 봉투를 하나 건네면서 내일이 사제 서품 40주년이 되는 날이라고 했다. 세상에! 이번에는 갑절인 2천만 원이었다. 추측건대 '그동안 수고 많았다, 축하한다'며 정성껏 준비한 봉투를 슬그머니 주머니에 찔러준 마음씨 착한 사람들이 적지 않았을 터다. 내가 건네받은 돈의 출처야 물으나 마나 그들이었겠지만, 일단 자기 주머니에 들어온, 조금도 하자 없는 깨끗한 돈을 아무도 봐주지도 알아주지도 않는 데서 조건 없이 선뜻 내주는 모습은 어디서나 쉽게 볼 수 있는 일은 아니었다. 그런데 그렇게 흔치 않은 일이 내 앞에서, 한 번도 아닌 두 번씩이나 벌어졌으니 도대체 이걸 어떻게 받아들여야 하나? 자다가도 몇 번씩 벌떡 일어나 앉아 곰곰이 생각했다.

하나, 매우 진부한 표현이지만 선배나 나나 태어날 때는 말할 것도 없고, 공부를 마치고 사제가 될 때도 지금에 비하면 가진 게 없는 빈털터리였다. 우리의 소유는 거의 다 그 후에 생긴 것이다. 신앙인답게 말한다면 세상의 재물이나 권력은 사람이 살아가는 데 꼭 필요해서 잠시 주어진 것인 만큼, 물이 낮은 데로 흐르듯 더욱 요긴하게 쓰일 곳으로 흐르는 것이 순리다. 그것들의 자연스런 흐름을 인위적으로 막아서는 안 되고 막을 수도 없다. 그런데 사람들은 그게 '내 것'인 줄 알고 밖으로 새어 나가지 못하게 움켜쥐려고 되지도 않는 용을 쓴다. 안타까운 일이다. 와중에 지혜로운 선배는 흐르는 물길을 따라 내려왔다.

둘, 선배는 그렇게 내게 온 산타클로스다. 그는 여느 산타들처럼 한밤중에 와서 양말 속에 선물을 넣어 주고 두 손 탁탁 털며 홀가분하게 돌아간 것이 아니라 백주 대낮에 와서 선물 보따리와 함께 큰 숙제를 내 어깨에 지우고 갔다. 의도는 분명했다. 너도 그 보따리를 지고 저마다 각기 다른 선물을 필요로 하는 사람들을 찾아 신발이 닳도록 헤매는 또 다른 산타가 되라는 것이었다. 아, 나는 그 깊은 속뜻을 뒤늦게야 비로소 깨달았으니 …. 하기야 지금껏 나는 산타의 선물을 받고만 살았지, 내가 산타가 되어 선물을 주어야겠다는 생각은 못하고 살아왔으니까.

셋, 선배는 후배인 나를 철석같이 믿었다. 돈의 액수나 원하는 사용처를 적은 메모는커녕 우쭐한 표정이나 흔한 당부 한마디도 없었다. 오히려 "혹시 더 필요한 데가 있으면 말해라, 더 줄 수 있다"고까지 귀띔했다. 내가 그 돈을 받아 누구에게 얼마를 어떻게 사용하든 개의치 않을 것이고 추호의 의심도 없이 믿을 거라는 표시다. 믿는 도끼에 발등 찍힌다는 옛말이 그에게만은 부질없어 보인다. 그 앞에서 내가 만일 떡고물이라도 챙기려고 꼼수를 쓴다면 나는 산타는 고사하고 사람도 아니지. 나는 새 세상을 꿈꾸는 산타클로스를 만났다.

2014년 「한겨레신문」

2장

교회가 있어야 할 자리

아! 명동성당

제아무리 성인군자라도 심신이 괴롭고 고달픈데 무슨 수로 웃는 낯
을 보일 수 있으랴. 요즈음 명실공히 우리 한국 천주교회의 상징이자
얼굴인 명동성당을 보면서 갖는 안타까운 심정이다. 명동성당의 잔
뜩 화난 얼굴과 통통 볼멘소리를 나도 교회 조직의 일원으로서 이해
못할 바 아니지만 그냥 덮어 두기에는 어쩐지 개운치가 않다.

1970년대의 유신독재와 80년대의 신군부독재 체제를 거치면서
교회는 "가난하고 소외된 이들의 벗이었고 그들을 위해 십자가에 죽
음을 당하신 예수 그리스도의 모범을 따라 그들의 보호자이자 대변
인"으로서 "갈 곳 없는 약자들이 찾아가는 최후의 피난처"(2001년 2월
22일 인천교구 정의평화위원회 성명서) 역할을 충실히 수행해 왔다.

그랬다. 이것이 우리 명동성당의 믿음직스럽고 자비로운 모습이
었고 그래서 쫓기는 사람들, 저항하는 사람들은 시도 때도 없이 적게
는 네댓 명, 많게는 수백, 수천 명씩 무리를 지어 종마루 언덕에 지친
몸을 기대고 힘을 모았다.

날이면 날마다 이어지는 각종 집회와 시위의 와중에서 성당과 신

자들이 항상 웃는 낯으로 서로를 끌어안고 격려할 수만은 없었으리라고 짐작은 하지만 명동성당은 끈질기게 잘 참아 주었다. 그 덕에 명동성당은 다수의 시민들에게 '적어도 잡혀갈 염려는 없는 곳'이 되었다. 그러다가 날벼락을 맞았다.

1995년 6월 6일 한국통신 노조원들을 해산시킨다는 명목으로 단행한 '경찰의 명동성당 난입 사건'이 그것이다. 이제 명동성당은 더 이상 성역이 아니었다. 그러나 그 일로 해서 더 큰 타격을 입은 쪽은 실상 명동성당이 아니라 공권력을 투입한 김영삼 정권이었다. 고양이도 쥐가 마지막으로 도망할 구멍은 남겨 놓는 법이라는 지극히 상식적인 여론이 단연 우세했기 때문이다. 그래서일까. 명동성당 들머리는 여전히 더는 물러설 곳 없는 사람들로 붐볐다.

지난해 12월 22일, 마침내 명동성당이 화를 내기 시작했다. 수배자들이 의지하고 있는 천막을 강제로 뜯어낸 것이다. 그리고 이틀 후에는 '정상적인 신앙생활을 방해하고 성당 시설을 훼손하는 집회는 더 이상 허용할 수 없다'고 선언, 26일에는 '앞으로 성당 동의서가 첨부되지 않은 집회와 농성은 원천적으로 봉쇄해 달라'는 요청서를 관할 중부경찰서에 제출했다. 명동성당이 스스로 경찰 병력을 동원해서 울타리를 친 것이다. 성당 측은 '명동성당은 수년 동안 이익 단체들의 농성장으로 몸살을 앓아 왔는데 특히 12월 17일부터 22일까지 계속된 한국통신 노조의 천막 농성 과정에서 일어난 불상사들(예를 들면 성탄 구유에 오줌을 누거나 여신자를 폭행하는 등)이 결정적인 계기가 됐다'고 설명했다(2000년 12월 25일, 27일 자 「한국일보」 참조). 화가 날 만도 하다.

한마디로 말하면 왜 그들의 이익 추구를 위한 투쟁에 우리가 희생되어야 하느냐는 불만이다. 더 이상은 희생될 수 없다는 결의다.

내 심신이 괴로운데 어찌 남 생각까지 하겠는가. 맞다, 옳은 말이다. 하지만 문제는 우리가 내 심신이 괴로워도 웃는 얼굴로 남을 돌보아야 하는 그야말로 특수 임무를 띤 사람들이란 거다. 좀 더 분명히 말할까? 우리는 그리스도의 사람이라는 말이다. "고생하며 무거운 짐을 진 너희는 모두 나에게 오너라. 내가 너희에게 안식을 주겠다"(마태 11,28)고 그분을 따라 복창해야 할 사람들인 걸 어쩌랴.

문제는 또 있다. 각 교구와 본당들이 저마다 '새 양 찾기' '잃은 양 찾기 운동'으로 '모셔오기'에 열을 올리는데 하물며 명동성당이 제 발로 찾아온 사람을 어떻게 내쫓을 수 있느냐는 거다. 최근 2월 13일 아침에도 국가보안법 수배자들이 성당 어귀에 설치한 모형 감옥 두 개를 강제 철거했다. 갈수록 태산이다. 천주교 신자는 아군이요, 나머지는 적군인가? 더군다나 거기 모이는 사람들이 누구인가? 정치 권력자들이나 재벌들이 명동성당에서 천막 치고 농성하는 것을 보았는가? 그들은 명동에 모이지 않는다. 명동성당 들머리엔 그들만의 자리가 없는 사람, 더는 갈 곳도 숨을 곳도 없는 사람들만 모인다. 언젠가처럼 명동성당이 쫓아내면 그들은 성공회 마당으로 가고 조계사로 갈 수밖에 없다.

자랑할 일은 아니지만 나도 80년대에 본당신부로서 우리 성당을 집회 장소로 여러 차례 내어 주면서 속상한 일이 한두 번이 아니었다. 마당은 물론 성당 안에까지 담배꽁초나 휴지 조각이 즐비했고 건물

벽마다 오줌 자국이 선명했다. 심지어 빨랫줄에 걸어 놓은 내 속옷까지 없어졌다. 신자들은 미사 참례도 불편하다고 아우성이었다.

명동성당에 호소한다. 아무리 그래도 내쫓을 일은 아니다. 그들을 내쫓고 난 뒤 텅 빈 마당을 누구를 초대해서 채우려는가.

2001년 「가톨릭신문」

어 프란치스코의 본당신부님께

신부님 안녕하십니까? 이렇게 뜬금없이 편지를 드리는 것을 양해해 주시기 바랍니다. 드릴 말씀은 신부님의 본당에 교적을 두고 있는 한 신자에 관한 문의입니다. 그런데 실은 제가 그분이 속한 교구와 본당을 모르니 그것이 신부님의 함자를 못 쓰고 막연히 'ㅇㅇㅇㅇ의 본당 신부님께'라고 쓴 까닭입니다. 올해 54세 된 어청수 프란치스코라는 분입니다. 그분은 이 나라 경찰 조직의 총수요, 최고 권력자인 대통령의 측근입니다. 이명박 대통령이 소망교회 소속 장로라는 것은 이미 다 아는 사실입니다만 그분이 천주교 신자라는 것을 아는 분은 그리 많지 않은 듯합니다. 하지만 신부님이야 모르실 리 없겠지요. 그분은 요즘 촛불집회 진압 과정에서 보여 준 지극한 충성심과 애국심으로 본의 아니게(?) 온 국민의 시선을 한 몸에 받게 되었습니다. 제가 알고 싶은 것은 그분의 과거 행적이라든가 신상에 관한 정보가 아닙니다. 그런 것들은 이미 인터넷상에 웬만큼 드러나 있으니까요. 다만 신부님은 본당 사목자로서 그분을 어떻게 생각하시는지가 궁금할 뿐입니다. 몇 가지만 여쭙겠습니다.

첫 번째 질문, 어 프란치스코가 그 본당 신자는 틀림없습니까? 세례 문서를 확인하려는 것이 아닙니다. 신부님이 보시기에 그분이 제대로 신앙생활을 하는 신자인지 아니면 교적만 있고 얼굴은 한 번도 비치지 않는 분인지를 여쭙는 것입니다. 냉담자나 행불자로 분류되어 있거나 혹 개종자로 처리된 분은 아닙니까? 지난 6월 24일부터 나흘간 여의도 순복음교회가 주최한 '전국 경찰 복음화 금식 대성회' 홍보 포스터에 조용기 목사와 나란히 주연으로 등장한 그분의 얼굴을 보았기에 드리는 말씀입니다. 그 포스터로는 누가 보아도 그분이 여의도 순복음교회의 핵심 인물이지 천주교 신자라고는 상상조차 할 수 없기 때문입니다. 천주교 신자가 여의도 순복음교회의 선교 행사에 주역을 맡는다는 것은 제 상식으로는 이해할 수 없는 일입니다.

두 번째 질문, 폭력은 어떤 명목으로도 정당화될 수 없는 죄악입니다. 경찰의 총수라는 지위를 이용하여 부하에게 폭력을 명령하고 조장하는 행태는 명백히 고해성사감이라고 저는 생각합니다. 그런데 잘못한 게 없으니 회개할 게 없고, 회개할 게 없으니 무릎 꿇고 사죄할 일 없다고 우기는 사람은 어떻게 되는 겁니까? 그런 사람을 "그래, 네가 옳다, 네가 잘한다"고 등 두드리며 부추기는 교회 장로님은 또 어떻고요? 이런 분들도 참 '그리스도의 사람'이라고 할 수 있겠습니까? 믿음의 전제 조건이 회개이고(마르 1,15) 믿음의 표지가 세례성사인데 회개할 것이 없다는 사람이 받은 프란치스코란 세례명은 도대체 무슨 의미가 있습니까? 설마 신부님은 부모님이 지어 주신 이름 외에 세례명을 한 개씩 더 가진 사람이 많아지는 것을 복음화라고 생각하시는 건 아니겠지요? 주제를 좀 벗어난 말씀입니다만 국회의원 당선자 중에, 새로운 국무위원이나 군 장성 중에 천주교 신자 비율이 높다는 교회 신문들의 은근한 자랑은 매우 민망합니다.

끝으로 하나만 더 여쭙겠습니다. 혹시 신부님은 사목자로서 신부님의 관할 본당 신자인 어 프란치스코를 불러 그분의 잘못을 깨우쳐 주고 조용히 타일러 보신 적이 있으십니까? 아, 오해하지 마십시오. 주제넘게 신부님을 추궁하려는 게 아닙니다. 너 같으면 그렇게 할 수 있겠냐고 되물으시면 저는 할 말이 없습니다. 부르기도 어렵지만 부른다고 오겠습니까? 제가 기껏 할 수 있는 일이란 대중 속에 섞여 촛불을 드는 게 고작이지요. 그래섭니다. 이럴 땐 어떻게 해야 합니까? 우리가 이왕에 예수처럼 살기로 작정한 사목자라면 마땅히 "예" 할 것은 "예" 하고 "아니요" 할 것은 "아니요" 해야(마태 5,37)겠지만 실제로는 그렇게 못하잖아요? 이 두려움과 비겁함을 신부님은 어떻게 극복하십니까? 저 자신 너무 슬프고 속상해서 드리는 말씀입니다. 얼마 전 사제단이 단식 농성 천막을 스스로 걷었다는 소식을 전해 들었습니다. 내내 강녕하십시오.

2008년 「가톨릭뉴스 지금여기」

ㄱ스님과 ㄴ신부 이야기

열흘 전쯤, 내가 잘 아는 ㄱ스님이 전화를 했다. 총무원장 선거에 나가야겠다는 것이다. 뜬금없이 그게 무슨 말이냐고 묻는 내게 그의 묵직하고 다소 느릿한 목소리는 이렇게 이어졌다. "절마다 온통 돈독이 올랐습니다. 불교가 자본주의의 첨병 노릇을 하고 있습니다. 제가 총무원장이라도 해서 '그건 아니다'라고 할랍니다."

대한불교조계종 총무원장 선거가 다가오면서 예상되는 후보자들이 누구누구라는 신문 기사를 본 적이 있는데 ㄱ스님은 거명도 안 됐으니 뜬금없을 수밖에. 그게 총무원장이 할 수 있는 일이냐, 총무원장이 될 수는 있는 거냐고 당장 캐묻고 싶었지만 입을 다물었다. 스님은 "너무 답답한데 이야기할 데는 없고 …" 하며 전화를 끊었다.

그가 정말 총무원장에 나설 생각이 있어서 하는 말인지, 아니면 답답한 김에 한 번 해 본 소린지 나는 모른다. 평소에는 조그만 사찰의 주지도 하기 싫다고 고개를 절레절레 흔드는 사람이 불자도 아닌 내게 그런 말을 하니 얼마나 속이 터지면 그럴까 싶다.

내가 미리 초를 쳐서 좋을 게 뭐 있겠나마는 ㄱ스님이 실제로 조계종 총무원장 후보로 나선다 해도 결과는 빤할 것 같다. 낙선이다. 그것도 제일 꼴찌로. "돈독이 오른 불교"가 "그게 부처님의 뜻이 아니다"라고 외치는 사람을 자기네 수장으로 세울 리는 만무하기 때문이다. 세상 물정 몰라도 너무 모른다는 비웃음거리나 되기 십상일 터다.

ㄱ스님은 출마를 굳힐 것인가? 그의 출마가 과연 한국 불교에 어떤 바람을 얼마나 일으킬 수 있을까? 나는 벌써부터 몹시 궁금하다.

한창 모양이 갖춰져 가는 신도시에서 새 성당을 짓고 있는 ㄴ신부가 지난여름 주보에 쓴 글을 일부 인용한다.

피비린내 나는 천주교 박해 시대를 살았던 한국 최초의 사제인 성 김대건 안드레아 신부님(1821~1846)이 오늘날 사제로서 성전 건축의 책임을 맡았다면 어땠을까요? 순교와 성전 건축을 어찌 비교할 수 있으리오만 죽기 아니면 까무러치기로 성전 건축을 완수하여 하느님께 봉헌했을 겁니다. 김대건 안드레아 신부님의 이름 '대건大建'에서 한국 천주교의 중흥기인 지금(?) 성전을 크게(大) 건축(建)하여 하느님께 성전을 봉헌하는 것도 순교 정신을 이어받는 게 아닐까 자위해 봅니다. "주님! 5만원권 새 지폐도 나왔으니 열심한 천주교 신자들이 돈벼락을 맞아 기본 헌금을 1만원에서 5만원까지 기쁜 마음으로 봉헌하게 해 주십시오! … 하느님! 성전 건립에 부족함을 느끼는 이 종에게 돈벼락(?) 좀 맞게 해 주십시오! 아니 무엇보다 열심히 기도하며 최선을 다해 사목할 수 있도록 은총의 벼락 ― 성령의 은사 ― 을 내려 주십시오! 아멘."

은총의 벼락을 맞고 싶은 교우들은 성당 건립을 위해 벽돌 한 장(1만원) 이라도 아래로 봉헌해 주시면 감사히 받겠습니다.

성당을 신축하라는 소임을 받은 중견 신부의 딱한 처지다. 오죽하면 명색이 신학을 전공한 천주교회 사제가 이런 하소연을 다 하겠나. 하지만 성인 김대건의 이름을 풀면 성전을 크게 지어서 봉헌한다는 뜻이라거나 벽돌 한 장 값이면 은총의 벼락을 맞을 거라는 강론을 듣는 것은 너무나 서글픈 일이다.

이쯤 되면 내가 주교가 되고 교구장이 되어 — 죽어도 좋으니 — 돈벼락 좀 맞게 해 달라고 애걸하는 한 불쌍한 사제를 질곡에서 벗어나게 해 주는 게 도리가 아닐까 하는데 …. 그야말로 턱도 없는 소리다. 집이 인간이 살아가는 데 필요불가결한 삼 대 요소 가운데 하나임을 모르는 바 아니지만 왜 이리 선뜻 수긍이 안 갈까?

진부하지만 다시 한 번 더 묻는다. 도심에 수십억, 수백억 원씩 들여서 '꼭' 번듯한(?) 교회당이나 성당을 지어야 할 이유는 무엇인가? 우리의 스승은 하느님과 돈의 귀신은 결코 함께 섬길 수 없다고 단언하셨다. 선교 여행을 떠나는 제자들에게 지팡이 외에는 아무것도 지니지 말라고 신신당부하셨다. 탁발하신 부처님은 어디 계시고, 머리 둘 곳조차 없다 하신 예수님은 어디 계신가?

2009년 「가톨릭뉴스 지금여기」

용산, 주교님들이 나서십시오

존경하는 주교님들께 드립니다.

　삼국지류의 사극 영화를 보면 황량한 들판에 양쪽 진영이 팽팽히 맞서서 한판 승부를 가리려 할 때 맨 앞에 말을 탄 왕들의 기싸움 장면이 종종 나옵니다. 처음엔 용감하게 자원하는 장수를 내보내서 적장과 싸우게 하지요. 그 일대일 대결이 불리하다 싶으면 또 다른 지원자를 내보내고 그것도 안 되겠다 싶으면 이번에는 자기가 평소에 제일 신임하는 장수를 불러 특명을 내립니다. "그대를 믿노니 나가서 승리하여 짐의 원을 풀라!" 여기서 뽑힌 장수가 적장을 쓰러뜨리면 군대의 사기는 하늘을 찌르고 왕이 앞서 돌진하는 전투는 해 보나 마나 승리로 끝납니다. 왕이 마무리 제 임무를 다한 것입니다.

　올 2009년이 시작되면서 일어난 용산의 참변은 낙엽이 뒹구는 지금까지 해결의 실마리가 보이지 않습니다. 다섯 구의 시신은 냉동고에 언 채로 갇혀 있고, 가족들은 감옥에서, 길거리에서 억울함과 외로움에 치를 떨고 있습니다. 우리까지 이들을 버려둘 수는 없다고, 우리라도 파수꾼이 되어야 한다고, 사제들은 끝도 안 보이는 천막 투쟁을 오늘도 계속합니다. 이명박 정부는 급할 것도 아쉬울 것도 없으니 스스로 지쳐서 주저앉기만을 기다리는 것 같습니다. 혹시나 했던 새 국무총리도 역시나 슬그머니 꼬리를 감추고 말았습니다. 결국 해결사는 청와대라는 말인데요, 그곳 주인은 지금 4대강 죽이기에 여념이 없습니다. 이 일을 어쩌면 좋습니까?

목마른 사람이 우물 판다고 했습니다. 엊그제 명동 들머리에서 우리의 결집된 큰 힘을 보여 주자고 읍소하던 정의구현사제단 신부들의 목멘 애원은 차라리 애처로웠습니다. 그래서 드리는 말씀입니다. 이제 교회의 최고 지도자들이 나서십시오! 수하 몇몇 장수의 정의감과 패기만으로는 역부족입니다. 지난해에 수십, 수백만의 촛불이 대통령의 심기를 불편하게 했지만 교회에서 주교를 정면으로 거스르는 사제나 신자는 거의 없습니다. 솔직히 말씀드리면 지금 많은 사제가 정의구현사제단의 소신과 행동에 공감하면서도 선뜻 그 깃발 아래 모여들기를 주저하는 까닭은 주교님들의 눈치를 살피기 때문입니다. 장상이 싫어하는 걸 굳이 고집해서 미운털 박힐 이유가 있겠냐는 것이지요. 나무라기 어렵습니다. 보좌신부도 주임의 눈치를 살피는데 하물며 자신의 인사권을 쥔 윗분의 눈치를 안 보겠습니까?

평신도들도 사정은 비슷합니다. 저는 신자들에게서 주교의 뜻을 따르지 않는 사제가 어찌 신자들에게 순명을 요구할 수 있느냐는 말을 들은 적이 있습니다. 입이 열 개라도 답변이 궁색한 무서운 질문입니다. 주교님들은 이미 사제의 권위가 예전에 비해 많이 손상되었음을 피부로 느끼실 겁니다. 슬픈 일입니다. 하지만 주교의 한말씀은 거의 절대적입니다. 하느님의 명령, 하느님의 뜻으로 아는 신자들이 대부분입니다. 그게 바람직한 일이냐 아니냐를 차치하고 견진성사를 집전하러 본당에 오신 주교님의 높다란 모자와 지팡이에 무한한 감동을 느꼈다는 신자들이 '아직도' 많다는 것을 알아주십시오. 그러니 주교님들이 나서시면 그동안 내색도 않고 엎드려 있던 수많은 사제와 신자가 그 뒤를 따라나설 것은 너무도 빤한 일입니다. 전국의 주교님들이, 아니 가까운 서울, 수원, 인천교구의 주교님만이라도 주교관을 쓰고 목장을 짚고 용산에 나서시면 아마 용산역 앞의 넓은 대로는 세 교구의 사제와 신자들로 가득 찰 것입니다. 그날이 바로 용산 문제가 해결되는 날이겠지요. 제가 지금 꿈을 꾸고 있습니까?

제가 어찌 거대한 교회 조직을 이끄시는 그 복잡하고 어려운 사정을 헤아리겠습니까마는 한 말씀만 덧붙이겠습니다. 주교님들이 보시기에 이건 정말 아니다 싶으시면 "'일부' 사제와 신자들은 깨끗이 손을 떼라"고 주교단의 이름으로 교서를 내리십시오. 마냥 침묵하고 지켜만 보는 종잡을 수 없는 태도를 그만 거두십시오. 참새가 봉황의 뜻을 알기가 너무 어렵습니다.

2009년 「가톨릭뉴스 지금여기」

강우일, 파이팅!

서울대교구장 정진석 대주교가 추기경이 되셔서 한국 천주교회에는 두 분의 추기경이 계시더니 작년에 김수환 추기경이 선종하셨다. 정 추기경의 연세가 여든에 가까워지자 과연 새 추기경은 누가 될까에 관심이 지대하다. 이 주교, 저 주교의 이름들이 심심찮게 하마평에 오르는 것을 나도 여러 번 들었다. 그러나 주교 임명의 선례를 보면 무수히 거론된 이름과는 전혀 엉뚱한 인물이 저 하늘 꼭대기에서 내려오는 경우가 대부분이었으니 하마평이 무슨 소용이랴. 오직 하느님만이 아시고 하시는 일이라고 믿을 수밖에.

돌아가신 김수환 추기경의 서울대교구장 후임으로 강력하게 거론되던 분은 단연 오랫동안 그분을 바로 곁에서 보좌하던 강우일 주교였음을 아무도 부정하지 못할 것이다. 그러나 세간의 예상은 완전히 빗나가 청주교구장이었던 정진석은 화려하게 입경하고 강우일은 바다 건너 제주교구장 김창렬의 후임으로 가게 된다. 봉황의 뜻을 참새가 어찌 알랴. 알 수도 없거니와 알려고 하는 것 자체가 이미 불경죄인 것을. 그 후로 강우일은 간혹 만나는 제주도 신부들을 통해서나 우리나라에서 제일 작은 교구의 장으로 강녕하시다는 소식을 전해 들었을 뿐이다.

교구장으로서 강우일은 교구 사제들과 함께 제주도 해군 기지 설치 반대 운동에 앞장서서 언론의 주목을 받지만 실제로 일반 대중에게 깊이 각인되게 된 계기는 김수환 추기경의 장례미사 텔레비전 생중계가 아니었나 싶다. 그날, 그 미사에서 한국 천주교회 주교회의 의장 강우일의 절절한 추도사는 김 추기경의 선종을 애도하며 텔레비전을 지켜보고 있던 온 국민들의 가슴을 아프게 후볐다. 지금도 기억이 생생하다.

"우리 추기경님이 무슨 잘못이 그리 많아서 이렇게 긴 고난을 맛보게 하십니까? 추기경 정도 되는 분을 이렇게 족치시니 우리 같은 범인은 얼마나 호되게 다루시려고요? 겁나고 무섭습니다. 이제 그만 편히 쉬게 해 주십시오."

특히 인상적이었던 구절은 "아껴 주셨던 강우일이 인사 올립니다"라는 마무리였다. 자신을 주교 강우일이 아니라 그저 한낱 평범한 인간으로 소개한 것이다. 이런 자기소개는 주교가 아니라 신부들에게서도 보기 어려운 모습이다. 뭔가 심상치 않았다.

아니나 다를까, 강우일은 올해 춘계 주교회의를 마치면서 주교단 이름으로 MB정부의 4대강 사업 강행을 반대하는 성명서를 발표하기에 이른다. 이처럼 노골적인 반대 입장 표명은 주교단으로서는 전례 없던 것이다. 눈치만 보며 주뼛거리던 교회와 시민사회에 천군만마가 되었음은 물론이다. 기다렸다는 듯 불교와 개신교가 속속 뒤를 잇고 결국 MB정권과 국민과의 한판 승부는 국내뿐 아니라 전 세계의 초미의 관심사가 되었다. 강우일의 행보는 계속된다. 직접 양수리 미사에 참례하여 사자후를 토하고 시위 대열의 선두를 마다하지 않는다. 인천교구 정신철 보좌주교 서품식에서 한 직설적이고 솔직 담백한 축사는 특별석에 앉은 여러 주교와 신부들을 숙연하게 한 반면, 서민들의 갈채를 자아내기에 손색이 없었다.

강우일의 결정적인 발언은 『경향잡지』 2010년 7월호에 기고한 「가톨릭교회는 왜 사회문제에 관여하는가?」라는 제목의 칼럼이다. 그는 이 글에서 "교회는 영육으로 안락하거나 편안한 인생만을 추구하는 친목 동아리가 아니다. 세상과 씨름하며 평화를 선포하지 않으면 이미 교회가 아니다"라고 단언한다. 결코 새로울 것 없는 당연한 가르침이지만 고위 성직자에게서는 근래에 들어 보지 못한 강론이다. 우리 교회에도 보수를 자처하는 원로, 유지 등 그의 요즘 언행을 못마땅해하는 열혈 신자나 성직자가 적지 않을 터, 강우일은 그걸 어찌 다 감당하려고 이러시는가? 그에게는 추기경의 꿈이 없을까? 주제넘고도 방정맞은 걱정을 다 한다. 그건 그렇고, 나는 모처럼 신난다. "파이팅! 강우일. 강우일, 파이팅!"이다.

2010년 「가톨릭뉴스 지금여기」

거짓말 공화국

뚱딴지같은 가상이다. 1년 365일을 다 만우절로 만든다면 나라가 어떻게 될까? 사방에 재치와 유머가 넘치는 웃음 공화국이 될까? 어림없다. 필경 얼마 못 가서 콩가루 공화국이 될 게 뻔하다. 비록 장난삼아 한 거짓말이라도 자꾸 해 버릇하면 결코 헤어나지 못한다는 말씀을 우리는 철들기 전부터 귀 아프게 들어왔다. 거짓말은 으레 또 다른 거짓말을 낳기 때문이다.

하찮은 거짓말이 한 개인이나 가족에게 주는 피해는 가히 치명적일 수 있다. 하물며 한 나라의 최고 권력자가 시도 때도 없이 거짓말을 일삼는다면? 감히 상상도 할 수 없다. 불행히도 MB정부는 출생부터가 거짓의 강보에서 비롯됐다. "BBK는 내가 만들었다"고 말하는 자신의 동영상 앞에서 MB는 조금도 주저함 없이 "그게 아니다"라고 딱 잘라 부인했다. 최소한의 체면이라도 있는 사람이라면 절대로 그럴 수 없다는 게 보통 사람들의 상식이다. 도깨비에 홀렸나? '부자'의 꿈에 부푼 '우리'는 그의 멀쩡한 거짓말에도 아랑곳없이 손목에 힘주고 그를 찍어 청와대로 보냈다. 벗을 수 없는 원죄다.

그의 거짓말은 계속된다. 청와대 뒷산의 통절한 반성은 촛불의 배후를 캐고 유모차 엄마들을 연행하면서 새빨간 거짓임이 드러났다. 한반도 대운하 계획이 다수 국민들의 강력한 저항에 부딪혔을 때 보인 그의 언행을 보자. "그래, 안 한다. 안 하면 될 거 아냐?" 쉽다. 너무 쉽게 포기하는 게 이상하다 싶었는데 그러면 그렇지, 그는 슬쩍 '4대강 살리기'라고 이름표를 바꿔 달더니 팔을 걷어붙였다. 그 '살리기'도 속임수였다(「한겨레신문」 8월 16일 자 참조).

'알아서 기는' MB맨들은 지난 17일 자 방송 예정이던 문화방송 「피디수첩」의 '4대강 수심 6미터의 비밀'도 막았다. 거짓의 탄로가 두렵긴 했나 보다. 천안함 사건도 그렇다. 정부의 조사 발표 외에는 아예 입도 뻥끗 못하게 한다. 0.00001퍼센트도 못 믿겠다는 도올의 발언이 훨씬 더 많은 이들의 공감대를 얻고 있다는 사실을 그는 알까? 국민들이 찍소리 없이 조용하면 막무가내로 밀어붙이고 저항의 목소리가 감당 못하게 커지면 그제야 슬며시 꼬리를 내리는 태도, 그는 과연 이런 짓을 언제까지 할 수 있으리라고 생각할까? 나는 요즈음 비로소 우리나라에는 후퇴의 역사도 가능하다는 것을 깨닫는다.

내가 인천교구 소속이니 인천교구 이야기를 자주 하게 됨을 양해해 주시기 바란다. 내년이 교구 설정 50주년이 되는 해로 교구가 준비에 박차를 가하고 있음은 이미 몇 차례 이야기한 바다. 그런데 최근에 전해 들은 소식은 또다시 나를 슬프게 한다. 50주년 기념 영성센터 건립 건이다. 교구는 조감도와 기도문을 만들어 교우들에게 돌리고 '바다의 별 성모상'을 별도로 제작해서 지구 단위 순회 기도회를 개최토록 했다. 일방적으로 본당마다 모금 할당액을 정하고 주보 1면에는 매주 약정액과 납부액을 기재한다. 지금까지의 진행 상황이다.

문제는 강화도 신학교 근처에 지으려 했던 300억 원짜리 건물을 무슨 까닭인지 짓지 못하게 되었다는 사실이다. 일이란 하다 보면 뜻밖의 난관에 부닥칠 수 있다는 것은 백 번 인정한다. 하지만 기존의 목표가 어긋나서 궤도 수정이 불가피하다면 교구는 먼저 대내외에 정확한 사정을 밝히고 여러 사람들(평신도와 성직자, 수도자, 특히 돈을 낸 분들)을 불러서 모금 중단 등, 중론을 모아 대책을 세우는 것이 순서다. 그런데 그게 안 보인다.

언제부턴가 주보에 '영성센터 건립을 위한'이라는 구절도 사라졌다. 교우들은 아는지 모르는지 여전히 정성껏 돈을 내는데 교구는 입을 꼭 다물고 받기만 한다. 영성센터 건립도 다양한 기념사업 가운데 하나니 뭉뚱그려 편리한 대로 사용하면 된다는 생각인가? 언제 어디에 지을지 지금은 알 수 없지만, 짓는 것은 분명하니 잘못도 거짓도 아니라는 판단? 이래도 괜찮은 건가? 이제라도 교구는 정도를 가야 한다. MB정부처럼 사람들의 신뢰를 잃기 전에.

2010년 「가톨릭뉴스 지금여기」

날 더운데 왜들 이러시나

가뭄으로 인해 칼자국처럼 갈라진 논바닥은 좀처럼 해갈될 기미가 보이지 않고 7월도 되기 전에 벌써 30도를 웃도는 더위가 기승을 부리는데 사방에서 왜들 이러시나? 농수산부 장관이란 사람이 4대강 사업이 성공했는데 무슨 물 걱정이냐고 소가 웃을 소리를 했단다. 장관만 그런 줄 알았더니 일찍이 청와대 어르신도 같은 말씀을 전파에 실어 보냈단다. 같은 말씀을 남미까지 가서 하셨단다. 정치판의 우습지도 않은 개그나 거짓말, 더군다나 이명박 정부의 그것들은 초장부터 이미 타의 추종을 불허할 만큼 대단했으니 별로 놀랍지도 않다.

본받을 걸 본받아야지, 바야흐로 눈만 뜨면 하느님 부처님 찾는 종교계가 선뜻 그 판에 끼어들었다. 여의도 순복음교회의 조 목사님이 몹시 화가 나 나를 자꾸 귀찮게 하면 딴살림 차리겠다고 으름장을 놓으니 서슬 퍼렇던 자체 '의혹조사특위'가 금방 꼬리를 내리고 해체했단다. 김영삼 교회로 알려진 강남의 충현교회, 100세에 가까운 태상왕 아버지 목사님이 아들 목사님에게 교회를 대물림해 주었는데(그게 우리나라 교회 세습의 모델이 되었단다) 아들이 뭘 얼마나 잘못했는지 이제

와서 아버지가 제 가슴을 치며 도로 내놓으라고 한단다. 웃어야 하나, 울어야 하나?

개신교가 선두를 달리는데 불교가 뒤질세라 바싹 추격한다. 삭발의 스님들이 둘러앉아 노름판을 벌인 장면이 시시티브이에 포착되어 망신살이 뻗쳤는데 그건 백양사라는 거대 사찰의 주지 임명을 둘러싼 밥그릇 싸움의 한 단면이라나? 이쯤 되면 내 시선을 어디에 두고 마음을 어디에 붙여야 할지 난감하기 짝이 없다. 천주교만이라도 나서지 말았으면 좋으련만 그게 뜻대로 마음대로 되지 않는다. 우리나라 국민들 가운데 앞으로 종교를 갖는다면 천주교라는 응답이 제일 많다고 은근히 뻐기는 천주교다. 그런데 이게 웬일? 대구대교구 「가톨릭신문사」 사장을 역임한 분이 횡령했다는 기사가 신문의 한 면을 도배했다. 사건의 전말이나 속 시원히 밝혀지면 좋으련만 그것도 그리 간단치가 않은 모양이다. 소문나지 않게 쉬쉬하고 덮으려 했다는 뒷말까지 나온다. 인천에 사는 내게까지 묻는 사람이 많은데 아는 게 없으니 할 말이 있어야지. 날도 더운데 속에서 확확 열불이 난다. 정말 왜들 이러시나?

그런데 이런 일련의 사건들은 묘하게도 모두 하나의 공통점을 갖고 있다. 하나같이 돈과 연관된 일이라는 것이다. 지금 여기는 자본주의 사회다. 돈 없이는 세상을 살아갈 수 없다는 것을 모르는 사람은 없다. 하지만 아무리 그렇다 하더라도 무엇 때문에 꼭 그렇게 많은 돈이 필요할까 하는 의구심은 좀처럼 떨쳐 버릴 수가 없다. 우리 식구 그저 남한테 신세 안 지고 죽는 날까지 걱정 없이 살기 위한 정도라면

(요즘 세상에 그것도 결코 만만한 일은 아니지만) 죽기 살기로 싸움박질하고 온 갖 망신 다 당하면서까지 챙기려고 애쓰지 않아도 될 텐데. 그게 아니라면 먹고사는 문제 외에 또 다른 목표와 이유가 있는 게 분명한데 그게 뭔지 나는 도무지 모르겠다는 말이다. 그래서 묻는다. 그대들 성직자와 수도자들은 본질적으로 이윤을 추구하는 사업가가 아니다. 삼성의 이건희 일가가 아니다. 돈을 벌어 무엇을 하시겠다는 건가? 위법, 탈법을 자행해서라도 반드시 이루어야 하는, 우리같이 스케일이 간장종지만 한 소시민들은 알지도 못하고 알 수도 없는 그 '사업'이란 도대체 누구를 위한 무슨 '사업'인가? 이 물음에 세상이 납득할 만큼 분명하게 답할 수 있다면 우리는 즉시 모든 야유와 비난과 추궁을 거두어야 마땅하다.

참새가 어찌 봉황의 뜻을 헤아릴 수 있으랴만 좀 더 솔직하게 말하자. 세상 어떤 사람도 죽도록 스스로 다스리기 어렵다는 그놈의 욕심 때문이 아니겠는가? 그리고 그대들은 한 걸음 더 나아가 끊임없이 탐貪, 진嗔, 치痴를 버리라고 가르칠 뿐 아니라 몸소 모범을 보이는 교사들이 아닌가? 더 높은 영성과 치열한 수련이 절실하다.

너무 크고 많은 것을

혼자 가지려고 하면

인생은 불행과 무자비한

70년 전쟁입니다

이 세계가 있는 것은 그 때문이 아닙니다

신은 마음이 가난한 자에게

평화와 행복을 위하여

낮에는 해 뜨고

밤에는 별이 총총한

더없이 큰

이 우주를 그냥 보라구 내주었습니다

－ 김광섭의 「人生」 전문

쓰고 보니 내가 무슨 도의 경지에 오른 어른인 양 그들의 무리에서 한 발짝 벗어나 안타까운 눈초리로 바라보며 쯧쯧 혀를 차는 같잖은 꼴이 되었다. 나도 예외 없이 부끄러운 그들 가운데 하나인 것을. 시인의 인생을 나의 모델로 삼고 여생을 살기로 한다.

2012년 『공동선』

정월 대보름에 비나이다

정월 대보름입니다. 내가 사는 곳은 대도시 변두리라 낡은 아파트며 연립주택들에 둘러싸여 멀고 가까운 산이나 들은 보이지 않지만 그래도 힘겹게 떠오르는 달을 보며 시린 두 손을 모으고 간절히 빕니다.

당장 내일모레면 우리나라의 첫 여성 대통령이 탄생합니다. 아버지의 뒤를 이어 딸이 대통령에 당선된 것도 역사상 처음 있는 일입니다. 그분도 휘영청 달 밝은 오늘밤엔 만감이 교차하겠지 싶습니다. 환갑을 넘긴 그분의 생애가 어디 여염집 여인네의 그저 그렇고 그런 삶이었겠습니까? 새파랗게 젊은 나이에 어머니를 흉탄에 잃고 아버지마저 심복의 손에 비명횡사했습니다. 게다가 아버지 가슴에는 30년이 넘도록 독재자라는 주홍글씨가 선명하고 자신은 그 독재자의 딸이라는 원죄를 뒤집어쓰고 살아야 했으니 세상에 이런 비극이 어디또 있겠습니까? 한으로 점철된 일생, 공주가 무엇이며 퍼스트레이디가 다 무슨 소용입니까? 누가 뭐래도 부모의 한을 풀어 드리고 온 국민이 그분들을 역사의 영웅으로 추앙하게 하는 일이야말로 평생을 혼자 살아온 자식의 도리라는 것을 한순간인들 잊으셨겠습니까? 마침내 그분의 일념은 하늘을 감동시켜 무소불위의 권력을 잡게 되었습니다. 설레는 마음에 쉽사리 잠이 오겠습니까?

천주교회의 제도를 아십니까? 천주교 신자의 자격 여부는 사제가 판단하고, 사제는 주교가 만들고, 주교는 교황이 임명합니다. 각 단위 교회의 주임 사제와, 그 교회들이 모여 이룬 교구의 장(주교)은 자기가 책임을 맡고 있는 조직 안에서는 전권을 행사합니다. 어떠한 문제를 결정하기 전에는 여럿이 모여 회의도 하고 토론도 하지만 최종 결정 권한은 오로지 사제나 주교에게 있습니다. 신자 대부분의 의견이라도 사제가 "아니다" 하면 아닌 것이고 다수의 사제가 반대해도 주교가 하겠다면 하는 것입니다. 교황의 말씀은 곧 하느님의 말씀입니다. 그러니 사제나 주교, 교황의 올바른 사고와 이성은 더할 나위 없이 중요합니다. 만약 그들의 판단이 잘못됐다면 치명적인 과오를 범할 수 있습니다. 예수의 교회가 예수와는 정반대의 방향으로 치닫게 될 수도 있습니다. 생각만 해도 아찔합니다. 그런데 간혹 그런 불행한 일들이 일어나고 있음을 솔직히 부인할 수 없습니다. 사람 사는 세상이니 그럴 수 있다는 변명은 거의 돌이킬 수 없을 만큼 너무 멀리 온 다음입니다.

다시 정월 대보름입니다. 새 대통령의 정책 결정이나 인사 스타일을 보면 우리 천주교회가 무색할 지경입니다. 베일에 가려 도무지 보이지 않는 그분만의 '고독한 결단'입니다. 교회의 극히 일부 성직자들처럼 나는 늘 옳지만 너는 틀릴 수 있다는, 그러니까 갖은 고난을 무릅쓰고라도 내가 받은 천명을 관철시켜야 한다는, 소신이라는 이름의 독선을 카리스마라고 생각하는 걸까요? 만약 그렇다면 아버지 대통령처럼 당신 한 분을 제외한 모든 국민은 다 들러리가 되고 맙니다. 대단히 위험합니다. 그분은 투표자 과반수의 선택이 무슨 일이든 마음대로 해도 좋다는 하늘의 마패가 아니라는 것을 명심해야 합니다. 이명박 대통령이 반면교사입니다.

천지신명께 비나이다. 우리의 새 대통령님이 아버지의 부활을 자식된 도리로 여기지 않고 아버지를 훌쩍 넘어 민주와 평화의 길로 가는 것이 진정한 효도임을 깨닫게 해 주십시오. 고백하건대 나는 그분을 찍지 않았지만 어쨌거나 그분은 '우리'가 선택한 우리의 대통령입니다. 우리의 제일 큰 머슴입니다. 잦은 지적과 아픈 비판은 그분과 우리 모두의 성공을 위한 애틋한 죽비입니다. 그리하여 5년 뒤에 그분이 이 땅의 '가장 작은 이들'(마태 25,40)의 박수를 받으며 퇴임하기를 바랍니다.

2013년 「한겨레신문」

진짜 메시아, 가짜 메시아

달력이 꼭 한 장 남고 성탄절이 다가온다. 매년 이맘때(대림절) 전국의 모든 성당에서 부르는 성가의 가사는 이렇게 시작된다. "구세주 빨리 오사 어둠을 없이하며 …."

2천여 년 전 로마의 식민지 팔레스티나에 살던 유다인들은 거대 제국의 억압에 짓눌리면서 그 옛날 조상들을 이집트의 노예생활에서 해방시킨 민족의 지도자 모세를 그리워했고, 돌팔매 하나로 태산 같은 적장 골리앗을 쓰러뜨리고 나라를 구한 영웅 다윗 왕의 세상을 꿈꿨다. 억압이 심할수록 구원자, 메시아에 대한 그들의 염원은 더욱 커져만 갔다. 사방에서 "내가 바로 그다. 나를 따르라!" 하고 외치며 떨치고 일어났다 스러져 간 사람들이 숱했다. 메시아들의 난립 시대였다. 그런 와중에 나사렛 사람 예수가 등장한다. 예수는 특히 생각과 말과 행동에서 그들과는 완연히 달랐다. 그 '다름'이 고금동서를 통틀어 수많은 사람이 목숨까지 바쳐 가며 그를 진짜 메시아라고 고백하게 한 이유다.

그때나 지금이나 지구촌 곳곳에서 출몰하는 메시아들(미국의 오바

마, 한국의 박근혜, 북한의 김정은도 그 가운데 하나다), 하지만 그들을 놓고 진위를 가리기란 그리 호락호락하지 않다. 그리스도 신자는 예수를 왕으로 모시는 사람이다. 그분의 뜻이 이루어지는 나라(신국)가 오기를 학수고대할 뿐 아니라 직접 건국 사업에 몸 바치는 사람들이다. 그들 앞에 나타난 메시아의 식별 기준은 당연히 예수다. 메시아라 부른다고 다 메시아가 아니다. 모든 면에서 예수와 같아야 현대판 진짜 메시아다. 한데 박 대통령의 그간의 언행을 보면 예수를 쏙 빼닮기는커녕 달라도 너무 다른 데다 닮으려는 최소한의 노력조차 안 보이니 가짜 메시아는 권좌에서 내려오라는 게 천주교 전주교구 사제들의 발언의 골자다.

그런데 도무지 상상도 못할 일이 벌어졌다. 하루아침에 "박근혜는 아니다"가 "김정은이다"로 둔갑한 것이다. 마치 때를 기다렸다는 듯이 괴수 김정은을 섬기며 사제복 뒤에 정체를 숨긴 종북좌빨은 이 땅에서 씨를 말려야 한다고 소리소리 지르는 '애국자'들이 벌 떼같이 일어났다. 나라 망쳐 먹을 놈들이라고 길길이 날뛴다. 드디어 새빨간 본색이 드러났다는 투다. 모든 수구 언론이 목소리를 합쳐 셀프 첨병으로 나섰음은 물론이다. 갑자기 전국이 시끌벅적해졌다. 탓은 몽땅 정의구현사제단과 박창신 신부에게 뒤집어씌운다. 아무리 목소리 큰 놈이 이기는 세상이라 해도 그렇지 도대체 어떻게 이런 논리가 통할 수 있단 말인가?

나의 상식으로는 박근혜 정부와 여당의 이상야릇한 논리나, 거기에 부화뇌동하는 얼룩무늬 제복들의 궐기나, 감히 대선불복이냐는 으름장에 움찔하는 야당의 태도를 이해할 수가 없다. 게다가 예수를 "주님, 주님!"(마태 7,21) 하고 부르면서 자신들의 정치적 성향에 맞지 않으면 교회의 사제까지도 가차 없이 종북좌빨로 매도하는 자칭 독실한 신자들을 나는 도저히 이해하지 못한다.

이 글을 쓰다가 전화를 한 통 받았다. 나이가 일흔쯤으로 짐작되는 남자는 자기를 우리 교회의 신자라고 소개하더니 다짜고짜로 목청을 높였다. "군산의 박 모라는 신부, 그 사람 어째 그래? 종북분자 아니오? 그런데 내가 보니까 당신은 그 사람보다 더하면 더했지 못하지 않아. 차라리 신부복 벗고 정치를 하든가 이북으로 가든가 …." 누구시냐고 재차 물었지만 계속 소리만 지르기에 그냥 수화기를 놓아버렸다. 언젠가 반모임에 갔다가 학생들에게 전해 들은 동네 어르신의 녹음 방송을 오늘 아침에는 생방송으로 들었다. 요즘 나는 이 정권을 대놓고 비난한 일이 없는데도 이러니 …. 이거 웃어야 하나, 울어야 하나?

2013년 「한겨레신문」

어버이날, 성모의 달
— 자식을 잃은 부모님들께

성당 마당 성모상 앞에 예년보다 이르게 철쭉꽃잎이 지면서 5월을 맞습니다. 천주교 신자들은 매년 5월을 성모의 달로 정하고 예수의 어머니 마리아를 기리며 노래하고 기도합니다. 성모께 대한 천주교 신자들의 신심은 일부 개신교 신자들에게 마리아교라는 엉뚱한 오해를 받으면서도 선뜻 포기하지 않을 만큼 각별합니다.

성모의 달에 어버이날이 있는 것은 우연이 아닌 듯싶습니다. 제 부모님은 지금으로부터 꼭 11년 전, 같은 해에 나란히 돌아가셨으니 가슴에 꽃 달아 드릴 분도 안 계십니다. 저도 장가를 들었으면 손자가 몇은 될 나이인데 지금도 거리에서 빨간 카네이션을 달고 자랑스러워하시는 할아버지 할머니들을 보면 부모님 생각에 콧등이 시큰해집니다. 어느 시인의 말대로 어머니는 늘 눈물인가 봅니다. 세상에는 부모 때문에 고통을 겪는 자식들이 없지 않지만 자식으로 해서 새까맣게 타 버린 가슴을 움켜쥐고 피눈물을 쏟는 부모들이 수백, 수천 배는 더 될 터, 그중에 제일은 자식이 부모보다 먼저 세상을 뜨는 일이라 합니다. 부모는 죽은 자식을 땅에 묻지 못하고 당신 가슴에 묻는다지요. 제가 아무리 부모의 마음을 잘 헤아린다 해도 죽어 가는 자식을 속수무책으로 바라볼 수밖에 없는 아버지와 똑같을 수는 없다는 것을 압니다. 미안합니다. 자식을 낳고 길러 보지 못해섰니다

우리의 근현대사만 보더라도 4·19, 5·18을 거치며 국가라는 이름의 폭력이 죽음으로 몰고 간 숱한 젊은이들이 있습니다. 이런 어이없는 살인 행위는 전태일, 박종철, 이한열로 이어지며 그들 부모의 가슴까지 무참히 난도질했습니다. 뒤늦게 자식에게 붙여진 민주 열사라는 칭호로 상처 깊은 부모의 가슴이 아물겠습니까? 불과 석 달이 채 안 된 지난 2월 경주에서는 한 재벌의 욕심이 갓 피어나는 아이들의 목숨을 여럿 앗았습니다. 아들딸의 이름을 목 놓아 부르던 아버지와 어머니들의 목쉰 소리가 아직도 들리는 듯합니다. 내일모레가 바로 그 어버이들의 날입니다.

2천 년 전 팔레스티나 땅에는 억울하게 역모로 몰려 젊은 나이에 피투성이로 사형당하는 아들의 처절한 죽음을 이를 악물고 눈을 부릅뜨고 끝까지 지켜본 비운의 여인 마리아가 있었습니다. 천주교 신자들은 그분을 세상의 모든 "여인 중에 가장 복된 분"(「성모송」의 일부)이라고 칭송합니다. 신앙고백입니다. 하지만 자식 잃은 어머니에게 그게 무슨 위로가 되고 훈장이 되겠습니까? 지금이 바로 그 성모의 달입니다.

저는 지금 세월호에서 어처구니없는 참변을 당한 영혼들에게 억지 의미를 부여해서 슬픔과 분노에 떨고 있는 유가족들을 위로한답시고 되지도 않는 말을 늘어놓으려는 게 아닙니다. 이미 각종 매스컴

이 총동원되었으니 구차하게 덧낼 생각도 없습니다. 다만 어버이날 아침에 아빠 엄마 가슴에 꽃을 달아 드리며 표현도 제대로 못하고 말 없이 씩 웃기만 하는 얼굴 없는 아이들을 그려 봅니다. 또 있습니다. 이미 오래전에 무죄한 아들의 주검을 십자가에서 내려 품에 안았던 성모님이 이 5월에 우리 아이들의 엄마와 똑같은 운명의 또 다른 엄마가 되어 서로 부둥켜안고 함께 통곡하시는 꿈을 꿉니다. 전태일의 어머니, 박종철의 아버지도 함께 계십니다. 모든 이들의 입에서 "아, 당신도 나처럼 슬픈 엄마군요. 가슴 찢어지는 사람은 나뿐이 아니군요" 하는 탄성이 절로 터집니다. 오로지 권력과 돈에만 눈먼 잘나 빠진 어른들이 우리의 아이들을 죽였다고, 내 자식은 죽어서는 안 될 죽음이었다고, 그러니 일어나라는 함성이 산천에 메아리칩니다. 어둠과 거짓을 벗어난 새 하늘, 새 땅이 저만큼 보입니다.

2014년 「한겨레신문」

교황 효과를 기대한다

지난 주일미사에는 신자들이 갑자기 눈에 띄게 많아졌다. 고해소 앞에 늘어선 줄도 평소보다 길었다. 틀림없는 교황 효과다. 교황이 가톨릭 신자들에게 주일미사에 빠지지 말고 꼭 참례하라고 당부하는 말을 나는 들어 보지 못했다. 100시간이 채 안 되는 체류 기간 중에 교황은 어떻게 그동안 교회를 멀리하고 미사에 소홀했던 많은 신자를 성당에 나오게 했을까?

교황 효과는 교회 안팎의 예상을 초월했다. 가톨릭 신자뿐 아니라 타 종교 신자들이나 신앙을 갖지 않은 이들까지 연일 그의 행보를 따르며 일거수일투족에 감탄하고 환호했다. 성문 밖까지 마중 나와 열렬히 예수를 환영하던 군중들, 나귀를 타고 예루살렘에 입성하는 예수를 연상케 했다. 그가 이 땅에 머무는 4박 5일 동안 우리는 눈물 흘리며 행복했다. 도대체 교황의 무엇이 온 국민을 감동의 도가니로 몰아넣었는가? 나는 이번에 힘없고 말 못하는 우리 민중이 얼마나 지쳐 있고 얼마나 간절히 메시아를 고대하는지, 열광하는 수많은 사람을 보면서 절실히 느낄 수 있었다.

하지만 분명히 잘라 말한다. 프란치스코 교황은 전지전능한 신이 아니다. 그도 우리도 그것을 모르지 않는다. 낱낱이 공개된 그의 언행은 결코 '새로운 가르침'(마르 1,27)이 아니었다. 오히려 어디선가 한 번쯤은 보고 들은 듯한, 누구나 할 수 있고 마땅히 해야 하는 것들뿐이었다. 떠날 때까지 직접 손에 들고 다닌 낡은 가방과 가슴에 단 노란 리본이 그랬고, 광화문의 환영 인파 속에서 차단벽에 막혀 오고 싶어도 오지 못하는 유민이 아빠에게 다가가는 모습이 그랬다. 그의 말과 행동에 새롭고 특별한 것은 없었다. 다만 그는 아무도 하지 않는 것을 평범한 일상처럼 자연스럽게 했을 뿐이고, 거기서 우리는 여태껏 우리의 대통령이나 추기경에게서 보지 못하던 새삼스런(?) 모습을 본 것이다. 그가 누군가? 일개 국가의 원수를 넘어 전 세계 12억 가톨릭 신자들의 수장인 교황이다. 곁에서 느끼는 감동은 수십 배, 수백 배로 커지게 마련이다.

그래서다. 지위가 높고 책임이 큰 사람들이 나서야 한다. 대통령이 나서라. 추기경이 거리에 나와서 프란치스코 교황의 모습을 재현하라. 각 교구의 주교들이 교황의 언행을 익혀 흉내라도 내라. 주교가 달라지지 않으면 사제는 스스로 바뀌지 않고, 사제들이 대오각성하지 않으면 단언컨대 교황이 누누이 강조한 교회의 쇄신이나 개혁은 없다! 나는 교회가 앞장서 회개하고 복음화되지(마르 1,15) 않으면 하느님 나라는 어림도 없다고 생각한다. 윗물이 맑은 것을 우리는 이미 눈과 귀로 확인했다. 만사를 제쳐 두고 먼저 유민이 아빠 김영오 씨를 살려라. 생명평화운동이다.

교황님이 직접 세월호 유가족들을 위로했지만 아무것도 변한 것은 없습니다. 여야가 재합의한 특검안은 결국 거부되었습니다. 애초에 시복미사를 이유로 고통에 빠진 사람들을 외면하고 강제로 내쫓을 수 없다는 절박감에 단식을 이어 왔습니다. 시복미사까지 16일을 함께했습니다. 유가족들과 그들을 돕는 이들이 지금 머리를 맞대고 있습니다. 사제단 역시 유가족의 마음을 헤아리며 뜻을 모으고 있습니다. 광화문 농성장의 고통받는 이웃을 찾아 주시고 지지해 주시길 부탁드립니다. 복음의 기쁨이 선포되었다면 이를 몸으로 이웃에게 나르는 사도들이 태어날 차례입니다.

정의구현사제단의 문자를 받고 광화문에 나갔다. 김영오 씨의 천막이 닫혀 있다. 탈진해서 병원에 실려 갔단다. 아, 장기전이구나. 숨고르기를 해야겠다.

2014년 「한겨레신문」

세례와 신앙의 함수관계

교회에서 세례를 받은 사람은 다 신자인가? 교회에 등록된 신자는 다 신앙인인가? 사제가 되고부터 지금까지 줄곧 뇌리를 떠나지 않는 의문이다. 달리 생각하면 작금의 그리스도 교회와 그리스도교 신자에 대한 근원적인 물음이기도 하다. 우리가 쉽게 만날 수 있는 사람들의 실례를 든다.

ㄱ씨: 결혼을 앞두고 내게 찾아온 젊은 남녀의 종교와 신앙 여부를 묻다가 나는 신랑이 군 복무 중에 군부대 성당에서 세례를 받았다는 사실을 알게 되었다. 세례를 받았으니 천주교 신자로서의 혼인 규정만 지키면 된다. 그런데 문제가 생겼다. 그는 세례를 받기 위한 예비신자 과정을 거치지 않았던 것이다. 성당에 가 본 적이 없으니 세례가 무엇인지 모르고 성체성사, 고해성사는 물론 예수의 죽음과 부활마저 생소하다는 눈치였다. 세례명도 세례 받은 날짜도 기억하지 못했다. 다만 일요일에 사역병 차출에 빠지고 운이 좋으면 간식이나 점심을 얻어먹을 수 있으니 그 맛에 성당에 갔다가 얼떨결에 세례를 받은 것만

확실하게 기억할 뿐이었다. 세례 받은 성당에 보관되어 있어야 하는 세례 문서도 찾을 수 없었다. 신앙심이 있을 턱이 없다. 하지만 한국 천주교회의 교회 통계표에는 분명히 새 신자 +1명이 기록되었을 것이다. ㄱ씨는 천주교 신자인가, 아닌가?

ㄴ씨: 갓난아기 때 천주교 신자이던 엄마 품에 안겨 본인의 의지와는 상관없이 성당에 가서 유아세례를 받았지만 불행하게도 조실부모해서 천주교회와의 인연이 저절로 끊겼다. 사망이 아니라 부모가 어떤 이유로든 교회를 등졌다고(배교 또는 개종) 가정해도 결과는 마찬가지겠다. 그는 성인이 되어서야 우연히 자기가 천주교회에서 세례 받았다는 사실을 알게 되었지만 새삼스럽게 신앙의 길로 접어들고 싶은 마음은 없었다. 그 역시 교회 통계표에는 +1로 기록된 채 천주교 신자로 남아 있을 것이다. ㄴ씨도 엄연히 세례를 받았으니 신앙은 없어도 신자임에는 틀림없나?

ㄷ씨: 동기야 어찌 됐건 제 발로 성당에 가서 소정의 교리 교육을 마치고 자신이 정한 세례명으로 세례를 받았다. 한국 천주교 신자 합계에 1을 보탰다. 열심히 미사에 참례했고 시간 내서 성경 공부도 하고 신상명세서의 종교란에는 꼭 천주교라고 썼다. 그러다가 어떤 사건이 계기가 되어 개인과 가족의 신상에 엄청난 변화를 겪으면서 교회와 멀어지게 되었다. 이런 경우에 지금은 사정이 여의치 못해서 잠시 교회를 떠나지만 언젠가는 다시 돌아가리라고 다짐하는 사람이 있는가 하면, 아예 교회와 단절을 선언하고 자신이 천주교 신자임을 공적으로 부정하는 사람도 있다. ㄷ씨는 후자에 속한다. 하지만 교회

는 세례의 효험은 영원하다고 가르치니 ㄷ씨는 여전히 천주교 신자인가?

나는 지금 그리스도교 신자의 존재론적 정의를 내리려는 게 아니다. 진정성이나 도덕성은 눈곱만치도 안 보이면서 그럴듯한 교회나 교직을 내세우는 소위 지도층의 파렴치한들을 성토하려는 것도 아니다. 그러기에는 나의 공부가 너무 모자라고 나의 삶이 한없이 부끄럽다. 다만 나는 각 종단에서 선전하는 신자 수의 허구성과 그 허수로 교세를 포장해서 부를 누리고 권력을 행사하려는 교회의 한심한 작태들을 고발하려는 것이다.

　예수의 하느님 나라 운동은 교세 확장이 아니다. 종탑과 십자가가 많아지고 신자 수가 비약적으로 늘어서 사회가 그만큼 아름다워졌나? 우리가 행복해졌나? 단연코 아니다! 하느님 나라 운동은 세상 개벽 운동이요, 여기에 필요한 사람은 예수의 사람, 참 신앙인이다.

2014년 「한겨레신문」

일치와 분열 사이에서

"신부님이 처음 오셨을 때 저는 기대를 참 많이 했었는데 … 솔직히 실망했습니다." 잠시 망설이는 눈치더니 작심한 듯 그는 말을 이었다. "월요일부터 토요일까지 저희는 하루하루를 힘겹고 고달프게 삽니다. 그러다가 주일이 되면 하느님을 만나고 그 안에서 참된 위로와 안식을 얻으려고 성당에 옵니다. 그런데 신부님은 하느님 이야기는 별로 안 하고 정치 이야기, 사회 이야기를 하시는 겁니다. 짜증이 나고 심하면 화가 납니다. 저 하나 건사하기도 벅차고 힘이 들어 제게 절실한 것은 기도요 위로의 말씀인데 성당에 와서까지 속세의 그런 얘기를 들어야 하다니요. 참을 수가 없어 뛰쳐나가고 싶은 때가 많지만 그러지도 못하고 …. 신부님은 아십니까? 저 같은 생각을 하는 친구가 많다는 거."

교회의 청년 대표들과 모처럼 만난 자리에서 한 젊은 여성이 조심스럽게, 그러면서도 분명하게 자신의 불만을 털어놓았다. 새삼스레 놀라거나 기분 상할 일은 아니었다. 이보다 훨씬 강하고 노골적인 불평도 그간 숱하게 들어 온 터였으니까. 그러나 날이 갈수록 급속도로 고령화되어 가는 교회에서 그래도 나이 든 기성세대보다는 상대적으로 잘 통하겠다 싶은 반가운 젊은이에게 이런 이야기를 듣는 것은 조금은 충격이었다. 거꾸로 그가 60대이고 내가 20대였더라면 분위기가 덜 어색하지 않았을까?

하긴 얼마 전에도 비슷한 일이 있었다. 우리 성당 홈페이지에 천주교 주교회의 의장인 강우일 주교의 강론 내용을 한 인터넷신문에서 퍼다 올렸는데 하루 만에 삭제된 것이다. 관리자의 해명은 이랬다. 조용하고 착한 우리 성당 신자들의 일치를 저해하고 분열을 조장할 우려가 있어서 지웠다고. 그를 불러 도대체 무엇이 분열이고 무엇이 일치냐고 차근차근 묻고 싶었지만 그냥 모른 척하고 넘겼다.

나는 평소에 나의 사고와 의식이 기성세대보다는 젊은이들에게 더 가까우니 비록 50~60대 이상의 노년층이 나를 반대하고 못마땅하게 여기더라도 별로 문제될 게 없다고 생각해 왔다. 하지만 그건 직무 유기에 해당될 만큼 너무 안일한 생각이었나 보다. 교회의 젊은이들이, 그것도 요즘 보기 드물게 착실하다고 칭찬이 자자한 젊은이들이 세상일에 무관심하고 나의 안위와 구원에만 집착하는 이기적인 신앙인이었단 말인가? 어쩌다가 그렇게 되었을까? 누가, 무엇이 그들을 그렇게 만들었을까?

그 청년은 이어서 내게 이런 말을 했다. 교회는 양쪽을 똑같이 대하고 양쪽 모두에게 똑같이 기회를 줘야지 왜 늘 한쪽만 두둔하고 강조하느냐, 그러면 듣는 사람들이 다 거기에 세뇌되지 않겠느냐, 그건 불공평한 처사가 아니냐고 따졌다. 아, 그는 매일 눈만 뜨면 자신도 모르게 저를 길들이는 거대한 수구 신문과 방송의 공격적 세뇌 공작은 알아채지 못했던 거다. 그에 비하면 진보적인 소수의 신문이나 주일 강론 따위의 영향력이란 미미하기 짝이 없다. 그걸 모르고 그는 나의 복음 해설을 편파적인 주입식 교육으로 받아들였던 것이다. 패가 갈리는 것처럼 보이는 현상이 언짢았고, 가뜩이나 골치 아픈 세상에 또 하나의 고민거리를 만드는 것이 싫었던 것이다.

많은 사람이 옳고 그름보다 좋고 싫음을 따라 행동한다고 교회까지 사람들의 취향에 맞추려 전전긍긍한다면, 좋아도 옳지 않으면 버려야 하고 싫어도 옳으면 따라야 한다는 예수님의 가르침은 어디에서 찾을 수 있을까?

2014년 「한겨레신문」

그른 것과 싫은 것

전에 살던 성당 옆 골목에 작고 허름한 밥집이 하나 있는데 옥호가 '만나식당'이었다. 반찬이 깔끔하고 맛있는 데다 인심도 후하고 값도 싸서 교우들과 자주 이용하다 보니 주인 아주머니는 자연히 내가 성당의 사제인 줄 알게 되었다. 그때부터 밥값을 치를 때면 자기는 교회에 다니는 신도라 목사님께는 돈을 받지 않는다며 꼭 내 몫은 제하고 계산을 하는 거였다. 처음 한두 번은 단골을 잡기 위한 상술이려니 했는데 드나드는 횟수가 늘면서 잘못된 생각이라는 걸 알았다. 한마디의 공치사나 흔한 생색도 없었다. 아무래도 공밥이 부담되어 나는 교회의 목사가 아니니 돈을 받으셔야 한다고 정색을 했지만 "똑같은 주의 종이신데요, 뭐"라며 손사래를 치던 모습이 지금도 선하다. 그에게 교회의 성직자는 성직자라는 이유 하나만으로 일반 신도들과는 달리 특별 대우를 해 드려야 마땅한 '주의 종'이다. 주인에게 충직한 종인지 불충한 종인지는 굳이 따지려 하지 않았다. 무조건적인 신뢰를 보낼 뿐이다. 그런데 나는 왜 그분의 배려에 고마움을 넘어 점점 더 죄스러운 생각이 들었을까?

한번은 낯선 교우 한 분이 찾아와서 자기네 성당 사제를 없는 데서 막 욕하고 흉봤다며 흥분된 목소리로 물었다. "그래도 신자가 사제를 욕하면 죄가 되겠지요?" 내용인즉, 사제가 주일 강론 시간에 툭하면 정치 이야기를 하고 지난 선거 때는 노골적으로 야당 후보의 편을 들더라는 것이다. 그게 너무 화가 났단다. 내게 온 것을 보면 비록 욕은 했지만 뒤끝이 영 개운치 않았던 모양이다. 그는 왜 사제에 대한 비난을 죄라고 생각했을까? 사제는 예수의 권위가 부여된 존재라는 믿음에서? 나도 사제라는 걸 의식해서 한번 해 본 소리였나? 듣는 사람들이 맞장구를 쳤다니 보나마나 그는 자신과 정치적 성향이 비슷한 사람들의 모임에서 동조를 구했을 게다. 나는 잠시 여유를 두고 물었다. "솔직하게 말씀해 보십시오. 그 신부가 정치 이야기를 하는 게 싫었습니까, 아니면 당신이 싫어하는 야당 후보를 지지하는 게 못마땅했습니까? 만약 그 신부가 당신처럼 여당 후보를 지지하는 강론을 했다면 어땠을까요? 그렇게 화가 나지는 않으셨겠지요?" 한참 고개를 숙이고 있던 그는 조그맣게 대답했다. "그랬을 것 같습니다." 그랬구나! 그는 사제의 강론의 그릇됨을 지적한 것이 아니라 사제가 아군이냐 적군이냐를 가렸던 것이다.

개신교의 목사나 천주교의 사제는 '주의 종'이기 때문에 어떠한 비판도 불가하다는 일부 근본주의자들의 주장에 나는 동의하지 않는다. 마찬가지로 그들과 뜻을 같이하는 이들의 공동체인 교회는 잘못이나 실수가 있을 수 없다는 주장에도 동의할 수 없다. 2천 년 기독교의 역사, 300년을 바라보는 한국 교회의 역사가 이를 증명한다(한국 천주교회는 지난 2000년에 주교회의 명의로 과거사에 대한 반성문을 발표한 바 있다). 온 갖 세상사에 대한 복음적 판단은 교회, 그중에서도 특히 사제의 직무에 속하지만 그 판단이 과연 옳은가 그른가를 따져 보는 것 또한 우리 모두의 권리이자 의무다. 그럼에도 교회나 성직자에 대한 비판을 마치 예수 그리스도를 부정하거나 교회를 거역하는 죄악으로 여기는 억지는 어디서 비롯된 것일까?

비판은 옳고 그름을 가리는 행위다. 우리의 생각과 말과 행동이 잘못되었으면 질책을 당해 마땅하겠지만 단지 마음에 안 든다고 욕하고 비난하는 것은 옳지 않다. 교회 안팎의 정당한 비판들이 종종 순명의 이름으로 봉쇄되는 것을 본다. 가슴 아픈 일이다. 그로 인하여 당할지도 모를 불이익이 두려워서일 터다. 단언컨대 그런 교회의 미래는 어둡다.

2014년 「한겨레신문」

3장

교회가 변해야 하는데

우리들의 자화상
— 사제 서품, 근속 21년을 넘기면서

K형,

아침에 일어나 보니 근래에 보기 드물게 눈이 많이 내렸습니다. 새해가 밝은 지 오래되었는데 이제야 새해 인사를 드립니다. 평소에 남들처럼 눈치 빠르고 민첩하지 못한 저의 게으름 탓입니다. 가정생활을 하지 않고 저 혼자 제멋대로 20년 넘게 살아온, 이제는 쉽게 고쳐지지도 않을 만큼 몸에 밴 습성 때문이겠지요. '그래, 그렇겠지' 하고 이해해 주시리라 믿습니다.

몇 달 전에 광주가톨릭대학에 있는 친구 리순성 신부가 전화를 해서 제게 글쓰기를 부탁한 일이 있었습니다. 그때만 해도 마감 날짜가 까마득해서 대수롭지 않게 생각하고 건성으로 그러마고 대답해 놓고는 까맣게 잊어버리고 있었는데 어느 날 정식으로 원고 청탁서가 온 겁니다. 그때부터 이 숙제가 얼마나 천근의 무게로 저를 짓누르는지 마감 날짜가 내일모레로 다가온 요즈음은 애간장이 타는 것만 같습니다. 그래서 생각 끝에 편지 형식을 빌려 제 사견을 나열하는 쪽으로 가닥을 잡았습니다. 아! 이 편지의 수신인을 하필이면 왜 형으로 잡았냐고요? 그건 우선 형이 천주교 신자는 아니지만 평소에 늘 남다른 애정을 가지고 우리 교회를 지켜보며 가끔 제게 좋은 의견도 주시고 충고도 아끼지 않는 분이기 때문입니다. 이 글을 『신학전망』 편집자의 요구대로 쓰려면 교회 성직자들에게 설문지라도 돌려서 다양한 의견을 수집한 자료가 먼저 준비되었어야 할 것입니다. 그래야 더 많은 사람의 공감을 얻어 낼 수 있을 터인데 저는 그렇게는 못하고 ─ 솔직히 말씀드리면 그럴 능력이 없습니다 ─ 다만 저의 개인적이고 주관적인 의견을 피력하는 데 그칠 수밖에 없습니다.

월간 『사목』에서 퇴짜 맞은 원고

K형, 이 이야기는 제가 『갈라진 시대의 기쁜소식』에도 이미 썼던 것입니다만 다시 한 번 더 하겠습니다. 왜냐하면 최근에 비슷한 퇴짜를 교회 기관지 「인천주보」에서 또 맞았기 때문입니다.

지난 1994년 12월에 월간 『사목』에서 저에게 보낸 원고 청탁서는 다음과 같았습니다. "'해방 후의 한국 천주교회'에 대하여 다루려고 한다. 해방 후의 군사정권은 이 땅의 경제를 미국과 일본의 경제식민주의화했고, 문화 정책 역시 서구 유럽 및 일본의 그늘에서 벗어나지 못하고 있다. 경제적으로, 정신적으로 신식민주의화되고 있는 한국사회의 현상을 진단하고 한국 교회가 나아갈 방향을 제시해 달라." 저는 곧바로 '우리신학연구소'의 도움을 얻어 주문한 양의 원고를 써 보냈습니다. 그런데 얼마 후 『사목』 편집부에서 전화가 왔습니다. '당신도 우리 교회 사정을 잘 알지 않느냐, 위에서 이대로는 곤란하다고 하니 당신의 의도를 크게 벗어나지 않는 한도 내에서 원고를 수정, 가감하게 해 달라'는 것이었습니다. 틀린 곳이 있느냐는 저의 물음에 그런 것은 없다는 대답도 했습니다. 문제는 '윗분'의 뜻이었습니다. 편집부 직원의 요구대로 '윗분'의 뜻을 거스르지 않고 대폭 수정, 가감해서 제게 다시 보낸 원고는 한마디로 저의 글이 아니었습니다. 어쩔수 없이 그 원고는 없던 것으로 하자는 저의 제의에 편집자는 반색을하며 좋아했고 우리는 그 후 단 한 번의 전화도 없었습니다. 글 내용중 편집자가 삭제, 수정했던 것은 주로 해방 후 우리나라를 신식민지화하는 데 직간접적으로 한몫을 한 천주교회 성직자와 평신도의 구체적인 이름들이 거론된 부분이거나 한반도 분단에 교회가 영향을준 사례들이었습니다.

K형,『사목』은 한국천주교중앙협의회가 발행하는 기관지입니다. 그렇다고 해서 역사적으로 확인된 엄연한 사실을 슬그머니 감추거나회칠해서야 되겠습니까? 교회의 과거가 부끄럽다고 과연 언제까지숨긴 채로 버틸 수 있겠습니까? 그래서는 안 된다는 것은 그분들도다 알지 않겠습니까? 손바닥으로 하늘을 가릴 수는 없지요.

최근에 비슷한 일이 또 있었습니다. 지난 연말에 우리 인천교구주보 1면의 원고를 제가 쓰게 되었습니다. 제 차례가 되어서 의무적으로 쓴 것이지요. 대통령 당선자 확정 발표 직후라 저는 "김대중 토마스 님께 드리는 글"이란 제목의 글을 써 보냈습니다. 그런데 K형. 그 주일에 제가 받아 본 주보 1면에는 제목부터 내용까지 제멋대로수정되고 삭제된 글이 분명 제 이름으로 실려 있었습니다. 저에게는 사전에 상의도 통보도 없었고요. 왜 그렇게 상식 밖의 짓을 했느냐고 항의 전화를 했더니, 물을 시간도 없었고 또 대부분 그런 경우에는 글 쓴 신부들이 알아서 고치라고 하기 때문에 별 생각 없이 고쳤다고 편집 담당자는 대답했습니다. 원 세상에! 이런 일이 어떻게 있을 수 있습니까? 더군다나 교회에서요. 우리 한국 천주교 고위 성직자들이나 중요 직책 담당자들의 의식이 여기에 머물러 있다면 이건 대단히 심각한 문제입니다. 천주교 신자들을 포함한 모든 국민들은 이미 교회의 일부(?) 성직자들이 생각하는 것만큼 바지저고리가 아니거든요. 아직도 주교, 신부가 한마디 하면 몸 둘 바를 모르고 무조건 '예, 예' 하는 신자들이 아닙니다.

그런 차원에서 시기적으로 좀 늦기는 했지만 안중근 의사에 대한 교회의 복권 조처라든가 지난해 인천가톨릭대학 겨레문화연구소가 주관한 "병인양요에 대한 역사적 고찰"이란 주제의 심포지엄에서, 1866년 병인양요 때 조선 천주교회의 신부와 신자들이 한 행동은 명백한 잘못이며 마땅히 사과해야 한다고 발표한 것은 매우 바람직한 처사라고 생각됩니다. 이런 발표에 대해서 왜 자꾸만 교회의 치부를 드러내려 하느냐고 불만을 토로할 사람은 요즈음 같은 시절에는 없습니다.

성직자는 평신도와 마땅히 달라야 한다(?)

K형, 제가 1976년도에 사제품을 받았으니까 올해로 벌써 22년째 사제 생활을 하고 있는 셈입니다. 신학교에 있을 때만 해도 10년

이 된 선배 신부님들을 보면 감히 말 상대도 할 수 없는 어른으로 보이더니 어느새 저는 그 두 배도 넘게 살았습니다. 그런데도 저 자신은 어른 같다는 생각이 안 드는군요.

형은 저의 신학교 생활에 대하여는 잘 모르실 겁니다. 제가 신학교 이야기를 한 기억이 거의 없으니까요. 2년 전쯤인가, 월간 『생활성서』에 신학교를 회상하며 잊고 싶은 추억들만 몇 가지 추려서 쓴 적이 있습니다. 그런데 지금까지 잊히지 않는, 그러면서도 저의 사제 생활에 지대한 영향을 주었으리라고 생각되는 것은 바로 "너희는 일반 신자들과 다르다. 너희는 특별히 간택된 사람이다"라는, 마치 주문과도 같은 가르침이었습니다. 형은 어떻게 생각하십니까? 과연 우리 사제들은 일반 신자들과 달라야 합니까? 형이 보시기에 우리는, 아니 저는 다른 사람들과 다릅니까? 다르면 구체적으로 뭐가 어떻게 다릅니까? 뭐가 어떻게 달라야 바람직한 것일까요? 신학교 선배인 서강대학의 성염 교수는 "평신도는 설령 강론대에 서는 일이 있더라도 자기 말을 하지만 사제는 하느님의 사람으로서 하느님의 말을 한다. 사제는 인내심이 강하고 온유한 시선을 가졌다. 사제는 시인이다"라면서 사제와 평신도의 다른 ― 정확히 말하면 달라야 하는 ― 점을 이야기했습니다(『신학과 사상』 11호, 가톨릭대학교 출판부). 옳습니다. 그래야지요. 그러나 그건 일상의 삶을 그렇게 살지 못하는 신자들이 성직자들의 삶 속에서나마 보고 싶어 하는 욕구이자 바람입니다. 다시 말씀드려 사제인 제가 그렇게 살아야 한다는 것입니다. 그때 비로소 "아, 역시 사제는 다르구나!"라는 감탄사가 나오는 것이지요. 신학교에서의 가르침도 분명 이런 의미였을 것이라고 생각됩니다.

그런데 K형, '다르다', '달라야 한다'는 말을 마치 신분의 차별인 양 착각하고 있는 신부들이 간혹 있는 것 같아 안타깝습니다. 예를 들어 나는 '목자', '어른', '말하는 사람', '스승', '윗사람'이니까 '양', '아이', '듣는 사람', '제자', '아랫사람'인 너희들과는 근본적으로 다르다고 생각하는 겁니다. 여기에서 바로 오랫동안 많은 사람들의 비난의 대상이 되어 온 이른바 성직자 권위주의가 싹튼 것이 아닐까요? 그까짓 거 마음만 먹으면 쉽게 고칠 것 같은데도 여전히 고치지 못하고 욕을 먹고 있는 신부들의 '반말' 버릇도 여기에서 비롯된 것이 아닌가 싶습니다. 꾸르실료 교육이 우리나라에 처음 도입되었을 때 "그리스도는 당신만을 믿습니다!"라는 구호가 잘못 받아들여져 교육 수료자들이 꼴불견을 연출한 적도 있었지요. 그거와 다를 것이 무엇이겠습니까? 성직자와 평신도는 기름과 물이 아닙니다. 로만칼라로 구별되는 것도 바람직하지 않다고 생각합니다. 천사 같은 사제가 되고 싶어 상대적으로 인간적인 면을 소홀히 한다거나 급기야는 죄악시하는 사람이 있다면 그런 사람이야말로 하느님의 강생의 신비를 받아들이려 하지 않는 사람이라고 단정해도 무리는 아닌 듯싶습니다.

성직자, 그에 어울리는 자리

K형, 지난 대통령 선거에서 저는 생전 처음으로 당선자를 맞췄습니다. 그 기분 썩 괜찮더군요. TV를 통해 김대중 후보의 당선이 확정된 순간 제 머리에는 얼핏 광주와 전라도 사람들이 떠올랐습니다. 얼

마나 오랫동안 바라던 바였겠습니까? 이제 그 소망이 이루어진 것입니다. 아시다시피 전주교구나 광주교구 신부들은 타 지역에 비해서 상대적으로 야성이 강한 편입니다. 하기야 대한민국 건국 이래 한 번도 정권이 바뀌어 본 적이 없으니까 한 번 '야'는 항상 '야'일 수밖에 없었지요. 그런데 이번에 바뀐 겁니다. 전라도 신부들을 포함한 많은 '야'의 신부들은 이제 어디에 서야 합니까? 이런 생각으로 오늘은 차분히 앉아 우리들에게 어울리는 자리를 정리해 보았습니다.

단언컨대 오랜 노력의 결과로 내가 지지한 사람이 승리해서 화려하게 청와대에 입성한다 하더라도 그를 따라서 승자의 전리품을 챙기는 일이 있어서는 안 된다는 게 제 생각입니다. 공을 세운들 얼마나 세웠겠습니까만 아무튼 공을 앞세워 새로운 권력자가 된 개인이나 집단으로부터 하찮은 것 하나라도 요구하거나 기대해서는 안 된다는 것입니다. 그건 뿌리치기 힘든 유혹이겠지요. 그러나 우리는 과감히 돌아서야 합니다. 돌아서서 전처럼 모든 종류의 권력과 일정한 간격을 두고 감시자로, 비판자로, 충고하는 사람으로 다시 시작해야 합니다. 비록 그 일이 내가 지지했던 개인이나 집단의 미움을 사는 한이 있더라도 그 일이 나의 일이고 그 자리가 내게 어울리는 자리임을 잊어서는 안 됩니다. 당연히 우리 사제들의 자리는 예수께서 계셨던 거칠고 외로운 광야입니다. 형도 우리나라의 짧은 정치사 안에서 교회의 성직자들이 정치 권력자들과 어깨동무했던 때를 아시지요? 그때 교회의 모습이 그다지 아름답거나 깨끗하지 못했음을 아실 겁니다. 가난하고 힘없는 다수의 민중들로부터는 외면당했습니다. 그런 어리석은 짓을 두 번 다시 반복해서는 안 되겠다는 다짐을 저는 지금 하고 있습니다.

새로운 양, 잃은 양 찾기 운동에 대하여

K형, 요 몇 년 사이에 교회 건물 정면에 큼지막하게 드리운 대형 플래카드가 부쩍 늘었습니다. 그중에서도 자주 눈에 띄는 내용이 '새로운 양 찾기'니 '잃은 양 찾기' 또는 '신자 배가 운동' 등입니다. 조직적 · 계획적으로 신자 수를 늘려 하느님 나라의 지상 표지인 교회 공동체를 확장시키자는 강력한 의지를 엿볼 수 있습니다. "그러므로 너희는 가서 이 세상 모든 사람들을 내 제자로 삼아 아버지와 아들과 성령의 이름으로 세례를 베풀라"(마태 28,19)고 하신 예수의 말씀을 성실히 수행하는 모습입니다. 이 운동을 벌여 실제로 큰 효과를 본 본당들도 있답니다. 우리 교구 어느 본당의 경우는 한 번에 몇백 명씩 벌써 여러 차례 세례를 주어서 타 본당들의 사표가 된다고 주임신부와 사목회장이 이 성당 저 성당에 초대받아 그 모범적인 사례를 발표하기에 바쁘다고 하니까요. 매우 반갑고 바람직한 일입니다. 요새 같은 세상에 한꺼번에 수백 명씩 입교를 시키다니오. 그 본당 모든 신자의 노력과 신부님의 남다른 카리스마가 모아져 이루어 낸 걸작이라 생각합니다. 제가 알기로 형은 그 신부님과 각별한 사이이신데 아직도 '새로운 양'으로 그 본당의 일원이 되지 않으신 게 오히려 이상할 정도입니다. 어쨌든 그건 그렇고, 이제 제가 말씀드리려는 것은 이 '양' 찾기 운동이 간과하기 쉬운, 그러나 결코 간과해서는 안 될 몇 가지입니다.

첫째, 새로운 양 찾기 운동의 목적은 교세 확장에 있습니다. 우리 나라에는 거리마다 골목마다 십자가 달린 교회 건물이 참 많습니다. 십자가 건물이 늘어나는 만큼 신자 수도 증가한다고 봄이 옳겠습니다. 그러나 안타깝게도 그리스도교 신자 수가 늘어나는 만큼 이 사회가 좋아졌느냐는 물음에 긍정적인 대답을 하는 사람은 거의 없습니다. 그렇다면 우리 사회가 지금 필요로 하는 것은 그리스도교 신자 양산이 아니지 않습니까? 질이냐 양이냐를 따지는 것은 비단 어제오늘의 문제가 아닙니다만 '새로운 양' 찾기 운동을 통하여 신자 수 그래프의 막대를 죽죽 올리는 것이 오늘날 교회의 지상 목표가 아니라는 것만은 분명합니다. 여기에 대한 대책 마련이 보이지 않습니다. 우리의 지상 목표는 하느님 나라와 관련이 있습니다. 그러나 하느님 나라 운동에 반드시 세례 받은 사람들만 포함되어야 할까요? 얼마나 많은 신자가 부정과 불의, 부패의 주역이 되어 활약(?)하는지 아시지요? 신자 수 증가 전략을 비판하는 너의 대안은 그럼 뭐냐고 되물어 따진다면 저는 할 말이 없습니다. 저는 그것도 제대로 해 본 적이 없기 때문입니다. 그래서 실은 이 글도 쉽게, 자신 있게 써지지 않습니다. 그럼에도 한 번 더 말씀드리는 것은 교회의 양적인 팽창에 주력하다 보면 자신의 의지와는 전혀 상관없이 다른 한쪽을 소홀히 할 수밖에 없다는 사실입니다.

형은 우리 민족의 '복음화'와 '교세 확장'을 어떻게 생각하십니까? 둘 다 대단히 중요하지만 같은 것은 아니지요? 교세 확장은 복음화를 위한 하나의 과정에 불과합니다. 예수의 목표는 세상의 복음화입니다. 많은 새로운 양을 우리(교회)로 불러들이는 일은 매우 중요하지만 그것이 교회의 최우선 과제인 양, 예수의 지상명령인 양 착각한다면 진짜 알맹이를 희석시키는 우를 범할 수 있습니다. 국방부의 '전군의 신자화를 위한 1인 1신앙 갖기 운동'도 여러 가지 잡음과 폐단으로 중단했다는 말을 들었습니다.

둘째, '잃은 양'입니다. 이는 우리 교회에서 흔히 쓰는 단어인 냉담자(쉬는 신자)나 행불자를 지칭하는 말이지요. 저의 길지 않은 사목경험에 따르면 살다 보니 어찌어찌해서 길을 잃고 방황하는 신자와, 이유야 어쨌든 작심하고 스스로 대열을 이탈해서 도망친 신자에 대한 구분이 분명치 않습니다. 우선적으로 파악해야 할 것은 등을 돌리게 된 근본적인 원인입니다. 원인 파악이 잘되었다 하더라도 억지로 잡아끌지 않는 게 더 현명한 처사일 수 있습니다. 예수께서도 등을 돌리는 부자 청년을 억지로 붙잡아 돌려세우지 않으셨거든요. 쓰다 보니 재미도 없는 데다 형의 관심사에서 너무 멀리 와 있다는 생각이 듭니다.

신부는 수녀를 정말로 귀찮게 해

K형, 이제 정말 부끄러운 이야기를 하나 해야겠습니다. 일전에 제가 잘 아는 수녀님이 갑자기 병원에 입원하셨다는 소식을 듣고 웬일인가 하여 찾아갔었습니다. 50대 후반인 그분은 어디가 어때서 입원까지 하셨느냐는 저의 물음에 대답은 않고 빙그레 웃기만 하시더군요. 평소에도 수다스럽지는 않은 분이었는지라 저도 시시껄렁한

농담이나 몇 마디 할 수밖에요. 한참 뜸을 들인 뒤에야 그분이 하는 말씀을 듣고 저는 깜짝 놀랐습니다. 그분의 이야기입니다. 지금의 신부(40세 정도)와 2년을 본당에서 함께 지냈는데 그 신부는 신자들을 우습게 보고 수녀들에게 모욕을 주거나 깔보는 언행이 너무 비일비재하여 함께 살던 수녀 한 분이 참다 못해 작년에 떠나고 후임 수녀도 견디지 못하고 또 떠났답니다. 세 번째로 부임한 당신은 나이도 있으니 웬만하면 버텨 보려 했으나 도저히 견딜 수 없어 끝내 병을 얻었다는 것이었습니다. 수녀님은 그 신부를 가리켜 언어의 폭력자라고 했습니다. 원 세상에, 오죽하면 입원까지 했을까 생각하니 제가 얼굴이 화끈거리고 우리 본당 수녀님들 얼굴이 떠오르더군요. 나도 혹시 그렇게 살고 있는 것은 아닌지, 그러면서도 까맣게 모르고 지내는 것은 아닌지 ….

K형은 수녀에 대해서는 잘 모르시지요? 우리나라에는 서양과 달리 수녀들이 본당에 파견되어 살면서 사목 활동을 하는 분이 많습니다. 그런데 많은 본당수녀가 살아가는 데 제일 어려운 점으로 본당신부와의 관계를 꼽습니다. 일반 신자들과의 관계는 별문제가 되지 않는데 신부들이 문제라는 거죠. 제가 생각해 봐도 그 말엔 일리가 있는 듯합니다. 실제로 어떤 신부들은 함께 사는 수녀들을 무시하고 사람들 앞에서 핀잔을 주고 나이에 상관없이 반말을 하고, 그러면서도 그런 언행을 당연한 것으로 여깁니다. 이런 모습을 본 신자들 중에 아들에게는 신부되라고 권하고 싶지만 딸에게는 절대 수녀원에 가라는 말을 못하겠다는 분들도 있습니다.

K형, 왜 그럴까요? 신부는 남자고 수녀는 여자라서? 신부는 신학을 공부했는데 수녀는 무식해서? 신부는 성사를 집행하는데 수녀는 심부름만 해서? 아마 그럴 겁니다. 그것도 그중 어느 하나 때문이 아니라 여러 가지가 복합적으로 작용해서 신부들의 볼썽사나운 언행이 튀어나오는 것이라 생각됩니다. 적지 않은 신부들이 아직도 남성우월주의나 가부장제에 젖어서 의식을 바꾸어 보겠다는 생각을 조금도 못한다는 거지요. 남보다 열심히 예수를 따른다고 자부하는 천주교회 성직자들의 사고나 의식은 마땅히 진보적이라야 한다고 저는 생각합니다. 그런데 실제로는 답답할 정도로 보수적인 사고의 틀을 벗어나지 못하고 있는 경우를 자주 봅니다.

K형, 제가 지금 일방적으로 수녀들만 두둔하고 있는 겁니까? 하긴 저도 전에 수녀 때문에 속상하고 심히 괴로웠던 적이 몇 번 있었습니다. 조용히 타일러도 안 돼, 싸움질을 할 수도 없어, 그렇다고 본원 총장에게 일러바칠 수도 없어, 그것 참 속수무책이더군요. 이렇게 속타는 신부들도 하나둘이 아닐 겁니다. 그런데 K형, 신부들의 속사정을 있는 그대로 다 인정한다 하더라도 객관적으로 분명한 것 하나는 있습니다. 뭐니 뭐니 해도 신부는 강자이고 수녀는 약자라는 것입니다. 당연히 그래야 한다는 게 아니라 교회의 현실이 그렇다는 말입니다. 강자의 의식과 언행이 어떠해야 한다는 것은 말 안 해도 빤한 것 아니겠습니까? 강자가 약자에게 안 해도 무방하지만 하면 고마운 은혜를 베풀라는 뜻이 아닙니다. 그럴수록 눈의 초점을 똑바로 하여 겸손하고 온유하게 처신해야 한다는 뜻입니다. 그래서 아까 제가 부끄

러운 이야기라고 한 겁니다. 제 생각을 해서요. 우스운 이야기 하나 할까요? 지난번에 교우들과 산에 갔는데 등산길에서 우리 본당의 젊은 수녀님이 고운 목소리로 유행가를 하데요. "신부는 수녀를 정말로 귀찮게 하네."

K형, 돋보기 쓴 눈이 꽤나 아프시겠습니다. 지금까지 제 주위에서 보고 들은 몇 가지 실례를 들어 우리 성직자들의 의식과 삶의 자화상을 비교적 솔직하게 그려 보려고 했습니다. 걱정이 되어 한 번 더 말씀드립니다만 이 글은 오로지 저의 주관적인 견해의 기술입니다. 다듬지 않은 거친 말마디들도 신경 쓰입니다. 그러나 저를 포함한 우리 성직자들에 대한 형의 큰 관심과 사랑을 믿습니다. 내내 건강하시고 행복하시기를 빕니다.

K형에게 드리는 나의 넋두리 편지는 여기서 접고 이제부터는 부족하지만 제 나름대로 몇 가지 실천적인 대안을 제시해 보려 합니다.

1. 교구의 담을 넘는 사제 인사이동은 여전히 꿈인가?

새 대통령이 선출되고 명실공히 정권이 바뀌었으니 그동안 고질병으로 남아 있는 지역 갈등이 치유되리라는 희망을 가져 봅니다. 이 중병의 퇴치를 위하여 왜 교회의 어른들은 팔 걷고 나서지 않으시는지요? 국가의 장래를 위하여 지역 간의 갈등은 반드시 해소되어야 한다는 데는 모두 공감하시면서요. 그 치료 방법들 가운데 하나가 누차 말씀드린 교구를 초월한 사제 인사이동입니다. 주교님들의 합의하에 동서 간, 도농 간에 사제 인사이동이 이루어진다면 벌어졌던 틈을 좁히는 데 얼마나 큰 몫을 하겠습니까? 다소 불편함이 있더라도 그쯤은 대국적인 차원에서 감수할 수 있지 않겠습니까? 교회법상에 문제가 있습니까? 주교님들이 한마음으로 합의하셔서 안 되는 일이 무엇입니까? 틈을 메우는 큰 효과뿐 아니라 사제들의 의식과 삶이 더욱 폭넓어지고 풍요로워지는 결과도 기대할 수 있을 것입니다.

2. 사제들에 대한 지속적이고 체계적인 재교육의 필요성

공사를 막론하고 크고 작은 조직체에 속해 있는 사람으로서 자기 해당 분야에 대한 지속적인 교육을 받지 않는 사람은 아마 없을 것입니다. 교육을 하지 않는 조직체는 무섭게 변하는 이 사회에서 살아남지 못할 것이기 때문입니다. 그래서 모든 공무원이나 직장인들은 일정한 근무 기간이 지나면 의무적으로 연수원이나 기타 기관으로 보내집니다. 우리 교구의 예를 보면 모든 신부가 1년에 한 번 닷새 동안 연수를 받아야 하고, 그와는 별도로 닷새 동안의 피정을 해야 합니다. 하지만 그것 가지고는 턱없이 부족합니다. 그것은 엄밀한 의미의 연수가 아니라 쉼과 친교의 의미가 더 크기 때문입니다. 사제 생활이 꽤나 피곤한 것은 사실입니다. 그런 연중행사 말고 3~5년에 한 번씩(혹은 인사이동 시) 최소한 한 달 또는 몇 개월의 재교육 프로그램을 만들어 시행할 것을 제의합니다. 각 교구 단위로 어려우면 몇 개 교구가 합쳐서 할 수도 있겠지요. 신부들 개개인의 관심 분야는 물론 신학도 엄연히 발전하는 학문인 만큼 적어도 새로운 이론이나 동서양의 변화는 알아 두어야 합니다. 언제까지나 20년 전, 30년 전의 노트에 의지할 수는 없지 않겠습니까?

하나 덧붙이자면 안식년(혹은 연구년도 좋음) 제도를 활성화하자는 것입니다. 사제 일손의 부족을 이유로 일생에 한 번밖에 주어지지 않는 자유롭고 소중한 시간을 앞으로는 더 많이 할애해서 적시에 사용하면 효과가 상당히 클 것입니다. 저의 개인적인 경험으로 보면 사제 생활 17년 만에 얻은 1년의 안식년은 참으로 유익한 쉼과 배움의 기회였습니다. 늘 지키고 있던 나의 자리를 훌쩍 떠나 객관적인 시각으로 나의 삶을 바라볼 수 있는 절호의 기회였지요. 노는 게 그냥 노는 게 아니었습니다. 10년에 한 번씩 정기적인 안식년 제도, 이거 어떻습니까?

3. 평신도 양성의 필요성과 절박성

성직자와 수도자 양성에 대한 열정과 노력만큼은 다른 어느 나라보다 뒤지지 않는 게 우리 아닙니까? 교회가 성직자와 수도자로만 구성된 공동체가 아닐진대 수적으로 많은 평신도에 대한 양성 계획은 상대적으로 대단히 미흡합니다. 이것도 한국 천주교회가 성직자, 수도자 중심의 교회라는 증거입니다. 최근에 일부 평신도와 성직자, 수도자들의 자각이 눈에 띄게 드러나고 있습니다. 서강대학의 서공석, 정양모 신부님이 주도하는 평신도 신학자 양성 장학회, 예수 성심회 수녀님들이 남모르게 지원하고 있는 평신도 학생 양성, 한국 교회사 연구소의 평신도를 위한 장학 사업, 인천교구 신부들이 하는 평신도

인재 양성 사업 등입니다. 참으로 다행스러운 일입니다.

개별적인 차원을 넘어 교구 차원에서, 더 나아가서는 한국 교회 전체 차원에서 각 분야의 평신도 전문인을 양성하는 데 심혈을 기울여 줄 것을 제의합니다. 순전히 제 힘으로 공부한 사람을 공짜로 데려다 봉사라는 미명하에 이용하려 하지 말고 미리부터 투자해서 키울 생각을 해야 합니다. 특히 평신도로서 신학을 공부하는 신학자의 양성이 시급합니다. 그래야 자연스럽게 성직자의 독주를 보완하거나 견제하고 태만함을 방지하게 될 것입니다. 그러기 위해서는 평신도가 안심하고 신학을 공부할 수 있는 마당이 마련되어야 합니다. 평신도에게 공부는 하라고 해 놓고 일자리는 다 성직자들이 차지하고 있다면 어떤 평신도가 나서서 호응하겠습니까? 이런 조건이 채워지면 현재 지방마다 세워서 정원 미달 사태를 벗어나지 못하고 있는 신학교들도 학생 모집에 무리수를 두지 않아도 되겠지요.

성직자 양성에만 전력하는 것은 장기적으로 보아 한국 교회 발전은 물론, 성직자 개인의 자아 발전에도 결코 도움이 되지 않을 것으로 사료됩니다.

4. 늘 노는 사람하고만 노는 신부(?)

세상 사람들은 누구나 자기와 비슷한 사람끼리 어울리기를 좋아합니다. 같은 직종에 종사하는 사람들끼리, 같은 교회에 나가는 사람들끼리, 출신 학교와 고향이 같거나 비슷한 사람들끼리, 경제적인 여건이나 취미가 비슷한 수준의 사람들끼리 만납니다. 우리 신부들도 예외는 아닌 듯합니다. 어떤 사람이 다양한 부류와 계층의 사람들을 만나고 그들과 친분을 맺고 산다고 해서 가까이 가 보면 이해관계에 얽혀 그럴 뿐이지 실제로는 소문처럼 그렇지 못하다는 것을 금방 알 수 있습니다. 사람에 따라 다소의 차이는 있을 수 있지만 대부분은 한정된 몇몇 사람에 싸여 그 울타리를 벗어나지 못하고 삽니다. 저는 지금 남들이 다 그래도 성직자는 그래서는 안 된다고 하려는 게 아닙니다. 기회가 주어질 때마다 다양한 직업의 새 인물을 만나기를 귀찮아하거나 두려워하지 말라는 조언을 하고 싶은 겁니다. 무슨 뚱딴지같은 소리냐고요? 다 그런 것은 아니지만 실제로 어떤 신부들은 천주교 신자가 아닌 사람은 새로 만나기를 꺼려합니다. 자기보다 나이가 많은 사람은 공적인 관계가 아닌 한 소개받기를 싫어합니다. 어떤 신부들은 여성을, 목사나 스님을, 또 어떤 신부들은 공부를 많이 한 전문 직종의 사람을 새로 사귀는 것을 좋아하지 않습니다. 불편하다는 게 이유입니다. 사람마다의 성격 나름이라 탓하기는 좀 뭣합니다만 새로운 사람을 만나서 보고 듣고 친교를 맺는 게 다 배우고 공부하는 것 아니겠습니까? 내 분야도 잘 모르는데 전혀 다른 분야의 다양한 지식이나 정보를 모르는 건 당연하지요. 문제는 모르는 걸 모른다고 솔직하게 고백하고 겸손하게 배우려는 자세가 되어 있느냐는 것입니다. 그게 전제되지 않으면 새로운 사람을 만나는 게 설렘이 아니라 괴로움이겠지요. 새 사람을 만났을 때 제 말만 하지 말고 귀 기울여 열심히 들으면 사람도 얻고 공부도 하는 일석이조의 효과를 얻을 수 있습니다. 만만찮은 사람들도 만나면서 살자 이겁니다.

5. 성직자의 여가 활용에 대하여

성직자의 여가 활용이나 취미 생활에 대하여 사람들은 비교적 너그럽게 이해해 주는 편입니다. 하지만 교회 안팎의 적지 않은 사람들은 곱지만은 않은 시선으로 보고 있는 게 사실입니다. 이 문제는 현실적으로 대단히 민감한 사항이기도 하거니와 툭하면 뭇사람들의 입에 오르내리는 것이기 때문에 길게 얘기할 수도 없고, 하고 싶지도 않습니다. 다만 무슨 차를 타든, 무슨 운동을 하든 먼저 자신의 신분과 나이를 고려하면 좋겠다는 것입니다. 일반 서민들의 30~40대에 어울리지 않는 것은 30~40대 성직자에게도 걸맞지 않습니다. 주교나 신부, 또는 수도자들끼리 서로 충고하거나 타이르는 일이 얼마나 어려운 일인지는 아는 사람은 이미 다 압니다. 일반 사람들보다 훨씬 쉬울 것 같아도 실제로는 몇 배, 몇십 배 더 어렵습니다. 오랫동안 혼자 살아서 그런지 참을성도 부족하고 오해도 많고 화도 잘 냅니다. 그래서 신부들끼리는 웬만하면 "그도 어른인데 알아서 하겠지 …" 정도로 못 본 척하기 일쑤입니다. 자기 분수에 맞고 주제 파악을 제대로 하면 무엇을 사든, 무슨 놀이를 하든 누가 손가락질을 하겠습니까? 비난이 두려운 게 아닙니다. 우리는 우리 스스로 선택한 예수의 길을 가고 있는 사제이기 때문입니다.

1998년 『신학전망』

여성은 언제까지 기쁨조요 도우미인가!

"(전략) 신부님께는 교회 안에 있는 폭력, 특히 여성에 대한 차별이나 폭력을 살펴 주시기 부탁드립니다. 우리 교회에서 평신도들, 그중에서도 여성들이 활발하게 활동하고 있음에도 불구하고, 교회 안에 있는 제도적이고 실질적인 가부장적 현실에서 여성들이 억압받고 소외된 현실을 짚어 주시면 고맙겠습니다."

편집 담당 수녀님에게서 이런 원고 청탁서를 받았지만 썼다가는 우리 동료들이나 선후배 신부들에게 핀잔께나 먹겠구나 싶어 선뜻 내키지 않는다. 그러나 어쩌랴. 누가 해도 해야 하는 말, 언제까지나 안 그런 척 넘어갈 수도 없는 일, 에라 모르겠다. 쓰는 대로 써 보자. 그 대신 누가 들어도 어디선가 들은 것 같고 고개를 끄덕일 만한 우리 주위의 일상적인 면면들을 소재로 삼아 보자.

이경실 씨 사건을 보고

방송국 기자한테 들은 얘기다. 이 씨의 남편 손 씨는 처음에는 칼을 들고 덤볐단다. 기겁을 한 장모가 가로막고 말리자 칼을 버리고 야구방망이를 들고 휘둘렀다는 거다. 야구방망이는 아이들 버릇 고친다고 종아리 때릴 때 쓰는 회초리가 아니다. 한 방 정통으로 맞으면 멍들고 아픈 정도가 아니라 그 자리에서 즉사할 수 있다. 이때 야구방망이는 무시무시한 살인 무기다. 그냥 경고로 그치려 했다면 칼이나 야구방망이는 절대 안 된다. 따라서 이 사건은 이유 여하를 막론하고 부부의 관계가 아닌 남성에 의한 여성 폭행, 살인미수로 봐야 옳다. "오죽하면 남편이 방망이를 들었을까", "부부 싸움에 끼어들어 좋을 게 뭐냐"는 등의 입방아들은 다분히 남성 중심적인 사고에서 비롯된 것이다. 더군다나 이 씨에게 남자가 있었다느니 하는 매스컴의 황색 추측 기사는 사건의 진상을 외면하고 일반 대중의 말초적 흥미만 유발하려는 유치한 상업주의에 불과하다. 얻어맞고 쓰러진 이 씨를 한 번 더 짓밟는 비인간적인 작태다.

어느 교구, 어느 본당에서고 신부가 수녀나 또는 여직원에게 야구방망이를 휘둘렀다는 이야기를 나는 여태껏 들어 보지 못했다. 아주 오래전에 어느 본당신부가 수녀와의 언쟁 끝에 화가 머리끝까지 올라 옆에 있는 재떨이를 벽에 던져 박살을 내고 수녀는 혼비백산하여 도망쳤다는 얘기를 풍문에 들은 적은 있지만 그 이상의 흉측한 꼴은 보지도 듣지도 못했다. 그도 그럴 것이 지금이 어떤 세상인데 다른 곳도 아닌 교회 안에서, 그것도 같은 남성끼리도 아닌 여성에게 몽둥이나 주먹을 휘두른단 말인가.

몇 가지 실례

오늘 내가 하고자 하는 말은 교회 안의 여성에 대한 물리적인 폭력이 아니다. 꼭 주먹을 쓰는 것만이 폭력이 아니라는 말은 새삼 할 필요도 없다. 드물긴 하지만 제법 심각한 천주교회 성직자들의 언어폭력, 차별 대우 등 여성을 힘들게 하거나 괴롭히는 행위에 대해서 이참에 한 번 성찰해 보자는 거다. 이에 관한 평신도 여성들의 불만도 불만이지만 특히 본당이나 기관에서 신부와 함께 일하는 수녀들의 하소연은 훨씬 더하다. 내가 직간접적으로 들은 실례를 몇 가지 소개한다. 새삼스럽지 않을 것이다.

ㄱ수녀의 경우: 본당신부가 강론 시간에 읽을 자료를 제대로 챙기지 못한 것(성인 대상의 유인물과 청소년 대상의 유인물을 바꿔 놓은 실수)이 화근이 되었다. 신자들이 꽉 찬 미사 중에 잘못했으니 무릎 꿇으라는 신부의 호통을 듣고 너무 놀란 나머지 눈물을 줄줄 흘렸으나 재차 고함을 지르는 바람에 그대로 순종했다. 신자들 앞에서의 망신도 망신이었지만 그보다도 수도자로서의 비애를 더 크게 느꼈다. 다 그만두고 싶었다. 이 사건의 파장이 커지자 본당신부는 수도원 본원에까지 찾아가서 사과를 했지만 이미 엎질러진 물이었다. 그 신부는 연륜도 꽤 높은 분이었다.

ㄴ수녀의 경우: 본당신부가 어린 복사들이 지켜보고 있는 가운데 담당 수녀를 몹시 꾸짖었다. 수녀는 아무 말도 못하고 고개도 들지 못했다. 이 광경을 본 여자 복사 아이들이 집에 돌아가서 하나같이 '여자는 왜 신부님이 못 되느냐, 나는 수녀님은 절대 안 되겠다'고 부모

앞에서 몇 번씩 다짐했단다. '도대체 본당신부님이 수녀님에게 어떻게 했기에 평소에 입버릇처럼 커서 수녀님이 되겠다던 우리 아이가 저렇게 달라졌느냐'고 부모들이 혀를 찼다. 수녀는 너무 곤혹스러워 본원에 이동을 요청했으나 참으라는 말만 들었다.

ㄷ수녀의 경우: 본당 사목회의에서 새로 부임한 본당신부가 '수녀가 뭘 아느냐, 본당 사목자는 나다, 수녀는 보조자일 뿐이니 나서지 마라'며 수녀의 발언을 일언지하에 묵살하고 다른 사목위원의 발언을 유도했다. 신부의 말 한마디 한마디에 늘 무시당하는 느낌을 지울 수 없다. 수녀는 신부와 가능한 한 마주치지 않으려고 애를 썼고 자연히 모든 관계는 완전히 단절되었다. 하루하루 사는 게 괴롭다.

평신도 마리아 씨(가명)의 경우: 바쁜 시간 쪼개어 본당 일을 열심히 하려고 애쓰는데 자기보다 나이 어린 본당신부가 말끝마다 반말이다. 처음에는 단순히 친근함의 표시려니 했는데 시간이 지나면서 보니 그게 아니었다. 한번은 마음먹고 정중하게 이의를 제기했다. 반말을 듣기가 거북하다고. 본당신부의 대답은 엉뚱했다. "하느님의 대리자가 양들에게 반말도 못하나?" 하도 어이가 없어 아무 대꾸도 못했다. 남편한테 성당에 안 간다고 했다가 핀잔만 들었지만 이건 명백한 여성 폭력이다.

어째서 이런 일이

소신학교 시절에 우리를 가르쳤던 신부님들은 늘 이런 말씀을 하셨다. "너희는 특별히 선택된 사람이다. 일반 학생들과는 다르다." 성직자가 될 사람들은 모든 면에서 생각하고 말하고 행동하는 것이 일반 신자 또는 신자가 아닌 이들(비신자라는 말은 가급적 쓰지 않으려고 한다)과는 확실하게 달라야 한다는 것이다. 유다인들의 선민의식을 주입시키기 위함이었나? 그때는 멋모르고 으레 그러려니 했는데 나중에 성서를 공부하다 보니까 예수는 세상의 모든 차별을 철폐하기 위해 한 몸을 바치신 분이었다. 그 때문에 '우리는 남들과 다르다'(루카 18,11 참조)는 확신을 갖고 사는 바리사이들과의 갈등과 대립은 필연적이었고 끝내는 차별이 없는 세상을 싫어하는 사람들에게 처형당하셨다. 그런데 신학교는 우리 신학생들에게 분명한 차별을 강조했던 것이다. 물론 학생들에게 우월감에 젖어 살라는 가르침은 아니었겠으나 지금 생각하면 그때 내 마음 안에 건방지게도 우쭐한 감정이 생겼던 것은 부인할 수 없다.

일부 성직자들의 문제점으로 지적되는 권위주의에는 여러 가지 원인이 있겠지만 그중 하나가 바로 우리가 받은 교육에 있지 않나 하는 게 내 생각이다. 신학교에서 우리는 우리도 모르는 사이에 바리사이적 사고를 배우고 실습해서 몸에 밴 게 아니냐는 것이다. '누가 뭐래도 나는 너희와 다르다. 하느님은 나를 뽑아 너희에게 보내셨다. 고로 나는 사목의 주체인 목자고 너희는 그 대상인 양이다. 나는 가르치고 너희는 배운다. 복장도 당연히 달라야 한다.' 대강 이런 의식에서 비롯된 고질병이 아닐까? 예수는 하느님과 같으셨으나 자신을 다 비우고 우리와 똑같은 사람이 되어 죽기까지 순종하셨(필리 2,6-8 참조)거늘 어찌하여 우리 성직자라는 사람들은 다른 이들과 구별되지 않으면 견딜 수 없어 하는가.

성직자의 평신도에 대한, 특히 여성에 대한 차별과 폭력이 사라지지 않고 오히려 점점 더 심각해지는 또 하나의 원인을 나는 한국 천주교회의 성직자중심주의에서 찾는다.

성직자란 말 대신 노골적으로 신부라고 하자. 아무래도 그게 낫겠다. 단어의 의미는 차이가 있으나 교회 안에서는 '신부'가 더 구체적인 '인물'인 까닭이다. 혹시 누가 천주교회에는 신부가 모든 남성의 대명사냐? 왜 많은 남성 신자들 다 제쳐 두고 굳이 신부만 도마 위에 올리느냐고 따진다면 대답은 간단명료하다. 천주교회는 개신교와 달리 하느님 사업의 표지(sign)라고 정의하는 성사聖事 중심적이고, 모든 성사의 집전은 오로지 주교, 신부에게만 유보되어 있기 때문이다. (부제도 성직자 부류에 속해서 세례나 혼인을 집전할 수 있지만 우리나라에서는 그 권한이 극히 미미하고 일반적으로 신부가 되기 위한 과정의 한 단계쯤으로 여기기 때문에 논의에서 제외한다.) 신부가 없으면 미사나 고해성사는 물론 묵주에 축성조차 할 수가 없다. 이게 바로 문제의 핵심이다. 그러니 천주교회에서의 성차별, 폭력에 대한 논의는 남성인 신부를 빼놓고는 수박 겉핥기에 지나지 않는다.

능동적 참여인가, 부역인가

교회의 전례에 평신도, 특히 여성이 참여할 수 있는 부분은 극히 제한되어 있다. 여자 복사(이것도 본당에 따라 허용하지 않는 신부도 있다), 독서(이것도 복사와 마찬가지다), 보편지향기도, 성체 분배(여기에 대해서는 또 다

른 문제가 많다)가 고작이다. 그러나 미사 준비와 세탁, 청소, 뒤치다꺼리
는 전적으로 여성(수녀)의 몫이다.

어쩌다가 주교가 본당을 방문하거나 본당에서 무슨 큰 행사라도
치르게 되면 추우나 더우나 곱게 단장한 여성 한복 부대가 어깨띠를
걸고 성당 정문 앞에 도열한다. 그때의 여성은 꽃이다. 잔치가 벌어지
면 음식을 준비하는 사람이나 나르고 치우고 설거지하는 사람은 모
두 여성이다. 그것도 늘 같은 얼굴들이다. 말이 좋아 자원봉사지 부역
이나 다를 바 없다. 남자들은 그저 잘 먹어 주고 놀아 주고, 신부는 먹
고 놀고 나서 일하는 여성들한테 함께해 줘서 고맙다는 정중한 인사
까지 받는다.

몇 년 전에 나는 전혀 뜻밖의 일로 하여 몹시 당황했던 적이 있었
다. 구역장 반장들 수고하셨다고 성지순례 겸 소풍을 갔던 날이다. 성
지를 참배하고 산행도 하고 온천까지 마친 다음, 버스가 떠날 때까지
여유가 조금 있기에 남성 교우들끼리 둘러앉아 간단한 술판을 벌였
다. 파전 몇 장에 소주잔이 돌아가는데 나이 지긋한 구역장 한 분이
갑자기 30대의 예쁘장한 반장님을 부르더니 하는 말, "아무개 반장님
은 지금부터 신부님 기쁨조야". 기가 막혀라! 평소의 내 언행이 어땠
기에 이 사람이 이런 무례를 범하는가. 어쩌자고 그 '남자'는 그 '여자'
를 한순간에 작부로 전락시켰는가. 그런데 더 기막힌 일은 그 반장님
이 싫은 기색 하나도 없이 "예, 그러죠" 하며 틈을 비집고 날름 내 옆
에 앉는 것이었다. 얼굴이 화끈거려서 잠시도 지체하지 못하고 얼른
자리를 떴다. 이래도 되는 건가? 내가 신부이기 때문에 스스럼이 없

다는 뜻이었을까? 내가 너무 과잉 반응을 보여서 오히려 판을 깬 것일까? 이거 정말 아무 일도 아닌가? 아무리 악의 없는 장난이요 농담이었다 해도 내 생각은 지금도 결단코 '아니다!'다.

남성의 횡포인가, 여성의 자업자득인가

인천교구에 여성 합창단이 처음 생겼을 때의 이야기다. 합창단 임원 몇 분이 창단 연주회 포스터를 들고 홍보차 우리 본당에 오셨다. 포스터를 보니 뒤로 유니폼을 입은 여성 단원들이 몇십 명 서 있고 앞 자리에 지도신부와 지휘자가 앉아 있는 사진이 인쇄되어 있었다. 다음은 나와 합창단 임원들과의 짧은 대화 내용이다. "(앞에 앉은 남성을 가리키며) 이 분이 지휘자십니까? 여성 합창단이니 지휘자도 여성이면 더 좋았을 텐데 음악을 전공하신 여성 안 계신가 봅니다." "왜요. 여럿 있지요. 그런데 같은 여자가 지휘를 하면 단원들이 말을 안 듣거든요." 남자인 나는 지금도 이해할 수가 없다.

사회나 교회나 비슷한 실정이지만 크고 작은 남녀 혼성 단체들을 보면 구성원들 간의 성비율에 관계없이 거의가 다 책임자는 남성이고 여성은 늘 '부'자를 붙여 한 단계 아래다. 하다못해 초등학교 동창회나 본당의 중고생 동아리까지 그렇다. 그것을 남성도 여성도 당연하게 생각한다. 이런 현상은 보는 사람에 따라 제각기 시각이 다르겠지만 남성의 횡포라는 지적에 반해 여성의 자업자득이라는 견해도 만만치 않다. 여성은 천부적으로 겸손하기 때문인가? 아니면 가정에서부터 사회 전반에 이르기까지 만연된 가부장적 사고에 길들여 있기 때문에? 그도 저도 아니면 책임 회피?

여성 성체 분배자에게 가기를 꺼려한다거나 환속한 사제의 배우자를 중세 시대의 마녀쯤으로 보는 여성들이 교회 안에는 많이 남아 있다. '여성의 적은 여성'이란 말이 아직도 설득력 있어 보인다. 그런가 하면 우리 한국 교회의 실질적 주체 세력인 성직자들 사이에 — 물론 소수이긴 하지만 — 여전히 여성은 울면 집안 망할 암탉이다. 여성 사제에 관한 논의는 일고의 가치도 없을 뿐만 아니라 그 자체로 이미 불경이다. 신학교에서 평신도 신학자 — 여성 학자는 더 말할 것도 없다 — 는 재정난을 이유로 시간강사 수준을 넘지 못한다. 교구청이나 본당에서 수녀는 늘 행정이나 사목의 보조자요 도우미일 뿐이다. 신부와 함께 공동 사목 담당자라는 의식은 절대 용납되지 않는다. 적지 않은 신부들은 무슨 수를 써서라도 여성(수녀)의 그런 가당찮은 사고나 주장은 싹부터 잘라 내야 질서가 잡히고 교회가 제대로 돌아간다고 믿는다. 그러나 여기에 만족하고 주저앉는 여성은 날이 갈수록 현저하게 줄어든다.

글을 맺으며

어떠한 형태의 폭력이든 모든 폭력은 강자에 의해서 약자에게 가해진다. 차별도 그렇다. 교회에서 성직자가 하느님의 뜻과 은총은 자신을 통해서만 신자들에게 전달된다고 믿고 있는 한 스스로 강자라는 관념에서 벗어날 수 없고 폭력과 차별은 사라지지 않을 것이다. 시대가 바뀌면서 신자들의 의식도 많이 달라졌지만 혹시 아직도 성직자를 하느님의 대리자로 보고 맹종을 순명의 덕인 양 착각하는 구습이 남아 있는 한, 야구방망이는 아닐지라도 갖가지 폭력과 차별은 고스란히 존속될 것이다.

지금까지 나는 대단히 부정적인 시각으로 글을 썼다. 그러나 교회의 현주소가 그렇게 부정적이고 절망적인 것만은 아니다. 예전에 비하면 교회 안에서 여성을 바라보는 시각이라든가 전문 여성 인력의 발굴과 계발, 여성의 참여도 등은 괄목할 만한 비약을 해 온 것이 사실이다. 예전 같으면 감히 상상도 못할 여성위원회(비록 '소'자가 붙긴 했지만)가 일개 교구가 아닌 한국천주교주교회의 평신도위원회 안에 설립되고 수녀가 위원장이 되었다. 달리는 말에 채찍이라고 했다. 현실적으로 여성은 평신도의 범주를 넘어서 성직자가 될 수 없다. 따라서 교회 안의 여성 문제는 곧 평신도 문제와 별개일 수 없다. 성직자의 관대한 처분이나 시혜에 목을 걸고 인내심을 발휘하고 있는 것은 바람직한 평신도의 자세가 아니다. 올해에는 새 대통령도 나오고 전혀 새로운 인물들이 국정의 책임 있는 자리에 앉지 않았나? 우리 사회가 아름답게 달라질 조짐이 보인다. 우리도 교회 안의 남성에 의한 여성 폭력 근절에 소극적인 대처로 만족할 게 아니라 적극적으로 성직자와 평신도가 동등한 위치에 설 수 있는 방안을 다각도로 모색하고 시도해야 하지 않을까?

2003년 『영성생활』

교회 신문, 해도 너무한다

그날, 그분이 아니었다면 나는 지금 이 글을 쓰지 않을 것이다. 꾹 참고 가만히 있으려니 해도 해도 너무한다는 생각이 자꾸만 들어 이 글이 실릴 때쯤이면 시사성이 한참 떨어져 진부한 이야기가 될 게 빤한 글을 쓴다.「평화신문」,「가톨릭신문」에 관한 이야기다.

　지난 주일미사 후에 대부분의 교우들이 마당을 빠져나갔을 무렵, 낯선 부인이 내게로 다가오더니 공손히 인사를 하며 명함을 내밀었다.「평화신문」홍보위원 ○○○다. 그분은 내게 우리 본당에서 신문을 홍보하도록 허락해 줄 것을 요청했다. 짐작한 대로였다. 교회 신문이나 잡지의 홍보 담당자들이 정기 구독자 확보차 본당을 순회하는 모습은 여러 번 보아 왔던 터다. 순간, 내 입에선 퉁명스러운 소리가 튀어 나갔다. "글쎄요. 고생은 하시는데「평화신문」이나「가톨릭신문」이 워낙 제구실을 다하지 못하는 것 같아서 마음이 썩 내키질 않으니 …."「평화신문」만 따로 떼어 거론하기가 뭣해서「가톨릭신문」까지 도매금으로 걸었다. 언뜻 그 얼굴에 스치는 당혹스런 표정을 나는 놓치지 않았다. 신부들한테서 가끔 그런 이야기를 듣는단다. 그분은 내키지 않는 미소를 지으며 의당 부족한 점은 고쳐 나가야겠지만 독자층 또한 넓혀야 하지 않겠냐고 어렵사리 대꾸했다. 돌아서는 뒷모습이 내 가슴을 싸하게 만들었다.

내 마음에 안 든다고 다 옳지 못한 것은 아니다. 내가 좋아하지 않는다고 남도 좋아해서는 안 된다는 억지는 있을 수 없다. 설령 「평화신문」이 아무리 내 마음에 안 들고 단점과 허점투성이라 하더라도 그렇게 매몰차게 외면하는 건 너무 인정머리 없는 처사가 아닌가? 신자들이 「평화신문」을 접할 기회까지 원천 봉쇄하는 건 내가 생각해도 그들을 무지한 어린애로 취급하는 건방진 처사다. 내게 과연 그럴 권한이 있나? 돌이켜 보면 나는 본당신부의 직권을 내세워 그런 억지와 횡포를 부린 적이 한두 번이 아니다.

그럼에도 불구하고 요즘 보인 교회 신문과 방송의 태도는 나로서는 도저히 이해도 용납도 할 수 없다. 삼성의 부정과 비리에 대한 김용철 변호사의 양심 고백을 정의구현전국사제단이 폭로한 기자회견 이야기다. 내가 지금 하고 싶은 말은 사제단 기자회견 내용의 진위가 아니다. 로만칼라를 한 사제들이 기자회견하는 모습과 내용이 연일 중앙 신문과 방송에 톱뉴스로 실리는데 어찌하여 유독 우리 천주교회의 신문과 방송은 이렇듯 철저하게 외면하고 있느냐는 것이다.

교회 언론사의 기자가 제기동성당 기자회견장에 가기는 갔나? 가서 취재는 잘했는데 데스크에서 슬그머니 휴지통에 버렸나? 이른바 부자 신문들은 사제단 회견 내용을 대수롭지 않게 취급함으로써 삼성과의 물밑 연결고리가 있는 게 아니냐는 세간의 의혹을 사고 있지만, 교회 신문에는 그나마 단 한 줄의 기사조차 찾아볼 수가 없으니 교회 신문과 방송은 도대체 삼성과 어떤 관계인가? 어느 신부가 은경축을 맞았다는 기사와 사진까지 실어 주는 친절한(?) 신문이 우리 「평화신문」과 「가톨릭신문」이다. 이런 현상을 어떻게 설명할 수 있을까? 입도 벙긋하지 않는 이유가 뭐냐는 말이다. 제5공화국 때의 보도 지침이 교회 안에는 여전히 살아 있나? 이건 단지 재벌 삼성과 김 변호사 개인과의 문제가 아니다. 거기에 인간적으로 외롭고 불안한 우리 사제들 여럿이 함께 있다. 그들이 성공회 사제들인가? 성공회 사제들이라도 그럴 순 없다. 「평화신문」 홍보위원이 안쓰러웠음에도 불구하고 매몰차게 거절한 이유다. 우리가 가톨릭 인터넷 언론 「가톨릭뉴스 지금여기」에 공을 들이고 어떻게든 신문으로 만들어 보려고 안간힘을 쓰는 까닭이다.

내 방에는 1997년에 김경배 화백이 그린 판화가 한 점 걸려 있다. 거기 삽입된 글이 새삼 내 가슴을 찌른다. "밖엔 바람 거세도 교횐 잠잠했다."

2007년 『갈라진 시대의 기쁜소식』

장사꾼을 내쫓는 예수, 장사하는 교회

ㅂ 신부님,

깜짝 놀랐지? 내가 뜬금없이 편지를 다 보내니 말이야. 할 얘기가 있으면 조용히 만나 소주 한잔하면 될 것을 굳이 이렇게 공개적으로 편지를 쓰는 까닭이 궁금하지? 실은 내가 최근에 무슨 이야기를 들었는데 그것에 대한 신부님의 생각은 어떤지, 또 다른 사람들은 어떻게 생각하는지 알고 싶어서야. 나도 판단이 잘 안 서거든.

ㅂ 신부님은 '평화드림주식회사'라고 들어 본 적 있어? 서울교구가 설립했다는 회사 이름이야. 나도 이야기 듣고 천주교가 회사를 차렸다는 말이 금방 납득이 안 가서 얼른 인터넷을 뒤졌지. 학교법인 가톨릭학원(이사장 정진석 추기경)이 전액 출자하여 2004년 9월에 설립했더구먼. 벌써 몇 년 됐는데 나는 모르고 있었던 거지. 설립 배경은 다음과 같았어.

"(주)평화드림은 학교법인 산하기관 가톨릭대학교 여덟 개 병원 및 대학교, 초·중·고등학교, 그리고 서울대교구, 본당, 수도회에서 상시적으로 발생하는 수요를 자체적으로 충족시킴으로써 외부로 유출되고 있는 수익을 학교법인과 교회 내부로 환원하고자 하며 외부 기관(기업, 병원)에 대해 적극적인 영업을 통해 수익을 창출해, 이를 기반으로 교육과 의료 사업을 지원한다."

사장은 김한석 신부님이고 — 신부님은 그분을 잘 알아? —, 이 회사가 취급하는 종목은 의료, 여행, 출판, 가구, 건축, 장례 대행, 레저산업 등 많고 다양하기도 하더군.

여기서 나는 의문점이 생겨나기 시작했어. 교회가 엄청난 규모의 회사를 만들어서 돈벌이에 나섰다? 우선적으로 의아스러운 점은 이 회사가 과연 합법적이냐 아니냐가 아니라 복음적이냐 아니냐는 것이 었어. 내가 실정법에 문외한이기도 하지만 그보다는 교회는 영리를 목적으로 하는 기업체가 아니라 나눔과 섬김의 공동체라는 상식적인 믿음 때문이지. 하기야 이 사업을 구상하신 분들이 얼마나 다방면으로 세밀하게 검토하고 또 했겠어? 더군다나 최종 결정을 내리신 분은 한국 천주교회 조직의 제일 어른인 추기경이신데 어련하시겠냐고. 하지만 나는 암만 생각해도 이건 아닌 것 같아.

'서울교구가 장사까지 해서 자금을 충당해야 할 만큼 돈이 많이 드는 하느님 사업이란 무엇인가? 그것이 교육과 의료 사업 지원이라 니, 그렇다면 그 중요한 일에 지금까지는 전혀 손도 못 댔다는 말인 가? 돈이 없으니 이 살벌한 자본주의 경쟁 사회에서 밤낮 꼴찌를 면치 못하더라는 때늦은(?) 자각에서? 정글의 생존 전략을 교우들의 헌금에만 의존하는 것은 주인한테서 받은 탈렌트를 적극 활용하지 않는 게으른 종의 불충이라 생각해서? 설마 1등을 해야 직성이 풀리는 한도 끝도 없는 욕망의 표출은 아니겠지? 욕심이 죄를 낳고 죄가 죽음을 부른다던데 ….' 의문은 꼬리를 이었어.

옛날에 예수님은 성전에서 장사하는 사람들을 내쫓으셨는데 지금 우리 교회는 오히려 온갖 아이디어를 동원해 좌판을 벌이고 장사를 하고 있어. 이건 어느 수도원에서 가구를 만들어 팔고 농사지어 생계를 꾸리는 것과는 근본적으로 다른 거지. 게다가 '(주)평화드림'이 "교회의 수요를 자체적으로 충족시킴으로써 외부로 유출되는 수익을 환원하겠다"는 명분을 내세워 교회 기관이나 본당을 상대로 해서 근근이 먹고 살던 영세업자들을 실직자로 만드는 행위는 동네 재래시장과 구멍가게들을 잡아먹는 대기업들의 횡포와 다를 게 뭐지? 요즘 우리 교구도 서울교구 비슷한 회사를 준비하고 있다는 얘기가 들리던데 아니길 바라는 마음 간절해. 그래선데, 혹시 누가 알아? 잘 모르는 나라도 이렇게 대강 변죽을 울리면 관련 분야의 여러 전문가가 이거 안 되겠다 싶어 선뜻 나서서 제대로 된 토론의 장을 마련할지.

오늘은 이만하고 조만간에 한 번 만나서 이야기 더 나누자. 건강해야 좋은 일도 많이 할 수 있어.

2008년 「가톨릭뉴스 지금여기」

고해성사에 대한 사목적 제안

신학교 다닐 때만 해도 부활, 성탄 판공성사를 거른다는 것은 감히 상상도 못할 일이었다. 그런데 언제부턴가 고해성사를 기피하는 사람들이 생겨나더니 근래에 와서는 아예 고해성사 때문에 성당에 못 가겠다는 사람이 한둘이 아니다. 수원교구 설문 조사에 따르면 자그마치 쉬는 신자의 39.6퍼센트가 냉담의 원인을 '고해성사가 불편해서'라고 응답했다(『가톨릭신문』 11월 25일 자). 내 생각에 고해성사는 천주교회만이 가지고 있는 보물 중의 보물인데 이 귀한 보물이 어쩌다가 다들 가까이하기를 꺼리는 천덕꾸러기(?)로 전락했는지 알 수가 없다.

　고해성사는 글자 그대로 고告해서 푸는解 것이다. 나와 남, 나와 하느님과의 관계가 꼬이고 막히게 된 원인이 내게 있음을 겸허히 인정하고 고백해서 화해를 청하는 성사다. 그리고 하느님이 그 청을 들어주셨다는 확실한 징표다. 그런 의미에서 전에 고백告白성사라고 고쳐 부르던 것(confession의 의미를 강조하려는 의도가 아니었을까?)을 다시 고해성사로 바꾼 것은 참 잘한 일이라 생각한다. 어떻게 하면 모든 천주교 신자가 이 보물의 가치를 제대로 알고 소중하게 쓸 수 있을까?

『가톨릭교회교리서』는 고해성사에서 가장 중요한 요소는 고백이 아니라 통회痛悔라고 가르친다. 통회는 상등(완전한)통회와 하등(불완전한)통회로 구분되는데 상등통회를 한 경우에는 고해성사의 형식절차 없이도 죄의 용서를 받는다고 되어 있다. 바로 여기에 신자들이 고해성사를 멀리하는 전염병(?)에 대한 처방이 있다고 나는 생각한다. 고해성사의 성립 요건인 통회, 그중에서도 상등통회를 강조하는 것이다. 물론 그렇다고 해서 교회의 전통적 방식인 사제와의 일대일 '개별 고백'을 시대가 변해서, 신자들이 좋아하지 않는다는 이유만으로 폄훼하자는 게 아니다. 자신 있게 말할 수 있거니와 개별 고백을 통해서 얻는 참맛과 은총은 경험해 본 사람만이 안다. 문제는 아무리 개별 고백의 장점을 강조해도 굳이 싫다고 등 돌리는 신자들이 점점 많아진다는 데 있다. 구슬이 서 말이면 뭘 하나, 꿰어야 보배인 것을.

개별 고백을 기피하는 사람에게 고해성사는 은총이 아니라 귀찮고 짐스러운 멍에다. 그들은 고해성사 자체(통회)가 싫은 게 아니라 누구에게도 드러내고 싶지 않은 자신의 치부를 사제 앞에 가서 미주알고주알 고해바치는 게(고백) 시쳇말로 쪽팔리고 싶은 것이다. 우리는 이 점을 감안하고 배려해야 한다. 그런 사람을 믿음이 약하기 때문이라고 윽박지르는 것은 급기야는 냉담자를 양산하는 결과를 가져올 뿐이다. 설령 가족의 강요에 못 이겨 억지로 고해소까지 끌려왔다 치자. 오랫동안 신자들의 고백을 들어 본 사제라면 고해소 휘장에 가려 얼굴이 보이지 않더라도 그가 진심으로 뉘우치며 하는 말인지 습관적으로 마지못해 하는 말인지 빤히 다 안다.

어차피 최선이 적지 않은 이들에게 외면당하는 판이라면 차선책이라도 써 보자. 고해소엔 안 들어가도 진심으로 통회하는 마음은 갖도록 해 보자는 것이다. 다양한 방법의 공동 참회 예절 ― 또는 공동 고백 ― 이 그것이다. 교회의 웃어른들은 그것은 사제가 저 편하자고 잔머리 굴리는 짓이라고, 신자들에게 못된 습관만 들이고 성사를 속되게 하는 짓이라고 나무라신다. 그러나 어떻게 하나, 공동참회예절을 기다려 성당이 꽉 차게 몰려오는 젊은이들을! 마냥 고집만 부리실 일이 아니다. 이제는 사제가 마치 외도하는 것처럼 사방 눈치 봐 가며 할 게 아니라 떳떳하게 정기적으로 거행하는 게 어떨까? 그것이 성에 안 차는 사람은 따로 개별 고백을 하면 될 일이다. 당연히 고해소의 문은 언제나 활짝 열려 있어야 한다. 판공성사의 계절이다.

2008년 「가톨릭뉴스 지금여기」

본당 분할 신설, 이래도 되나?

지난 설에 만난 동생이 내게 이런 충고를 했다.

"형은 이제 욕하고 비판하는 글 좀 그만 써. 맨날 그런 글만 쓰면 싫은 소리 듣잖아."

"어? 아닌데. 남을 욕하거나 비판하는 게 아니라 내 이야기를 쓰는 거잖아. 내가 성찰하고 내가 반성한다고."

"그게 그거지. 암만 아니라고 해도 보는 사람은 다 알아."

그런가? 제 눈에는 내가 마치 싸움닭 같아 보이나 보다. 그러나 어쩐다, 오늘 또 그런 이야기를 써야 하는데 ….

그날 동생네 식구들은 그때까지 다니던 본당에서 분할되어 임시 성당으로 사용하는 상가 건물에 미사 참례하러 간다고 했다. 상가 건물을 빌리기 전에 신자들의 여론이라도 수렴하더냐고 물으니 어느 날 갑자기 본당신부가 본당을 분할하기로 했다면서 어디 어디 구역 신자들은 언제부터 그곳으로 가라고 하더란다. 동생의 시큰둥한 한마디, "일방적인 통보지 뭐."

내가 살고 있는 부천시 고강동은 지금 뉴타운 개발 지역으로 지정되어 분위기가 어수선하다. 단독주택이나 연립주택은 물론 성당 건물까지 헐리고 새로 짓게 되는 것인지, 기다, 아니다, 말이 많다. 그런데 이상한 일이 있다. 동네 주민들의 말에 따르면 경기도나 부천시에서 우리 동네를 뉴타운으로 개발하는 문제에 대해 단 한 번도 주민의 의사를 물어본 적이 없다는 것이다. 주민 공청회조차 없었다? 요즘 세상에 그럴 리야 없겠지만 만에 하나라도 그렇다면 이건 사기극이다. 도대체 고강동 지역 뉴타운은 누구를 위한, 누구에 의한 개발인가. 주민의 70퍼센트가 세입자인 동네에서 뉴타운 건설 계획은 보나마나 엄청난 저항에 부딪힐 것이고 그로 인해 야기되는 혼란과 불상사는 불 보듯 뻔하다. 대다수 저소득층 세입자들의 동의를 얻어 내지 못하는 한 뉴타운 계획은 처음부터 다시 시작해야 한다. 그게 순리다.

도시화에 따른 인구 증가 때문이든, 신자들의 열성적인 선교 활동 덕분이든, 본당에 신자들이 넘쳐나 성당을 늘리거나 새 살림을 내지 않고는 효율적인 사목이 어려운 지경에 이르렀다는 것은 누가 뭐래도 참 반가운 일이다. 신자 수의 증가와 교회의 성장에 따른 장·단기적 대책은 반드시 필요하다. 하지만 본당의 규모가 너무 커져서 분할 신설이 불가피하다는 여론이 신자들 안에 조성되지 않았음에도 불구하고, 사목자가 일방적으로 지도에 금을 긋고 새 본당 설립을 강행한다면 그것은 명백히 신자들을 무시하는 무례한 처사다. 민주사회라면 상상도 할 수 없는 이런 일들이 교회에서는 종종 일어나니 하는 말이다. 정작 귀한 돈 내서 집 짓고 살며 운영할 주인들은 소외시키고 엉뚱한 사람들이 골방에 모여앉아 의사봉을 두드리는 셈이다.

이래도 되나? 언제부터 우리 천주교회에는 이런 말도 안 되는 짓들이 관행이 되어 버젓이 전해져 내려왔을까. 사목자의 뜻은 여전히 추호의 의심도 없이 하느님의 뜻인가. 그런 결정에 무조건 순명하는 게 신자의 도리요 덕목인가. 우리 신자들은 언제까지 봉일 수 있을까?

본당의 분할 신설을 무조건 반대한다는 주장이 아니다. 그것이 누구를 위해서, 왜 필요한가를 사목자와 신자들이 함께 머리를 맞대고 고민하고 꼼꼼히 따져 보자는 것이다. 두말할 것도 없이 거기 살고 그것을 이용하는 사람들을 위해서다. 그런 다음엔 의당 교우들의 뜻을 물을 일이다. 그것도 본당의 유지들 말고 대다수 익명의 신자들을 대상으로 물을 일이다. 그리고 그들이 결정하는 대로 따를 일이다. 그게 싫으면 신자들의 쌈지를 털지 말고 교구가 땅 사고 성당 지어서 주변에 사는 신자들을 초대하라. 이게 정석이고 정의다.

2008년 「가톨릭뉴스 지금여기」

계승권 있는 주교, 없는 주교

누가 어떻게 해서 주교가 되는지 그 구체적인 경로와 절차를 나는 잘 모른다. 한 사람이 사제가 되는 데는 '하늘의 부르심'과 그에 순응하는 본인의 의지가 결정적인 요건이라 배웠거늘 주교는 거기에 플러스알파가 있겠지 하는 막연한 추측을 할 뿐이다. 오직 전지전능하신 성령만이 하시는 일일 터다.

요즘 우리 교구 신부들 사이에 인천교구에도 머지않아 보좌주교가 날 것이라는 소문이 돈다. 어디서 흘러나온 이야긴지는 모르겠으나 최근에 줄줄이 보좌주교가 탄생되는 다른 교구의 예를 보면 전혀 근거 없는 헛소문만은 아니지 싶다. 그런데 주교라고 다 같은 주교가 아니란다. '부교구장 주교'와 '보좌주교'가 엄연히 다르단다. 그래? 뭐가 어떻게 다른지 교회법전을 찾아봤다.

제377조 (4) 자기 교구에 보좌주교를 두어야 한다고 여기는 교구장 주교는 이 직무에 더 적합한 탁덕들 중 적어도 3명의 명단을 사도좌에 제출하여야 한다. 다만 합법적으로 달리 조처되어 있으면 그러하지 아니

하다.

제403조 (1) 교구의 사목적 필요가 있으면 교구장 주교의 요청에 의하여 한 명이나 여러 명의 보좌주교들이 임명되어야 한다. 보좌주교는 계승권을 가지지 아니한다.

(2) 개인적 성격까지 포함하여 더 중대한 사정이 있으면 교구장 주교에게 특수한 특별 권한을 갖는 보좌주교가 부여될 수 있다.

(3) 성좌는 더욱 합당하다고 여기면 특수한 특별 권한을 갖는 부교구장 주교를 직권으로 선임할 수 있다. 부교구장 주교는 계승권을 갖는다.

아, '부교구장 주교'와 '보좌주교'는 다르구나! 문제는 '계승권'이다. 갑자기 갖가지 의문점들이 마구 떠오른다. 부교구장 주교에게만 부여되는 계승권이란 무엇인가? 왕세자 책봉이다. 그렇다면 논란이 되고 있는 일부 부유한 개신교회 당회장들의 세습과 무엇이 다른가? 헷갈린다. 부교구장 주교는 비록 '부'자가 붙긴 하나 실세가 되는 것이다. 부교구장 주교는 무슨 지혜와 성덕이 출중하여 미리 차기가 보장되고 보좌주교는 무엇이 못 미더워 계승권을 유보한 채 더 두고 봐야 하나? 계승권 없는 보좌를 넘어 계승권 있는 부교구장이 되려면 더욱 분발하라는 은근한 압력인가? 보좌주교 후보가 되는 것이야 전적으로 교구장 주교의 손에 달렸지만 부교구장 주교는 그게 아니다. 교황이 지목해야 한다. 그러니 어떻게 해서든 교황과 끈이 닿아야 한다.

지금 우리나라의 여러 주교 가운데 부교구장 주교는 누구며 보좌주교는 누구일까? 서울교구의 부교구장이 누구시더라? 그러고 보니 계승권 있는 주교 이야기는 못 들은 것 같다. 교황이 보좌주교 가운데 하나를 계승권 있는 부교구장으로 임명하려면 교구장이나 혹은 다른 '누구'의 의견을 묻지 않고는 현실적으로 불가능하다. 계승권에 뜻이 있는 보좌주교라면 그래서 내 소신보다 먼저 나에 대한 평가서를 작성, 보고할 사람의 눈치를 살피게 마련이다. 그 '누구'가 교황대사라는 것은 이미 다 알려진 비밀이다.

이거 뭐가 이러냐? 궁금한 것투성이다. 유행하는 우스갯말처럼 더 알려고 하면 다칠까? 정말 모르는 게 약일까? 우리 같은 말단 성직자들이 주교 임명이나 추천에 대해서 이러쿵저러쿵 이야기하는 것이 어떤 이들에게는 습관적으로 불평이나 일삼는 불순분자(?)들의 쓸데없는 소리로 들릴지도 모르겠다. 다시 "교회법 제377조 1항, 교황이 주교들을 임의로 임명하거나 합법적으로 선출된 자들을 추인한다"가 눈을 끌었다. 여기서 말하는 '합법적 선출'이란 어떤 것일까? 잘 몰라서 교회법 전문가에게 물었다. 우리에게는 전혀 해당이 안 된단다. 신경 끊으라는 얘기다. 뜨거운 여름 한낮, 머리가 띵하다.

2008년 「가톨릭뉴스 지금여기」

반말하는 예수, 반말하는 사제

읽기, 듣기가 다 민망하고 거슬리는 걸 오래도 참고 견뎌 왔다. 다름 아닌 하느님의 말씀, 성경 이야기다. 단도직입적으로 이야기하자.

미사 때마다 2005년 3월 한국천주교주교회의에서 펴낸 『성경』을 봉독하면서 느끼는 감정은 한마디로 "이건 아니다!"다. 시도 때도 없이 해 대는 예수의 '반말 짓거리'가 그 이유다. 어려운 번역 작업에 힘쓴 분들의 노고를 십분 감안하더라도 이해가 안 된다. 서양말엔 존 댓말 반말이 따로 없으니 별문제가 되지 않겠지만 우리말은 그게 아니다. 아니, 그래서는 안 된다. 어쩌자고 2005년 『성경』은 예수를 이렇게까지 아무한테나 반말하는 버릇없는 사내로 만들어 놓았을까?

1971년, 우리나라에 처음으로 신·구교 『공동번역 신약성서』(대한성서공회 발행)가 나왔을 때는 안 그랬다. 예수를 포함한 성서 속 인물들은 모두 깍듯이 존대를 했다. 그런데 어쩐 일인지 6년 후에 구약을 합쳐서 나온 『공동번역 성서』는 예수의 존댓말을 모조리 반말로 고쳐 쓴다. 그런 와중에 1991년에 분도출판사에서 『200주년 신약성서』 보급판이, 1998년에는 개정보급판이 나오는데 여기에서 예수는 '오

178

랜만에' 누구에게나 공대하는 인물로 등장한다. 그런데도 교회는 줄곧 모든 전례 안에서 『200주년 신약성서』를 제쳐 두고 예수가 반말하는 『공동번역 성서』를 사용하다가 지난 2005년 주교회의 춘계정기총회에서 새 『성경』을 한국 교회 공용으로 내놓게 된다.

직접 성서의 한 구절(요한 18,33~34)을 비교해 보자. 로마제국 식민지 유다의 최고 권력자인 총독 빌라도와 그 앞에 끌려온 갈릴래아 시골 청년 예수와의 법정 심문 내용이다.

빌라도: 당신이 유다인의 왕이오?
예수: 그 말이 당신 생각에서 나온 것입니까?

(1971년 『공동번역 신약성서』)

빌라도: 네가 유다인의 왕인가?
예수: 그것은 네 말이냐?

(1977년 『공동번역 성서』)

빌라도: 당신이 유다인 왕이오?
예수: 스스로 하는 말입니까?

(1998년 『200주년 신약성서』)

빌라도: 당신이 유다인들의 임금이오?
예수: 그것은 네 생각으로 하는 말이냐?(2005년 『성경』)

『공동번역 성서』에서는 그나마 재판장과 피고인이 서로 반말을 하는데 새로 나온 『성경』은 재판장은 정중하게 존댓말을 하고 피고인은 뻣뻣하게 반말하는 사람으로 그린다. 이런 일이 상식적으로 가능한가. 새 『성경』이 나왔을 때, 나는 번역에 종사했던 분의 해명을 들은 적이 있다. 그리스도 예수의 권위를 부각시키기 위한 충정이었다는 것이다. 납득이 안 간다.

"오늘 예수가 제대로 이해되지 못하는 가장 주요한 원인은 교회가 인간 예수의 삶을 교리 속에 묻어 버렸기 때문인데, 반말하는 예수는 교회의 그런 의도에 결정적으로 기여한다"는 『예수전』(돌베개 2009)의 작가 김규항 씨의 주장에 동의한다. 예수의 반말이야말로 권위의 상징이라고 믿는 이들이 새 『성경』에서 예수를 왜곡되게 이해하도록 만든 장본인이라면, 그들의 사고는 애 어른 할 것 없이 모든 본당 교우들에게 반말하는 일부 사제들의 권위주의적인 태도와도 결코 무관하지 않을 터다.

그나마 『공동번역 성서』부터 지금까지 나온 모든 새 번역들은 이구동성으로 자신들의 작업이 결코 완벽한 것이 아니니 앞으로 더 훌륭한 작품이 나올 수 있도록 다양한 비판과 의견 제시를 바란다고 했다. 다행스런 일이다.

2009년 「가톨릭뉴스 지금여기」

예비신자 교육, 문제가 많다

예전엔 찰고察考라 했다. 6개월 정도 걸리는 예비신자 교리 교육이 끝나면 출석부를 점검하고 그동안 배운 내용을 물어보고 기도문도 외워 보도록 해서 세례 받기에 부족함이 없는지를 찬찬히 짚어 보는, 일종의 자격시험이다. 찰고는 꼭 세례 전뿐 아니라 중요한 성사(예를 들면 첫영성체, 견진, 혼인, 부활·성탄 판공성사 등)를 받기 전에 꼭 치러야 하는 필수 과정이었다. 선배 사제들이 다 그렇게 해 왔듯이 나도 보좌로 사제 생활을 시작하면서부터 한 20년 가까이 그렇게 천주교 신자를 만들어 냈다.

　찰고를 할 때마다 늘 기분이 언짢았다. 왜 그랬을까? 세례를 철저하게 준비시킨다는 것이 오히려 한 가족이 될 사제와 신자 사이를 무서운 훈육 주임 선생과 그 앞에 끌려온 학생같이 부담스럽고 어려운 관계로 만들기 일쑤였기 때문이다. 나는 한참 뒤늦게야 비로소 우리가 지금 하고 있는 예비신자 교육에 대한 좀 더 근본적인 성찰을 하지 못했음을 깨달았다. 단순히 교과서를 읽고 이해를 돕는 것이 교육인 줄 알았던 것이다.

예비신자 교리 공부를 처음 시작하는 사람들의 우선적인 관심사는 '예비신자 공부 기간이 얼마나 되느냐'다. 빠르면 빠를수록 좋단다. '무엇을 공부할 것이냐'는 큰 관심사가 아니다. 과정을 마친 사람들의 공통적인 고백은 '아는 게 아무것도 없다'는 것이다. 아무것도 모르지만 그래도 세례는 받겠다는 거다. 이럴 때마다 참 난감하다. 아무것도 모르면서 왜 세례를 받으려 할까?

알아야 하는데 알지 못하는 게 무엇인지는 아는가? 세례를 받으면 바로 하느님의 은혜가 폭포처럼 쏟아져 내려서 소원 성취한다고 배웠나? 일단 받고 보면 뭐가 돼도 된다고 가르쳤나? 하기야 예비신자를 인도하는 기성 신자(이분들이 주로 나중에 대부, 대모가 된다) 대부분이 '교리반에서 배울 것'은 말하지 않고 '반년만 다니면 되는 것'을 말하니 그럴 만도 하다. 근래에는 세례 받고 반년도 못 됐는데 벌써 얼굴이 안 보이는 사람들의 수가 부쩍 늘었다. 아무것도 모르는 채 세례를 받았기 때문이라고 나는 생각한다.

일단 세례를 받은 사람은 당장은 아무것도 몰라서 교회에 안 나갈지라도 언젠가는 반드시 돌아온다는 이야기를 간혹 듣는다. 그런 이유로 군부대의 사병들이 주일에 초코파이 얻어먹으러 성당에 서너 번만 오면 모아 놓고 세례를 주나? 밑져야 본전인가? 그래서 황금 어장인가? '교회로 돌아온다'는 표현이 탕자의 참회를 의미하나? 지금 우리가 하고 있는 예비신자 교리 교육은 총체적인 문제점을 안고 있다. 나름 바람직한 예비신자 교리반을 그려 본다.

예비신자 교리 공부는 단지 세례를 받기 위한 준비 과정이 아니

다. 예수의 삶을 배우고 실제로 예수처럼 사는 연습을 해 보는 실습장
이다. 세례가 목적이 아니고 예수가 목적이다. 예수처럼 아픈 사람을
돌보고, 가난한 사람과 먹을 것을 나누고, 이 사회의 비주류를 끌어안
고, 옳은 일에 분연히 나서 볼 일이다. 그러기 위해서 용산에도 가 보
고, 가난하고 외로운 이들을 방문하고, 지방의회나 국회의 방청석에
앉아서 옳고 그름을 따져 보고 토론도 해 볼 일이다. 4대 강변도 걸어
볼 일이다.

예수처럼 사는 연습을 하기 위해서는 먼저 예수가 어떤 분인지
알아야 한다. 그런데 우리 몇 가지 안 되는 교리 교과서는 거의 천편
일률적으로 예수님이 우리의 구세주라는 것에 치중하니 구원 ─ 혹
은 복, 은총 ─ 을 비는 것은 배워도 그분처럼 사는 연습은 하기 어렵
다. 예수를 받들어 모시고 공경하는 대상으로만 본다면 그분이 어떻
게 살고 어떻게 죽었는지 알 필요도 없다. 세례를 받아도 예수가 누군
지 모르면 엄밀한 의미에서 예수의 사람이 아니다.

인구 대비 복음화율 몇 퍼센트라는 교세는 완전히 거품일 뿐이
다. 언제까지 '반년만 다니면 되는' 이 거품에 목을 맬 것인가?

2009년 「가톨릭뉴스 지금여기」

교회도 사회도 우울한 봄날

사방이 뒤숭숭하다. 전시도 아닌데 멀쩡한 함정이 두 동강이가 나 우리의 젊은이들 수십여 명이 목숨을 잃었다. 원인 규명이 안 된 채 세월만 간다. 밝히지 않는 건지 밝힐 수 없는 건지 알 수가 없다. 대명천지에 뭐 이런 일이 다 있나. 사랑하는 내 자식 군대 안 보내기 운동이 일어날지도 모르겠다. 이웃 나라 중국에서는 지진으로 천여 명이 넘는 사상자가 생겼다. 아비규환이다. 우리도 몹시 불안하다. 사형 제도가 다시 머리를 들고, 폐업 신고를 했던 공짜 징역살이 보호감호소가 다시 개업을 서두른다. 아무리 "4대강 중지!"를 외쳐도 청계천에 한껏 재미를 본 사람은 눈도 꿈쩍 안 한다. 그래선가? 4·19혁명 반백 년이 되는 날, 북한산 진달래 능선엔 진달래가 꽃을 피우지 않았다.

6·2 지방선거가 다가온다. 시민사회단체와 야 4당이 함께 추진해 온 후보 단일화 협상이 결렬됐단다. 아직도 허황된 욕심으로 꿈속을 헤매는 사람이 많다는 증거다. 후보 단일화에 실패하면 백이면 백 망한다는 걸 모든 유권자가 다 아는데 당사자만 모른다. 4대강 사업을 중지시킬 수 있는 확실한 방법을 정치한다는 사람들이 왜 모를까.

바보도 이런 바보가 없다. 아직 우리에게 희망은 멀다.

인천교구 주보에는 매주 1면에 교구 설정 50주년 기념 영성센터 설립 모금 현황이 실린다. 몇 개 본당이 참여해서 돈 낸 사람은 몇 명이고 얼마를 냈으며 앞으로 내겠다고 약속한 액수는 얼마라는 기록이다. 가슴이 답답하다. 침 꿀꺽 삼키고 넘어가는데 4면에 가서는 아예 숨이 콱 막힌다. 지구별, 본당별 참여 신자 수와 약정액, 봉헌액, 목표액이 큼직한 도표로 그려져 있다. 지구에서 돈을 냈거나 내기로 한 신부들의 수와 금액도 적혀 있다. 어느 본당은 90명인데 우리 본당은 0명이다. 분발하라는 얘긴가, 통회하라는 얘긴가? 이렇게 사람의 목을 조여도 되나? 정말 천주교회가 이래도 괜찮은 건가?

진부하기 짝이 없는 질문을 해 보자. 우리의 지상 과제인 선교의 목적은 무엇인가? 두말할 것도 없이 하느님 나라다. 그러나 하느님 나라는 눈에 보이지 않으니 어쩌리오. 당장 눈에 보이는 것은 교세다. 그것이 힘이요 권력이다. 신자 수가 배가되면 수입도 배로 늘고 더 넓은 땅과 큰 건물이 필요하게 되는 건 당연한 이치다. 그렇게 커지는 교회를 우리는 흔히 발전하는 교회, 성공한 교회라고 한다. 그 안에 성령께서 활발히 역사하시는 덕분이라고 믿는다. 그래서 천주교도 개신교도 다투어 '새로운 양', '잃은 양' 찾기에 여념이 없다.

단도직입적으로 한 번 더 묻자. 그렇게 기를 쓰고 신자 수 늘려서 뭐하겠다는 건가? 돈과 권력이 생기니 그것을 이용하여 가장 보잘것없는 이들을 섬기겠다고? 좀 더 솔직해 보라. 예수 팔아 권력을 얻어 그것으로 천하를 호령하겠다는 게 아니고? 단언하건대 막강한 권력의 소유자가 최하층 무지렁이들의 발을 닦아 주며 어울려 먹고 마시는 일은 동서고금을 통틀어 없었다. 사자가 새끼 양과 어울려 풀을 뜯는 일은 없었다.

그래서다. 기업이 아닌 예수의 교회는 더욱 작아져야 한다. 선교라는 미명하에 끊임없이 크고 많은 것을 추구하는 교회는 이미 예수의 사람들이기를 포기한 집단이다. 예수가 없는 크고 화려한 교회당에 운집한 '믿는 사람들'은 과연 누구에게 무엇을 선포할 수 있을까?

우리 성당은 여름만 되면 벽에서 물이 줄줄 흐르고 바닥이 흥건히 젖어 곰팡이 냄새가 진동한다. 여건만 허락되면 대대적인 수리를 해야 한다고 벌써 오래전부터 돈을 아끼고 아껴서 몇억 원쯤 적립해 두었다. 얼마 전에 유명한 건축가 한 분을 모셔다 자문을 구했는데, 아이구나! 방수 공사만 하는 데도 이 돈으로는 턱도 없단다. 어쩌란 말이냐? 내게도 문제는 여전히 돈이구나. 우울한 봄날이다.

2010년 「가톨릭뉴스 지금여기」

교회, 피라미드의 현실과 광장의 이상

돌이켜 보면 뼈아픈 본당 신자들과의 불화

나는 이 이야기를 글로 쓸 일은 없을 줄 알았다. 결코 유쾌하지도 자랑스럽지도 않은, 지금 생각해도 열불이 나고 창피해서 누구에게도 선뜻 털어놓기가 극히 망설여지는 일이다. 사제 생활 35년 동안 신자들과 나 사이에 생긴 갈등이나 불화는 셀 수 없이 많았지만 그보다 더 장기간 괴롭고 힘들었던 적은 없었던 듯하다. 미리 말해 두는데 이 이야기를 구실로 누구를 탓하거나 나를 변명하려는 의도는 추호도 없다.

내가 그 본당에 부임해 간 첫해, 초여름의 견진성사 날이었다. 불화의 시초는 그날, 그 사건(?)에서 비롯된 것이 아니었나 생각된다. 본당에서는 매년 견진성사가 끝나면 사목위원들이 주교님과 보신탕으로 뒤풀이를 한다는 말을 사목회장에게 들은 바 있었다. 미리 주교님의 의향을 타진해 보니 사정이 있어 식사는 안 되겠다는 회답을 받고 나는 회장에게 통보했다. 주교님이 참석을 못하신다니 이번에는 안 하는 게 어떻겠냐고. 내가 그렇게 분명히 일렀건만 어쩐 일인지 여성 사목위원들은 성당에서 미사가 거행되는 동안 사제관에 성대한 상을 차리고 보신탕 냄새를 풍기기 시작했다. 주교님을 배웅하고 사제관에 들어온 나는 기가 막혔다. 누구를 위한, 누구의 잔치를 누구 돈으로 하는가. 순간 화가 치밀었다. "하지 말자고 했더니 이게 무슨 짓입니까? 당장 치우세요!" 나는 꽥 소리를 지르고 문을 꽝 닫고 나가 버렸다. 그 후로 사목회장도 나도 서로에게 미안하다는 사과 한 번 하지 않았다. 문제라면 그게 문제였다.

그날 이후, 회장을 비롯한 몇몇 사목위원들의 태도가 눈에 띄게 달라지는 것을 나는 눈치챘지만 대수롭게 여기지는 않았다. 어느 날 교우 한 분이 내게 전화를 했다. 본당 홈페이지를 보셨냐고, 한번 보시라고. 무슨 일일까? 홈페이지를 연 나는 깜짝 놀랐다. 호인수는 신부도 아니고 위선자라고 몰아치는 욕설이 누군지도 모를 가명으로 올라와 있었다. 그런 터무니없는 음해를 당하기는 군사독재 시절에 받았던 괴편지 이후 처음이었다. 쿵쿵거리는 가슴을 쓸면서도 나는 짐짓 태연한 척했다. 그런데 이게 웬일인가? 나를 비난하는 글들이 하나둘 늘더니 급기야 차마 읽기조차 민망한 인신공격형 글들이 홈페이지를 도배하다시피 하고 댓글이 줄줄이 달리며 조회 수가 수백 명에 달했다. 글은 두세 명이 계속 쓰는 것 같았는데 글쓴이의 이름은 가명인 데다가 전혀 근거 없는 낭설들이 대부분이었다. 미사를 드리면 신자들 사이사이에 나를 욕하는 사람들이 끼어 앉아서 키득거리고 있는 것만 같아 강론도 제대로 할 수 없었다. 보좌신부도 수녀도 사무장도 신자들도 내 편이 되어 위로의 말 한마디 건네는 사람 없었다. 그게 더 서러웠다. 내가 이렇듯 본당에서 철저하게 왕따였단 말인가. 도저히 견딜 수가 없어 본당신부의 직권으로 홈페이지를 폐쇄하자고 사목회에 제의했지만, 관리자는 공론에 부치자며 신자들의 의견을 물었고 신자들의 입을 막는 것은 독재자나 하는 짓이라는 반대의 글들이 연일 쏟아졌다. 벌집을 쑤셔 놓은 꼴이었다. 진퇴양난, 지옥 같은 날들이었다.

어찌어찌 어렵게 수소문해서 글쓴이들의 정체를 알아냈다. 나도 다 아는 본당 신자들이었다. 그러고 보니 그들은 언제부턴가 미사 시간에도 보이지 않았다. 도대체 그들은 왜 내게 이다지 악감정을 품고 나를 못 잡아먹어 안달을 할까? 궁리 끝에 나는 공개 토론을 제안하고 시간과 장소를 주보에 공지했다. 그러나 토론장에는 방청객들만 몇 명 앉았을 뿐, 나를 못살게 구는 사람은 한 명도 나타나지 않았다. '그 옛날 예수님도 끔찍하게 당하셨는데 …' 하며 밤새도록 주문처럼 외워도 위로가 되지 못했다. 경찰에 고발까지 생각했지만 아무래도 그건 사제가 할 짓은 아니었다. 한번은 주일미사 후에 급히 성당을 빠져나가는 글쓴이 한 사람을 발견하고 뛰어가서 붙잡아 방에 데리고 들어왔다. 도대체 나를 이렇게 괴롭히는 이유가 뭔지를 내 귀로 꼭 듣고 싶었다. 그 사람 왈, 자기는 하느님한테 내가 얼마나 못된 위선자인가를 만천하에 고발하라는 사명을 받았단다. 입이 딱 벌어져 더 이상은 할 말이 없었다. 그는 분명 정신질환자가 아니었다.

다음 해 가을, 평신도주일에 자원해서 강론대에 선 사목회장이 "나는 더 이상 이런 본당신부 밑에서 회장직을 수행할 수 없다"고 선언하고 뚜벅뚜벅 성당을 걸어 나가는 어처구니없는 일이 벌어졌다. 분하고 억울했지만 대놓고 하소연할 수 있는 마땅한 방법이 없었다. 그때, 그는 이미 사표를 냈고 내가 수리한 다음이었으니까.

그게 원인이 된 걸까? 하필이면 성주간에 나는 상상도 못했던 암환자가 되어 위를 떼어 내는 수술을 받고 같은 해 연말, 예기치 못한 인사발령을 받고 부임한 지 만 3년이 채 안 된 그 본당을 떠났다.

불화의 원인을 찾아본다

나의 부끄럽고도 어려웠던 지난날 이야기를 서두에 비교적 상세히 서술한 까닭은 자칫 '네 탓', '내 탓'으로만 돌리기 쉬운 다양한 갈등과 불화의 원인들이 혹시 잘못된 '교회의 가르침'이나 '교계제도' 안에는 감춰져 있지 않을까 해서다. 과연 교회의 가르침이나 교계제도에 불화와 불통의 원인이 될 만한 요소가 들어 있을까? 있다면 어떤 것일까?

1. 순명을 강요하는 교회

교회는 일찍이 구약의 아브라함과 신약의 성모 마리아와 예수님을 모범으로 삼아 순명을 복음삼덕의 하나로 정하고 이를 강조해 왔다. 교회의 조직이 복잡해지고 다양한 직책과 계급이 생기면서 하느님께 대한 순명은 차츰 하느님의 대리자인 교회의 장상에 대한 복종으로 바뀌게 된다. 많은 수도원은 가령 씨앗을 심을 때 장상이 거꾸로 심으라고 하면 그저 "예!" 하고 거꾸로 심는 것을 순명이라고 가르쳤다. 장상과 부하 사이에는 토론이나 논쟁이 있을 수 없고 오로지 명령과 복종이 있을 뿐이다. 2천 년 교회사 안에는 장상의 욕심이 하느님의 뜻으로 둔갑한 경우가 실제로 비일비재했다. 중세기의 종교재판이 그랬고 십자군전쟁이 또한 그랬다. 먼 역사를 들먹거릴 것도 없다. 내가 요즘 교회 내의 소통에 관한 글을 쓴다고 하자 30년이 넘게 미국에 살고 있는 신자 한 분이 내게 말했다. "교회에 어디 투 웨이가 있습니까? 늘 원 웨이 아닙니까?" 어릴 적부터 교회에서 배운 순명이 몸에 익은 사람이다. 명령과 복종은 한길이면 족하다. 두 개의 길이 필요치 않다.

나는 대접할 주교님도 없는데 우리끼리 값비싼 보신탕을, 그것도 본당 공금으로 먹는 것이 하느님의 뜻이냐고 다그쳤었다. 순전히 일방통행이었다. 사목회는 사목회대로 매년 해 온 전통(?)을 새로 온 본당신부라고 거부할 리 있겠냐는 지레짐작하에 사소한 절차를 다 생략했다. 지금 생각해 보면 내 안에 명령과 복종으로만 박혀 있던 순명에 대한 그릇된 인식이 회장의 자존심에 상처를 주었던가 보다.

얼마 전에 어느 본당 남성 구역장 피정 파견 미사를 주례할 때였다. 마침 토요일 오후였는데 전례 담당자가 내게 와서 독서와 복음을 주일 것으로 하느냐 토요일 것으로 하느냐고 물었다. "준비하신 대로 하십시오. 그대로 따르겠습니다"라고 대답했더니 펄쩍 뛴다. "아니 그건 신부님의 고유 권한인데 …." 신부가 시키는 대로 해야지 어떻게 평신도가 제 마음대로 하겠냐는 겸손한(?) 항변이었다. 아예 다툼의 소지를 만들지 말아야 둘 사이가 매끄럽고 편안하다고 생각했던 걸까? 모든 일이 다 그런 식이라면 굳이 교회가 소통을 강조할 필요가 어디 있는가.

교회 안에서 일방적인 명령과 복종이 가장 극명하게 드러나고 신자들이 직접 피부로 느낄 수 있는 실례를 든다면 본당 분할, 신설이 아닐까 싶다. 나는 여태껏 주교나 신부들이 이런 중대한 결정을 앞두고 당사자인 본당 신자들의 의견을 묻는 것을 한 번도 못 봤다. 신자들이 원하고 원치 않고, 필요로 하고 안 하고는 고려의 대상이 아니다. 그냥 '윗분'들이 결정해서 지도 위에 금을 긋고 공표하면 그만이다. 신자들의 몫은 '윗분'의 결정에 순명해서 땅을 사고 건물을 짓도록 "주께서 쓰실"(마태 21,3) 돈을 성심성의껏 바치는 것뿐이다. 신자들에게 성전 건축은 거역할 수 없는 하느님의 뜻이다. 땅을 사고 건물을 지으면 그 문서는 곧바로 교구 유지 재단의 재산이 되니 교회는 가만히 앉아서 돈을 버는 셈이다. '하느님의 뜻'을 따르다가 엄청난 빚에 허덕이는 딱한 본당신부와 신자들을 많이 보았다. 그들에게 주어진 최대의 과제는 빚 갚는 일이다. 주교와 신부 그리고 신자들 사이의 소통을 완전히 무시해서 생기는 이런 비극은 오늘도 계속된다.

2. 성직자 수도자의 낙하산 인사

교회 안에서 주교와 사제, 사제와 신자, 사제와 수도자, 수도자와 신자 사이에 소통을 가로막는 또 하나의 요인은 현행 인사 제도다. 교구장(주교)은 교구민의 여론이나 지지가 절대적으로 배제된 가운데 철저하게 베일 속에 가려져 임명되기 때문에 누가 어떻게 주교가 되는지를 아무도 모른다. 회원들의 추천과 투표로 선출돼서 정해진 임기가 되면 물러나야 하는 수도회의 장상과는 다르다. 어느 날 갑자기 바티칸의 낙하산을 타고 내려온다. 그렇게 자리를 잡으면 특별한 하자가 드러나지 않는 한 정년이 보장된다(서울대교구장 정진석 추기경은 예외적으로 정년을 넘겼다). 인사이동도 거의 없다. 그러니 만에 하나, 순명만을 강조하는 교구장을 모시게(?) 된 교구라면 교구 내의 원활한 소통은 애당초 기대하기 어렵다.

사제의 인사에 본인의 의사나 신자들의 요구가 반영되는 적은 거의 없다. 사제가 발령장 하나 달랑 들고 정해진 날, 정해진 본당에 부임하면 신자들은 좋든 싫든 그를 받아들여야 한다. 낙하산 인사다. 그러니 ㄱ본당에서는 즐겁고 행복했어도 ㄴ본당에서는 괴롭고 불행한 날들을 힘겹게 견뎌야 할지도 모른다. 오랫동안 교제해서 서로를 알 만큼은 안다고 자부하는 연인들도 결혼해 함께 살다 보면 사네 못 사네 난리를 치르는데 자신들의 의지와는 아무 상관 없이 맺어진 생면부지의 사제와 신자들이 화통하기란 여간 힘든 일이 아니다. 수도자도 사정은 비슷하다. 지금 내가 살고 있는 부천 고강동본당의 수녀님들도 이 본당이나 내가 좋아서, 또는 본당 신자들이 원해서 온 분들이 아니다. 그들 역시 낙하산이다. 이왕에 왔으니 수녀님들의 성격이나 기호나 관심사가 나나 신자들과 걸맞으면 그나마 다행이겠지만 전혀 엉뚱하다면 하루하루가 얼마나 괴로울까? 신자들도 마찬가지일 터다. 노력 여하에 따라 되는 것도 있지만 영영 안 되는 것도 있는 법이다. 본당사제나 수도자에게 임기가 있다는 것은 그래서 얼마나 다행한 일인가! 인사권자의 판단이 개인의 행불행은 물론 교회 내의 원활한 소통에 중요한 열쇠가 된다는 사실은 제쳐 놓고 단지 사제와 수도자와 신자들의 개별적인 희생과 노력만 요구한다면 그건 너무 가혹한 처사다.

소통은 피라미드가 아닌 광장에서만 가능하다

지금 이 시간에도 부산 영도의 한진중공업 크레인 위에는 자본권력에 항거하는 노동자 김진숙 씨가 200일이 넘도록 매달려 있고 제주도 남쪽 서귀포 강정마을엔 삶의 터전을 지키려는 주민들의 안간힘을 국가권력이 짓밟고 살벌한 군사기지화 작업을 강행한다. 해결 방법은 없는가?

『영성생활』이 3회 연속으로 "한국인의 심성과 영성"이라는 같은 주제 아래 이번 42호에는 부제를 '서로 다가서기'로 정한 이유를 짐작하겠다. 작금의 한국 사회에서 교회는 얼마나 경색되어 있고 불통의 장벽이 높은지 진단하고 처방을 모색해 보자는 것 아니겠나? 소통을 위해 교회의 구성원들 모두가 한 걸음 서로 다가서기를 촉구하고 있는 것이다. 맞다. 옳은 말이다. 성직자, 수도자, 평신도가 빗장을 풀고 밖으로 나와 서로 다가가서 멍석을 깔고 함께 먹고 마시고 노래하는 잔치판, 춤판을 벌이면 그게 바로 소통이다. 거기 예수님이 목숨 바쳐 이루시려던 '아버지의 나라'는 성큼 다가올 것이다.

그런데 세상에 공짜는 없다. 넘어야 할 산과 건너야 할 강이 겹겹이다. 교회는 피라미드가 아니라 광장이라고 선언한 제2차 바티칸공의회가 막을 내린 지 반백 년이 되었는데 안타깝게도 교회는 점점 더 그 이전으로 되돌아가는 모습을 보인다. 왜일까? 바벨탑을 바벨탑으로, 맘몬을 맘몬으로 보지 못하는 까닭이다. 산 같은 피라미드가 평평한 광장이 되려면 허물고 깎아야 한다. 현실적으로 한 국가나 사회는 물론 교회에서조차 피라미드 꼭대기의 '윗분'들이 스스로 기득권을 버리고 저 아래 광장으로 내려가는 것(필리 2,6)은 전혀 기대할 수 없는 일일까? 부자가 거지 라자로를 만나려면 제 손으로 대문을 열고 밖으로 나와야 한다. 하느님이 사람이 되신(강생 또는 육화) 신비를 다시 공부할 수는 없을까?

공의회를 열 번, 백 번 더 해서라도 피라미드의 교회는 광장의 교회로 탈바꿈해야 한다. 광장의 교회를 꿈꾸는 사람이 교황도 되고 주교도 되고 사제도 수도자도 되어야 한다. 새 영세자들은 그 꿈을 꾸는 사람들이어야 한다. 그래서 교회의 가르침도 달라져야 하고 제도도 바뀌어야 한다. 개개인의 성찰과 회심은 아무리 강조해도 모자라겠지만 이 거대한 교회의 제도와 전통, 관습을 만고불변의 진리로 고수하는 한 소통의 광장은 여전히 그림의 떡으로 남을 수밖에 없다.

2011년 『영성생활』

주일미사와 자동차

내가 재직하고 있는 부개동성당의 교적부에 올라 있는 신도 수는 정확히 5,796명이다. 주일에는 이들이 모두 반드시 미사에 참례해야 한다는 것이 가톨릭교회의 오래된 규율이지만 실상은 그렇지 못하다. 언제부턴가 미사 참례자 수가 점점 줄어 요즘엔 전체 신도의 4분의 1이 될까 말까다. 교회는 정당한 사유 없이 주일미사에 나오지 않으면 죄가 된다고 가르친다. 미사에 참례하는 수로만 본다면 아기들과 환자, 거동이 불편한 노인들을 제외하더라도 전체 신도의 반 이상이 죄인인 셈이다. 이들 가운데는 아예 교회를 떠났거나 오랜 기간 쉬는 분들도 있지만 어쩌다 보니 더러 빠지게 되는 분들이 대부분이다. 그래서다. 나는 개인적으로 이렇게 생각한다. 아무리 가톨릭교리서가 교회를 '죄인들의 집단'이라 정의한다 하더라도, 주일미사 몇 번 빠졌다고 다수의 선량한 신도들에게 고해성사를 종용하는 것은 융통성 없는 율법주의의 소산이라고, 속히 시정되어야 할 것이라고.

부개동성당의 관할구역은 성당 건물을 중심으로 사방에 오래된 연립주택과 빌라들이 다닥다닥 붙어 있고 그 가장자리에 고층 아파트들이 병풍처럼 서 있는 네모난 지형이다. 대도시 변두리가 대부분 그렇듯 우리 동네도 인구는 많지만 면적은 넓지 않아 가장 먼 아파트에서 성당까지 걸어서 20분이면 족하다. 지난 1월에 내가 이 성당에 부임하자마자 구석구석을 걸어 다니며 직접 확인한 바다. 이런 인구밀집 지역에 주일미사 시간이면 성당 앞 300평쯤 되는 주차장(신도들뿐 아니라 주민들도 자유롭게 이용하는)은 자동차들이 빽빽하고 골목길은 차한 대 비켜 갈 만큼의 공간도 허락하지 않는다. 주차 문제로 시비가붙어 신도들과 주민들이 얼굴을 붉히며 언성을 높이는 것을 몇 번 보았다. 이래선 안 되겠다 싶어 추위가 가시자 나는 신도들을 상대로 적어도 성당에만은 튼튼한 두 다리로 걸어 다니자는 캠페인을 대대적으로 벌였다. 그러나 잠시 반짝했을 뿐, 기대와 달리 지속적인 효과는거의 없었다. 하기야 몸에 밴 습관을 하루아침에 바꿀 수 있겠나.

성당에 올 때는 이유 여하를 불문하고 자동차를 버리라는 건 억지다. 가까운 거리라도 불가피하게 차를 이용해야 할 경우가 어디 한두 번인가? 나는 자동차 알레르기가 있는 사람이 아니다. 나도 승용차를 가지고 있고 가끔은 요긴하게 사용하고 있지만 신체 건강하고사지가 멀쩡한 우리 신도들이 고급 승용차를 타고 미사에 오는 것을보면 밉살스럽기 그지없다. 엎드리면 코 닿는데 꼭 차를 타야 하는 그들의 심리를 나는 이해하지 못한다. 저들은 오늘 아침에 아이들에게무엇을 가르쳤을까? 성당에 가서 무엇을 기도하자고 했을까? 이런나를 보고 도대체 자동차와 신앙이 무슨 관계냐고 노골적으로 불쾌감을 표시하거나, 고리타분한 사고를 버리지 않으면 신도들 다 잃는다고 충고하고픈 사람도 없지 않을 것이다. 하지만 진정 예수의 사람이라면 일상에서 기꺼이 받아들여야 하는 불편이나 불이익 또는 희생을 못 견뎌하면서 그분을 따를 수는 결코 없다는 것을 우리는 알아야 한다.

"종교적 통찰은 관념적인 사색이 아니라 영성수련과 헌신적인 삶의 방식으로부터 나온다. 그러한 실천 없이 종교적 교리의 진리를 이해하는 것은 불가능하다." 수녀 출신 신학자 캐런 암스트롱의 말이다. 전적으로 동감한다. 굳이 '기름 한 방울 나지 않는 나라'를 들먹이지 않아도 10분만 걸으면 충분히 올 수 있는 거리를 차를 타고 오는 신앙은 엉터리요 거짓이다. 정치·경제·사회의 민주화를 바라면서 독재자의 자식으로, 독재자 곁에서, 독재를 체득하며 잔뼈가 굵은 사람을 선택하는 이상야릇한 행위와 다를 바 없다.

2012년 「한겨레신문」

'스스로 개혁'은 교회의 과제다

일전에 인천의 한 시민단체에서 주최한 '인천숲포럼'에서 인천의 미래를 묻는 청중에게 나는 "종교인의 한 사람으로서 먼저 인천에 있는 교회들이 새롭게 바뀌지 않으면 인천의 미래는 없다"고 대답했다. 이 나라와 지역사회가 정의와 평화의 땅이 되기 위해서는 무엇보다도 우선 예수의 가르침을 모토로 삼는 교회의 개혁과 쇄신이 우선되어야 한다는 말이다. 지금 우리나라의 적지 않은 교회들은 싱거워질 대로 싱거워져서 세상의 부패를 방지하는 소금 구실을 제대로 못하고 있다는 판단에서다.

세인들의 구설에 오르내리는 일부 대형 교회 성직자들의 비리는 차마 거론하기조차 민망하다. 교회의 세습이라는 신종 유산상속은 그 불법 부당함이 속속 밝혀지는데도 갖가지 그럴듯한 이유를 들어 끈질기게 물밑 작업을 계속하고 있으니 실로 가관이다. 어떤 목사님이 덮는 이불은 천만 원이 넘는단다. 오죽하면 목사를 '먹사'라고 비꼬겠나? 그런데도 그런 목회자들이 설교하는 교회의 주일예배에 내로라하는 인텔리들이 빈자리가 없도록 가득 채워 대성황을 이루는 기현상을 우리는 어떻게 이해해야 할까? 순수한 신앙심의 발로? 아니면 신도들의 이성을 마음대로 쥐락펴락하는 목회자의 초능력? 인간의 상식을 초월한 성령의 역사하심이란 말로 설명이 될까? 신앙과 영성이 모자라서인지 나는 아직도 잘 모르겠다.

지금 내가 나와 아무 상관도 없는 남의 일 구경하듯 개신교 이야기나 속 편하게 하고 있을 처지가 아니다. 얼마 전에 나는 최근에 세례를 받은 신자에게 한 통의 전자편지를 받았다. 내용인즉 이랬다. 새로 이사한 집을 축복해 달라고 사제를 청했단다. 사제의 축복을 받고 감사하는 마음으로 금일봉을 어느 자선단체에 기부하겠다고 하니까 그러지 말고 성당 사무실에 내라고 하시더란다. 사무실에 갔더니 성당 직원이 감사헌금은 감사헌금대로 받고 수고하신 사제에게는 따로 성의를 표하라고 넌지시 귀띔하더라는 것이다. 그는 내게 물었다. "신부님, 이게 옳은 겁니까?" 바로 답장을 보내지 못했다. 뭐라고 해야 하나? '그건 분명 아니다!'라고? 동료를 비난해서 좋을 것 없다. 그렇다고 사제도 연약한 인간임을 강조하면서 구차한 변명을 늘어놓기란 더욱 낯 뜨거운 짓이다. 참으로 난처했다. 물론 그런 사제는 극소수에 불과하다고 나는 믿는다.

전에 거쳐 온 교회에서 있던 일이다. 우리는 자선비를 책정하여 교회 관내에 있는 초·중·고등학교에 사정이 어려운 학생들에게 수학여행비를 지원했다. 이듬해에 다시 신자 대의원들과 새해 예산을 심의하는데 안타깝게도 수학여행비는 전액 삭감되었다. 과반수의 반대 이유는 하나같이 왜 우리가 낸 돈을 신자도 아닌 엉뚱한 사람들에게 퍼 주느냐는 것이었다. 패거리 사고다. 아, 우리 교회가 입버릇처럼 되뇌는 이웃 사랑은 예서 한 치도 더 나아가지 못했다. 그해의 연말결산서에 적자는 없었다.

박근혜 대통령은 국정원의 불법행위가 불거지자 '스스로 개혁'을 주문했지만 그게 하나마나한 소리라는 것을 모르는 사람은 없다. 제 살 도려내겠다는 의지라곤 눈곱만큼도 없는 사람의 손에 칼을 쥐어 주고 스스로 수술을 하라니 말이 되나? 너무나 수가 빤한 짜고 치는 고스톱이다. '스스로 개혁'은 철저하게 베일에 가려진 어두컴컴한 국정원과는 어울리지 않는다. 해묵은 내란 음모 카드를 내놓는 것을 보니 개혁은 이미 물 건너간 듯하다. 나는 개신교까지 한데 묶어 개혁과 쇄신을 요구할 만큼 배포가 크지 못하다. 천주교회만을 상대로 말하자. 교회가 가지고 있는 소중한 보물인 고해성사야말로 교회를 쇄신하고 개혁할 수 있는 최상의 도구다. '스스로 개혁'은 이제 교회의 과제다.

2013년 「한겨레신문」

김대건 신부 유해 보존 유감

꼭 6년 전 9월에 했던 이야기를 다시 해도 될까, 한참 망설였다. 9월은 한국 천주교회가 103위의 성인들을 위시한 1만 위 — 조광 교수는 과장된 숫자라고 한다 — 로 알려진 순교자들을 특별히 기리고 공경하도록 제정한 달이다. 나는 그때, 가톨릭신학대학의 이기명 신부가 낸 『성 김대건 안드레아 신부의 유골 현황 자료집』을 인용하면서 이제라도 천주교회는 순교자들의 유해 보존 방식을 전면 수정해야 한다고 주장했다. 「가톨릭뉴스 지금여기」의 칼럼이다. 그런데 나의 제안이 교회의 지도자나 전문가들에게는 일고의 가치도 없어 보였나 보다. 암만 생각해도 허황된 소리는 아닌 듯한데 교회는 매년 순교자의 달 행사를 성대하게 치르면서도 지금껏 무슨 조처는커녕 숙고하는 기미조차 보이지 않으니 냉소를 각오하고 한 번 더 문을 두드리는 것이다. 부질없는 짓이라고 내던져 버리면 더는 기회가 오지 않을 것 같아서다. 그 글을 거의 그대로 옮긴다.

김대건 신부의 유해는 순교한 1846년 9월에 한강변 새남터 모래밭에서 안성 미리내로 이장되었고 1901년 5월에 다시 서울 용산 신학교로 이장되어, 전쟁 때 경남 밀양으로 피난했다가 1953년 휴전 후에 서울 혜화동 소신학교로 옮겨져 안치되었다. 그런데 이해가 안 되는 부분은 1960년 7월 5일의 처사다. 서울교구의 담당자들이 김대건 신부의 유해를 삼등분해서 굵은 뼈들은 대신학교(현 가톨릭대학 신학부)로, 하악골은 미리내 경당으로, 치아는 절두산 순교기념관으로 분리 안치한 것이다. 도대체 왜 그랬을까?

신학교에 안치된 유해들은 더 작게 쪼개져 사방으로 분배되었다. 서울교구로부터 조각을 받아 모셔 간 본당이나 기관이 141곳에 달하며, 샬트르성바오로수녀원에서 분배한 유해는 자그마치 200개가 넘는데, 그중 일부는 일본과 미국에까지 보내졌다. 담당자였던 장복희 수녀에 따르면 유해들이 순교자 현양과 기도를 위하여 서울교구의 지시대로 성광(성체 등 귀한 것을 담아 보관하는 전례 용기) 비슷한 함에 넣어 봉인·분배되었다 한다. 장 수녀의 고백이다. "나는 더는 유해 보관 및 분배 작업을 맡고 싶지 않다. 이유는 성인의 뼈를 조금씩 자른다는 것이 너무 잔인하고 못할 짓으로 여겨지고 정서에도 맞지 않는다. 그렇기에 여럿이 나눠 기도하는 것도 좋겠지만 지금이라도 남은 유해를 한곳에 모아 큰 유리관에 봉안하여 기도할 수 있으면 좋겠다"(『자료집』62쪽). 아, 나만 그렇게 생각했던 게 아니었다.

서울교구의 의도는 분명했다. 더 많은 사람이 현양하고 기도하기 위해서다. 한 조각이라도 가까이 모셔 놓아야 더 효과적인 현양과 기도가 된다고 판단했던 거다. 그렇다면 세계화되어 지구촌 곳곳에 흩어져 살고 있는 형제들이 돌아가신 부모님을 더 극진히 모시기 위해서라면 유골을 몇 등분해서 나누어 가져도 좋단 말인가? 전쟁이나 불의의 사고로 시신이 갈가리 찢어졌더라도 정성껏 한데 모아 형체를 갖추어 장사를 지낸 다음, 그곳에 모여 고인의 뜻을 새기는 것이 살아 있는 사람의 도리이거늘 어쩌자고 한국 천주교회는 고귀한 순교자의 유해를 갈가리 찢어 현양이라는 명목 아래 나누고 나팔을 불며 짊어지고 다니는가?

한국 천주교 신자들은 염불에는 마음이 없고 잿밥에만 온통 정신을 빼앗기고 있는 건 아닐까? 오로지 조국과 백성을 위해 바친 순교자의 삶과 정신을 본받기는 애당초 불가능하니 우리는 유해 앞에 엎드려 당신들 공덕의 대가로 흘러나오는 복이나 한 줌씩 챙기겠다는 전형적인 기복 신앙의 표출인지도 모를 일이다. 과연 작금의 한국 천주교회는 무엇을 성찰하고 반성하며 어디로 가고 있는가?

2013년 「한겨레신문」

군종 제도를 다시 생각한다

곽병찬 「한겨레신문」 논설위원의 죽비(3월 19일 자 칼럼 「조롱받는 신」)를 맞고 우리나라의 군종 제도를 다시 생각한다. 나는 2007년 10월에 한국 천주교회가 제정한 군인 주일에 즈음하여 「가톨릭뉴스 지금여기」에 다음과 같은 칼럼을 썼다.

> 현행 군종 제도에 문제가 있다고 보는 내 생각은 매우 단순하다. 국민의 생명과 재산을 보호하기 위하여 적을 먼저 죽여야 하는 것이 군인의 임무라면 제 목숨을 내놓아 벗을 살리는 것이 '예수의 사람'의 임무다. 그중에도 사제는 골수분자다. 또 하나 있다. 군대 사회는 명령과 복종만 존재한다. 일사불란한 수직 사회다. 거기 철옹성 같은 유다교 율법과 체제에 도전한 예수의 정신이 끼어들 틈이 없다. 암만 봐도 군복 속의 로만칼라는 어울리지 않는 억지 그림이다(졸고 「군복과 로만칼라, 궁합이 안 맞는다」에서).

한 군종 출신 사제의 말을 인용하기도 했다.

군종사제로서 나는 사병들을 위해 일한다고 애를 썼지만 해 줄 수 있는 것은 거의 없었고 지휘관의 의도에 따라 말 그대로 종교 행사만 해야 했다. 얼마나 많은 사병에게 세례를 주느냐가 주된 관심사였다. … 개방적인 군사 문화를 위하여 군종 제도를 폐지하고 민간인 사제에게 기회를 넘기는 것도 심각하게 고려해 봐야 할 것이다(「한국 종교와 양심적 병역거부 토론회」에서 박창균 신부).

나는, 한국전쟁의 와중에 가톨릭과 개신교 성직자들의 요청에 따라 만들어진 현행 군종 제도는 변화된 새 시대에 맞게 수정이 필요하다, 군인이 아닌 민간인 사제의 신분으로도 얼마든지 군인 사목이 가능하다, 우선 교회 안에서 찬반 토론이라도 활발하게 전개되기를 바란다고 간곡히 호소했다. 하지만 기대와는 달리 반응은 어디서도 보이지 않았고 급기야는 교회가 단수 추천한 군종사제의 사상 검증에서 세 명이 탈락하기에 이르렀다.

이 사건은 탈락자의 빈자리에 성향이 다른 대타를 재추천하고 선발하는 것으로 가볍게 덮어 버릴 성질의 것이 아니다. 새 교황의 탄생이라는 세계적인 빅뉴스의 그늘에 사장되어도 섭섭지 않은 하찮은 이슈가 아니라 명확히 정립되어야 마땅한 사제의 존재 이유에 관한 문제다. '과연 한 사람이 사제이면서 동시에 군인일 수 있는가? 한 사람이 교도관인 동시에 재소자일 수 있는가'라는 물음과 같다. 나를 바쳐 너를 살려야 하는 그리스도교의 사제가 내가 살기 위해서 네게 총을 겨눠야 하는 군인, 그것도 자원하는 장교라니 모순도 이런 모순이 없다. 사제로서의 삶에 충실하려면 군인의 임무에 소홀할 수밖에 없고 용맹한 군인이려면 사제이기를 포기해야 한다. 결국 군종사제란 어느 쪽도 아닌, 어정쩡하고 슬픈 존재일 수밖에 없다. 이래도 되나?

다시 묻는다. 사제가 재소자를 능률적으로 사목하기 위해서는 교도관이 되는 것이 필수인가? 경찰관 사목자는 경찰공무원이 아니어도 무방한데 왜 군인 사목자는 꼭 현역 군인이어야 하는지를 묻는 것이다. 사제가 편의에 따라 자신의 신앙과 소신을 접고 질문자가 원하는 정답(?)을 외우면서까지 장교 계급장을 달아야 하는 이유를 나는 알지 못한다. 과연 사제에게 요구되는 순교 정신이란 무엇인가?

이참에 한국 천주교회는 현행 군종 제도를 면밀히 재검토하기 바란다. 신학적인 연구를 포함한 다양한 노력이 필요하다. 이미 신학생 시절에 남들처럼 병역의 의무를 다했으나 자의반 타의반 군종으로 선발된 젊은 사제들은 봉사와 순명이라는 명분 아래 또다시 최소한 4년을 복무해야 한다. 군대를 두 번씩 가고 싶은 사람이 세상천지에 어디 있겠나? 개신교, 불교와 함께 해결책을 모색하는 것도 좋은 방법이겠다.

2013년 「한겨레신문」

강우일 주교와 교종

천주교 제주교구장 강우일 주교의 발언이 별나다. '교종'이란 옛말을 쓰는 거다. 교종은 우리나라 사람들이 로마의 주교를 일컫는 교황의 또 다른 명칭이다. 그러잖아도 몇 달 전에 교황과 교종이 어떻게 다르냐고 묻는 교우에게 정확한 답을 드리지 못했던 게 생각나서 인터넷을 뒤지고 교회법 교수에게 전화를 걸어 알아봤다. 천주교가 중국을 거쳐 조선에 들어오면서 한자 번역을 그대로 받아 모든 전례서에 교종이란 말을 사용했단다. 그 후 일제 식민 지배의 영향으로 교황敎皇이란 말이 생겨났고 한국천주교중앙협의회는 2000년 10월에 『천주교 용어집』을 출간하면서 교황을 교회의 공식 용어로 확정했단다.

많은 교황이 대부분 자신을 가리켜 '하느님의 종들의 종'이라는 별칭을 썼지만 교종敎宗의 본뜻은 주인 밑에서 천한 일 하는 종이 아니라 교회의 으뜸이란 의미다. 그런데 우리말로 교종이라 하면 교회의 종이란 이미지가 먼저 떠오르니(고백하건대 나는 지금까지 그렇게 알고 있었다) 고맙게도 한자어 종宗이 지닌 뜻 이상의 복음적인 의미를 더 얻는 셈이다. 교황이나 교종을 한자로 써 놓고 보면 어느 쪽도 더 존중

하거나 폄훼하는 말이 아닌데 우리말로 하면 풍기는 뉘앙스가 달라도 너무 다르다.

프란치스코 교황의 한국 방문이 확정 발표되자 한국 천주교회는 축제 분위기다. 그는 교황에 선출된 지 이제 1년이 조금 지났는데 세계에서 가장 영향력 있는 지도자로 꼽힌다. 흔히 보지 못하던 현상이다. 그런데 세상 사람들의 시선을 한 몸에 받으며 최고의 영향력을 발휘하는 그의 말 한마디나 일거수일투족은 '황제'보다 '종'에 더 가까우니 이 또한 별난 일이다.

한편, 주교회의 의장이자 교황 방한준비위원장인 강우일 주교는 한국 천주교회에서 만나고 싶은 사람 1위로 꼽힌다. 매스컴이나 각종 강연을 통해 널리 알려진 그의 언행을 보면 두 사람은 시쳇말로 코드가 비슷해 보인다. 그가 굳이 교황을 교종이라 부르는 속셈이 무엇인지 궁금했다. 어렵게 연락이 닿았다. '당신이 『천주교 용어집』의 교황을 마다하고 굳이 교종이라고 부르는 데는 우리말의 종 또는 머슴이라는 의미가 포함되어 있는가?' '의중엔 있다!' 대답이 간단명료했다. 아, 그랬구나! 그가 고집스럽게 교종이라 부르는 이유가 그 때문이었구나! 강우일 주교는 지금 지구상에 유일하게 남아 있는 비극의 분단국가를 찾아오는 교종이 이왕이면 제주의 4·3학살 현장에서, 살벌한 군사기지로 바뀌고 있는 강정에서 평화의 미사를 봉헌하는 아름다운 그림을 그리고 있을지 모르겠다. 교황의 방한이 천주교회에 힘을 실어 주기 위한 큰 배려라는 어느 고위 성직자의 설명과는 어울리지 않는다.

천주교회의 교구장 주교는 자신의 관할구역에서는 삼권이 분립된 민주국가의 대통령보다 훨씬 큰 절대 권한을 행사한다. 한국천주교주교회의는 단순한 협의 기구일 뿐, 교구장 주교 위의 기구가 아니기 때문에 구속력을 행사하거나 앞장서서 일을 벌이기는 실질적으로 어렵다는 강우일 의장의 말(그의 저서 『기억하라, 연대하라』)에 수긍이 간다. 그 주교들의 으뜸이 교황이다. 하지만 예수는 다르다. "누구든지 첫째가 되고자 하면 모든 이를 섬기는"(마르 9,35 참조) 종이 되어야 한다는 게 그분의 요구다. 교황이 "자신을 낮추고 비워서 종의 모습을 취하여 십자가의 죽음에까지 순종하신"(필리 2,7-8 참조) 예수를 따라야 함은 그래서 지당하다. 모든 기득권의 포기는 물론, 끝내는 목숨까지 바쳐야 한다. 강우일 주교가 말하는 교종이다. 나도 교종이 좋다. 올여름에 오실 분이 교황이 아닌 교종이기를 바란다.

2014년 「한겨레신문」

사제와 골프

글을 시작하기도 전에 벌써 "너 이젠 막 나가는구나" 하는 소리가 들리는 듯하다. 아무리 제 맘대로 쓸 수 있는 공간이라도 쓸 게 있고 안쓸 게 있지, 신도들도 웬만하면 말을 아끼고 못 본 체하는 것을 굳이 건드려 좋을 게 뭐냐는 신학교 동창생의 마뜩잖아 하는 눈초리가 눈에 밟힌다. 친구들의 감정을 상하게 하고 미운털만 잔뜩 박힐지도 모른다. 해서 많이 망설였다. 정치·사회적인 발언보다 훨씬 더 어렵다.

지방 소도시 성당의 주임으로 있는 친구에게 갔을 때다. 내일 골프 약속이 있다며 밤중에 골프 가방을 차 트렁크에 싣는 것을 보고 환할 때 하면 될 것을 왜 밤중에 그러느냐고 했더니 낮에 사람들이 보면 좋을 게 뭐냐고 한다. 그때 나는 그가 은연중에 이웃과 신도들의 시선을 의식해서 자기가 골프 친다는 것을 내놓고 떠벌리지는 못한다는 것을 알았다. 언젠가 선후배 사제들이 신도들과 함께 골프를 치고 저녁 먹는 자리에 우연히 합석한 적이 있다. 신도들은 하나같이 신부님들이 평신도와 함께 어울려 주셔서 고맙다는 말을 몇 번씩 반복했다. 골프 비용과 밥값까지 다 그들이 내는 것 같았다. 그런 일이 자주 있

있는지는 모르겠으나 썩 좋아 보이진 않았다.

골프가 죄인가? 성경이나 교리책 어디에도 그런 가르침이 없으니 죄 될 것 없고 부끄러울 것, 거리낄 것도 없다. 골프는 우리나라에도 동호인 수가 급격히 늘어 이제는 거의 대중화되었다지만 돈이 많이 들어 여전히 소수 특권층이나 즐길 수 있는 고급 운동이다. 무턱대고 골프 마니아들을 싸잡아 비난할 일은 아니다.

나는 사제에게도 다양한 취미 활동이 허락되고 보장되어야 한다고 생각한다. 하지만 사제의 취미가 골프라면 이야기는 좀 달라진다. 사제는 특권계급이 아니다. 게다가 넉넉하고 여유로운 생활보다는 가난이 걸맞은 사람이다. 암만 봐도 취미로 골프를 할 수 있는 여건을 갖춘 사람이 아니다. 칼럼을 준비하면서 개신교의 한 언론사 직원에게 목사들 중에 골프 하는 분이 얼마나 되느냐고 물었다. 확실하진 않지만 거의 없는 줄 안다고 했다. 불교 관계자에게도 스님들은 어떠냐고 물었더니 똑같은 대답이다. 고등학교 교사 한 분도 역시 현직 교사들이 주말이나 방학 때 골프를 한다는 말은 못 들어 봤다고 했다. 성직자 가운데 유독 천주교 사제들만 골프 인구가 제법 된다. 이것을 어떻게 설명해야 하나?

골프가 어떤 이에게는 주어진 일의 연장이듯이 사제도 골프를 자신에게 맡겨진 사목 활동의 일환으로 보는가? 순진한 발상이다. 설득력이 없다. 독신 생활에서 오는 인간적인 외로움을 달래기 위한 나름의 묘책? 그럴 수 있겠다 쳐도 그것이 꼭 골프여야 하는 이유는 설명이 안 된다. 요즘처럼 천민자본주의가 만연한 사회에서 신분 상승을

꾀하는 서민의 처절한 발버둥이라면 이해 못할 것도 없겠으나 우리 사제들 가운데 그렇게 천박한 의식을 가진 이는 단 한 사람도 없을 거라고 나는 믿는다.

한국 교회의 대다수 신도들이 사제의 골프를 탐탁지 않게 보는 건 사실이다. 그러거나 말거나 내가 좋아하는 것을 하면 그만이다라는 사고는 이미 위험의 도를 넘었다. 그러잖아도 교회는 빠른 속도로 사회에서 유리되어 가고 젊은이들은 미련 없이 등을 돌린다. 속속들이 까발리는 게 능사는 아니라고 덮어만 두었던 구체적인 현안들을 이제라도 공개된 마당으로 끌어내어 논쟁거리로 만들자. 골프도 그 중의 하나다. 한반도의 복음화는 먼저 교회와 사제의 복음화에서 시작되어야 한다.

2014년 「한겨레신문」

윗물, 아랫물

지난번에 쓴 「한겨레신문」 칼럼 「교황 효과를 기대한다」를 읽고 친구가 전화했다. "윗물은 맑은데 중간물이 지저분하니 아랫물이 깨끗할리가 있나?" 교황은 맑은데 그 아래 주교가 흐리고 더 아래 사제들이 탁하니 맨 밑바닥의 신자들이 깨끗하기를 바랄 수 있겠느냐는 비아냥이다. 윗물은 맑은데 중간물이 흐린 것이 논리적으로는 잘 설명이 안 되지만 엄연한 사실인 걸 어쩌랴. 도대체 윗물과 중간물 사이에 어떤 오물들이 어떻게 스며들었기에 이런 현상이 나타날까?

아랫물의 처지에서 올려다볼 때는 중간물도 다 윗물이다. 지금 한국 천주교회의 여러 교구들은 지역별로 독립적으로 운영되고 있으니 실제로 교구의 최고 책임자는 교황이라기보다는 교구장(주교)이다. 교황은 추기경들이 선출하지만 주교는 교황이 임명한다. 교구장, 주교는 교구의 사제 인사권과 경제권을 포함한 모든 결재권을 두루 한 손에 쥐고 있으니 그 권한이 막강하다. 정년 말고는 임기도 없다. 주교회의는 주교들의 협의 기구에 지나지 않으므로 개별 교구에 대한 구속력이 없다. 한국 교회에서 주교를 관리 감독하거나 탄핵할 권한은 누구에게도 없다. 사제는 주교의 명을 받아 수행하는 한낱 대리인일 뿐이다.

언제부턴가 천주교회 안에서도 일부 성직자들이 돈을 너무 밝힌다, 권위주의가 심하다, 독선이 도를 넘는다는 비판이 조심스럽게 일기 시작하더니, 이제는 내놓고 말을 해도 적극적으로 부정하거나 변명하려 드는 사람이 별로 없다. 기껏해야 "그래도 아직은 …"이 고작이다. 알 만한 사람은 다 아는데 새삼스럽게 들춰낸들 무슨 도움이 되겠느냐는 충정일 게다. 유럽이나 북·남미 교회를 체험해 본 사제나 수도자, 평신도들이 이구동성으로 하는 이야기는 우리나라만큼 목에 힘을 주고 군림하는 주교와, 부족함 없이 풍족하고 편하게 사는 사제는 어디에도 없다는 것이다. 이런 윗물이 흘러내리는데 어떻게 깨끗한 아랫물을 기대할 수 있겠는가?

그래선가? 우리나라도 갈수록 성직자 지망생이 줄어든다고는 하지만 다른 나라에 비하면 심각하게 우려할 정도는 아니라는 게 신학교 관계자들의 말이다. 오히려 걱정스러운 것은 지원자 수의 감소가 아니라 점점 더 떨어지는 그들의 질적 수준이라는 것이다. 이런 현상을 하느님의 축복이라기보다 보장되지 않은 미래에 대한 젊은이들의 불안이 빚어낸 궁여지책으로 본다면 성직에 대한 모독이요 불경일까? 우리나라 성직자 수도자들에게 거듭 당부한 교황의 발언들을 곱씹어 보면, 그는 방한 전에 이미 한국 교회의 사정과 분위기를 정확히 파악하고 있었음이 틀림없다.

"대통령이 무슨 잘못이냐, 다 아랫놈들 탓이지"라는 말에 나는 절대로 동조할 수 없다. 그 '아랫놈'을 발탁해서 권력을 부여한 사람은 다름 아닌 '윗분'이기 때문이다. 어찌 그 책임에서 자유로울 수 있는가? 교회도 결코 다르지 않다. '모든 게 사람일이다, 사람 사는 사회는 어디든 똑같다'라고 합리화하거나 적당히 얼버무릴 일이 아니다.

교회의 웃어른들께 읍소한다. 제발 북악산 밑 구중궁궐에서 독야청청하는 대통령을 부러워하거나 흉내 내려 애쓰지 마시라. 그거야말로 온 강물을 통째로 오염시킬 독극물이다. 혹시 잠깐 한눈을 팔았다면 서둘러 제 길로 돌아오시라. 귀를 열고 발품을 파시라. 교황이 일부러 수만 리를 날아와 가난한 중생을 보듬는 시범을 보였으니 더는 망설이지 말고 그저 본 대로 따라만 하시면 된다. 교회는 물론 한반도의 강마다 맑은 물이 철철 넘쳐흐를 것이다.

2014년 「한겨레신문」

자비로운 예수, 자비롭지 못한 교회

5·18민주화 운동 36주년 기념식을 오마이TV 생방송으로 보았다. 「임을 위한 행진곡」이 문제였다. 아예 안 하면 더없이 좋겠지만 굳이 해야 한다면 모두가 입을 모아 부르는 제창 말고 가만히 앉아서 듣기만 하는 합창으로 하라는 게 박근혜 정부의 결정이다. 행사 주관자인 국가보훈처장이 쫓겨나는 망신을 당하면 당했지 「임을 위한 행진곡」으로 상징되는 광주 시민의 위대한 저항 정신은 절대로 인정하지 못하겠다는 강력한 의지의 표현이다. 노래를 따라 하는 순간 바로 배은 망덕한 신하로 찍힐 수도 있겠다는 본능적인 두려움 때문인지 국무총리의 입은 노래가 끝날 때까지 고집스레 닫혀 있었다. 근엄하다 못해 처절하기까지 한 모습이 조금은 불쌍해 보였다.

총리의 얼굴 위로 겹쳐지는 또 하나의 굳은 얼굴, 거기엔 따뜻하고 인자한 모습은 없고 오로지 면도칼처럼 날카로운 눈초리만 있었다. 일제 36년 동안 우리 동포들을 감시하던 고등계 형사의 눈매가 그랬을까? 광주의 5월도 꼭 그만큼 지났는데 화면 뒤에 감추어진 그 눈은 여전히 매섭다. 국가권력자의 민낯이다.

속세의 국가와 사회야 그렇다 치고, 성스러워야 할 교회는 어떤가? 사랑과 자비의 화신인 나자렛 사람 예수를 그리스도로 고백하는 이들의 공동체를 말한다. 프란치스코 교황이 선포하신 자비의 해를 살면서 편집자의 요청에 따라 예수의 교회는 진정 자비로운가를 생각해 본다.

비판이 자유롭지 않은 교회 언론

"공동체의 성숙과 발전을 위한 건설적인 비판 기능은 포기할 수 없는 교회 언론의 역할이다. 물론 교회 매스컴이 독립적인 단체가 아니고 대개는 교회에 속해 있기 때문에, 현실적으로 그런 기능을 수행하는 데는 어려움이 있다. 하지만 그렇기 때문에라도 더욱 철저한 자기 성찰과 자기비판이 필요하다. 잘못을 지적할 수 있어야 하고 예의를 지켜 비판할 수 있어야 한다. 반면 공동체는 그러한 지적을 넓은 마음으로 넉넉하게 포용할 수 있어야 한다. 성직자이든, 수도자이든, 평신도이든 또 교구나 본당의 차이를 뛰어넘어 자유롭게 의견을 나누고 소통할 수 있는 장을 교회 매스컴이 제공해 줌으로써, 사랑과 연대의 공동체 건설에 기여하는 것이다."

「평화신문」 창간 28주년 특별 기고(2016년 5월 15일 자)에서 한국천주교주교회의 매스컴위원회 위원장 유경촌 주교가 한 말이다. '마땅하고 옳은' 말씀이다. 하지만 유 주교의 기고는 교회 언론의 정도를 제시한 것일 뿐, 제2차 바티칸공의회 이전의 피라미드식 교계제도가 여전한 한국 천주교회에서는 먼 나라의 이야기로만 들린다.

사례 1: 언젠가 나는 교회의 한 신문에 「아! 명동성당」이란 제목의 칼럼을 썼는데 그게 그만 명동본당 사제와 신자들의 비위를 건드려서 나와 내 글을 게재한 신문사 관계자가 직간접적으로 엄청난 압력에 시달렸던 적이 있었다(나는 칼럼에서 명동성당 들머리에서 농성하던 노동자들을 내쫓고 그들의 천막을 철거한 성당 측의 행태를 비판했다). '나의 글이 잘못되었다면 반론의 글을 써, 반론에 재반론이 이어지면 진실이 드러나고 신문도 발전하지 않겠느냐'는 변명과 호소는 받아들여지지 않았다. 몇 번 더 쓰기로 했던 나의 칼럼이 하루아침에 끊긴 건 물론이다.

사례 2: 몇 년 전에 강남성모병원에서 해고된 노조원들이 내게 성탄 미사를 부탁한 적이 있었다. 서울에도 사제가 많은데 군이 교구가 다른 내가 가야 하냐고 사양했지만 수락하는 사제가 없다며 재차 간청하는 것을 나는 거절하지 못했다. 약속 시간에 미사 가방을 싸 들고 병원에 도착해서야 비로소 나는 신자 노조원들이 엄동설한에 건물 안에도 못 들어가고 마당 한구석에서 미사를 드려야 하는 속사정을 알게 되었다. 갑자기 병원 소속 사제가 직원 여러 명을 거느리고 나타나 나를 빙 둘러싸더니 '당신이 지금 얼마나 어리석은 짓을 하는지 아느냐, 추기경님이 주시하고 계신 것을 아느냐' 하고 윽박지르기 시작했다. 분위기가 그쯤 되니 슬그머니 오기가 났다. 사제가 교회 기관에서 미사를 못 드리다니 말이 되나? 나는 미사를 강행했고 "이런 미사를 드릴 수밖에 없는 게 슬프다, 나도 한 명의 사제로서 용서를 청한다"고 머리를 조아렸다. 여기저기서 눈물을 흘렸고 미사는 조용히 잘 끝났다. 그런데 문제는 이튿날 터졌다. 뜻밖에도 한 조간신문에 우리의 미사 드리는 사진이 대문짝만 하게 실렸던 것이다. 곧바로 인터넷에 '좌익, 건방진, 인기 영합' 등, 원색적인 댓글이 줄줄이 달리고 나는 한동안 몇몇 신부들과 이름을 밝히지 않는 많은 신자들의 숱한 비난을 고스란히 받아 내야 했다. 최근까지도 사제들이 모인 어느 공식 자리에서 모 주교님이 그 이야기를 또 하더라는 말을 전해 들었다.

본당이나 교구에서 크고 작은 직책을 맡아 본 사람이면 누구나 작금의 우리 교회에서는 어떤 형태의 비판이든 비판이 자유롭지 못하다는 것을 부정하기 어려울 것이다. 안팎으로 영향력이 막강한 매스컴이 '독립적인 단체가 아니고 교회에 속해 있는 한' 교회로부터 자유롭지 못하리란 짐작은 어렵지 않다. 교회 언론이 본연의 제 기능을 성실히 수행하고 또한 '교회가 넓은 마음으로 넉넉하게 포용'했더라면 교회는 일찌감치 선교는 물론 다양한 부문에서 올바른 사회의 지표가 되었을 터인데, 하는 아쉬움이 크다.

예수의 사랑과 자비, 교회의 법과 규정

하필이면 안식일이었다. 회당 저 뒤편에 웅크리고 앉은 사람이 문득 예수의 눈에 띄었다. 한쪽 손을 못 쓰는 장애인이다. 순간 억누를 수 없는 예수의 측은지심이 발동한다. 눈치 빠른 예수가 어떻게든 자신을 올가미에 걸리게 하려는 율사와 바리사이들의 살벌한 분위기를 의식하지 못했을 리 없다. 예수는 슬쩍 질문을 던진다. "여러분! 안식일에 착한 일을 해야 합니까, 악한 일을 해야 합니까? 사람을 살려야겠습니까, 죽여야겠습니까?" 회당 안은 일촉즉발의 긴장감이 감돈

다. 아니나 다를까, 예수는 지체하지 않고 즉각 그의 손을 고쳐 주었다. 변명의 여지가 없는 현행범이다. 율사와 바리사이들은 이를 부득부득 갈며 바로 퇴장한다. 뒷일이 걱정스럽다.

나라면 어땠을까? 성급하게 굴지 않고 심사숙고해서 지혜롭게 처신했을 거다. 장애로 인한 불편함이 어제오늘의 일이 아니라면 이왕에 참는 거 하루를 더 못 참을 일 없지 않은가? 내일이면 합법적으로 그를 도울 수 있다. 임도 보고 뽕도 따고. 하지만 예수는 달랐다. 고통에 중립은 없었다. 예수에게 인간 위에 군림하는 법과 규정은 재고의 가치가 없다. 법을 지키려고 치료를 미루는 행위가 그에게는 바로 악행이고 살인이었다.

예수와는 너무도 다른 나, 그런 나는 한국 천주교회의 사제다. '교회'라고 하면 우선 먼저 떠오르는 것이 눈에 보이는 성당 건물이요 특이한 복장을 한 성직자들의 모습이다. 그러니 이제 내 이야기를 해 보자. 공연히 다른 사람을 도마 위에 올려놓고 왈가왈부할 처지가 못 돼서다.

돌이켜 보면 지난 40년의 짧지 않은 사제 생활 동안 나는 인자한 신부라는 호평은 별로 받지 못했던 것 같다. 신심이 깊다거나 영성이 출중하다는 소리도 못 들었다. 고백하건대 나는 평생 '예수의 사람', 그것도 '공인된 골수' 신분증을 지니고 살면서 알게 모르게 예수보다는 율사나 바리사이에 더 가까웠다. 기껏 안식일이 사람을 위해서 있는 것이 아니라 사람과 안식일이 서로를 위해 존재한다는 회색 논리를 폈다. 그런 양다리 처세야말로 이 험난한 속세에 몸담고 살아야 하는 성직자로서 신자들의 분열과 이반을 예방하고 예수도 따르는 지혜로운 전략이라고 나 자신을 합리화했다. 주일이나 대축일의 규정을 준수한다는 명목하에 장례나 혼배를 단호히 거절하고 혼인장애자(조당자), 냉담자라는 이유로 고해성사를 강요하고 영성체를 막았다. 고해소에 들어가면 내가 무슨 법관이라도 된 양 죄목을 따지고 보속을 강조했으니 마땅히 밝고 따뜻하고 편안해야 할 둘만의 공간을 무섭고 떨리는 컴컴한 취조실로 만들기 일쑤였다. 교회에 바치는 돈과 신앙은 정비례한다며 가난한 교우들의 자존심을 짓밟고 본당 수입과 신자 수의 증가를 교회 발전이라고 선전했다. 무지의 소치였다. 남들 못 가 본 신학교 물을 10년쯤 먹었다고 신자들을 아무것도 모르는 무지렁이 취급하고 그들을 깨우치고 가르친다고 시건방을 떨었다. 교우들의 실수나 잘못을 꼬집고 훈계의 목소리를 높이는 게 잘하는 강론인 줄 알았다. 한 점의 착오도 없이 법을 집행하는 서슬 퍼런 판사의 판결은 있으되 걱정 마라, 다 괜찮다는 한없이 자비로운 아버지의 손길은 없었다. 풀어놓자니 부끄러운 허물만 한도 끝도 없이 나온다.

자비로운 교회의 모습은 여전히 안 보이고

사례 3: 아주 오래전, 서품 10년차쯤이었다고 기억한다. 사제들이 교구청에 모여 사제공제회 총회를 했다. 공제회에서 발생되는 이익금을 어떤 목적으로 적립하면 좋겠냐는 안건을 논의하던 중이었는데 그때 내가 냈던 의견이 환속하는 사제들을 위한 보조금을 적립하자는 것이었다. "환속을 염두에 두고 계획적으로 신품을 받거나 암암리에 돈을 축적하는 사람은 없다. 사람이 살다 보면 삶의 행로를 바꿀 수도 있는데 어떤 이유로든 사제가 환속을 하게 되면 퇴직금도 전별금도 없어 당장 생활이 어려우니 사제공제회에서 정착 지원금을 적립하자." 너무 뜬금없는 발상이었나? 아무런 반응이 없고 조용하기만 했다. 그때 연세가 지긋한 선배 신부 한 분이 농담조로 불쑥 한마디 했다. "야, 너 옷 벗으려고 그러냐?" "와~" 하고 웃음이 터지면서 회의 분위기는 어수선해졌고 의장은 바로 폐회를 선언했다. 그 후로 환속 사제를 위한 적립 건은 흐지부지 없었던 것이 되어 더는 거론되지 않았다.

전국에 신학교가 여럿 세워지고 사제가 많이 배출되면서 환속하는 사제의 수도 늘었다. 그들을 보는 교회 안팎의 시선은 예나 지금이나 썩 곱지 않다. 가슴 깊이 새겨진 주홍글씨를 극복하는 것도 만만치 않으려니와 갑자기 사회에 나가 자리를 잡고 적응하려면 궁핍과 어려움은 불을 보듯 뻔한데 교회가 친형제처럼 돌봐 줬다는 인정미 넘치는 훈훈한 미담은 전국 어느 교구에서도 들려오지 않는다. 안면몰수는 너무 비인간적이다. 환속 수도자들도 사정은 비슷하다. 과연 자비로운 교회는 어디에 있는가?

사례 4: 모든 것을 속속들이 까발리는 것만이 능사는 아니겠지만 언제까지나 덮고 쉬쉬하는 것 또한 옳은 처사는 아니다. 교회가 철저하게 터부로 여겨 온 워낙 민감한 사안이라 누구도 언급하지 않으려 해서 많은 사람들이 모르거나 모른 척하는 일이 있다. 나도 매우 조심스럽다. 사제의 자살 문제다. 교회는 오랫동안 자살을 용서받지 못할 큰 죄로 여겨 왔다. 요즘엔 그래도 인식이 많이 바뀌었지만 불과 얼마 전까지만 하더라도 자살한 사람은 이유 여하를 불문하고 장례미사도 드리지 못하도록 엄중하게 선을 그었다. 나는 최근 몇 년 사이에 비보를 두세 번 접했지만 왜 그가 그런 극단적인 결단을 내려야 했는지에 대한 납득할 만한 해명은 없었다. 자살한 사제에 대한 교회 나름의 적절한 사후 처리보다 더 시급하고 긴요한 것은 차근차근 원인을 따져 밝히는 일이다. 원인이 규명되어야 불행한 사태를 미연에 방지할 방안을 마련할 수 있다. 이런 노력이 불행히도 아직은 안 보인다.

사례 5: 말이 나온 김에 가톨릭대학 인천성모병원 이야기도 하자. 이미 매스컴을 통해서 다 알려진 소요의 전말을 두고 새삼 시비를 가리려는 생각은 없다. 하지만 대학 측이 이사장 명의로 노조원과 그에 동조하는 시민단체 사람들을 상대로 법원에 냈다는 업무상 손해 배상 청구 소송은 구약 율법의 '눈에는 눈, 이에는 이'를 연상케 하며 암만 생각해도 '오른뺨을 때리거든 왼뺨마저 돌려 대라'는 예수의 가르침과는 거리가 멀어 보인다. 그분은 먼저 화해한 연후에 예물을 바치라 하셨다. 화해의 손은 힘센 사람, 가진 사람이 먼저 내밀어야 한다. 교회가 날마다 미사를 봉헌하면서 자비를 베풀어 달라고 목청을 돋우어 빌기만 한다면 실로 염치없는 짓이다.

자비로 가는 첫걸음은 권위주의의 청산

요즘에 와서 교회가 사회를 걱정하는 게 아니라 사회가 교회를 걱정하게 됐다는 말을 자주 듣는다. 자세히 들여다보니 예수의 교회가 겉보기와는 달리 거룩하고 자비로운 예수와는 너무도 딴판이라는 비아냥거림이다. 망신스럽다. 어쩌다가 교회가 이 지경이 되었을까? 교회의 조속하고도 철저한 개혁이 절실한 이유가 여기에 있다.

교회 개혁은 먼저 성직자에게서 비롯되어야 한다는 게 내 생각이다. 앞서도 말했거니와 한국 교회에서 성직자는 언제나 갑이요 윗물이고, 평신도는 을이요 아랫물이므로 모든 잘잘못에 대한 책임은 전적으로 성직자에 달려 있기 때문이다. 지난 2014년 가을에 한국가톨릭사목연구소가 실시한 설문 조사는 교회가 제일 먼저 개선해야 할 점으로 성직자의 독선과 권위주의를 꼽았다. 그 뒤를 따르는 것이 성직자의 부유하고 안락한 생활이다. 부끄러워 얼굴을 못 들겠지만 사실인 걸 어쩌랴? 단언하건대 성직자의 권위주의가 해소되지 않는 한 교회의 개혁과 쇄신은 기대할 수 없고 교회의 개혁 없이 자비로 가는 길은 없다!

그런데 과연 성직자가 스스로 개과천선하여 만연한 권위주의를 청산할 수 있을까? 이른바 '셀프 개혁'이 가능한가를 묻는다. 고금동서를 통하여 스스로 깨달아서 제자리, 제 길을 찾은 성인군자는 극소수에 불과하다. 한국 교회 성직자들의 대부분은 미안하지만 그런 성인군자가 아니다. 외부의 자극이 필요하다. 유경촌 주교가 말한 '지적'과 '비판'이 그 역할을 할 것이다.

성직자의 권위주의를 확실하게 청산할 수 있는 또 하나의 처방은 청빈이다. 가난한 사람이 권위주의적이라는 말을 나는 여태 들어 보지 못했다. 우리 성직자들은 혼자 살면서 가진 게 너무 많다. (나 역시 예외가 아니다.) 몸에 지닌 게 너무 크고 무거우면 행동이 둔해지고 내게 봉사할 종이 필요하게 되니 독선적이고 권위주의적이 되는 건 당연하다. 그래서 프란치스코 교황은 가난한 이를 위한 교회가 아닌 가난한 이를 위한 '가난한 교회'를 간곡히 당부하신 게 아닐까?

뚜렷한 대안을 내놓지 못하면서 글을 마칠 수밖에 없는 이 심정을 독자 제위는 이해해 주시기 바란다. 아무리 성직자의 권위주의를 지적하고 비판해도, 또 가난하게 살자는 교황의 간청이 있어도 당사자가 나 몰라라 하면 그만인 게 교회의 슬픈 현실이다. 자비로운 예수를 닮은 자비로운 교회는 아직 먼데 결정적인 열쇠를 쥐고 있는 성직자들은 여전히 최대의 걸림돌인 권위주의 청산의 기미를 좀처럼 보이지 않으니 — 의지가 없는 것인지? — 참으로 안타까운 노릇이다.

2016년 『기쁨과 희망』

4장

———

용케도 버텼다

더 절절히 사랑하기 위해

12월이면 내가 사제 생활을 시작한 지 햇수로 만 20년이 된다. 결코 짧지 않은 세월이었다. 그간 이루어 놓은 게 없다는 말은 겸손이 아니라 차라리 건방진 말이다. 대부분의 사람들이 그렇듯 나도 그냥 살아온 거다. 어떤 때는 주어진 삶에 좀 더 적극적이고 열정적으로 덤벼들기도 했으나 어떤 때에는 게으름을 피우고 내게 맡겨진 최소한의 임무조차 마다하기도 했다. 지나온 삶을 돌이켜 보면 자랑할 것은 없어도 나름 보람 있었다는 회고쯤은 함 직한데 나는 지금 그렇게 말할 자신도 없다.

이 글을 쓰고 있는데 전에 본당생활을 함께했던 수녀님이 카드를 보내왔다. 그분의 글을 그대로 인용한다. "항상 존재하시는 것으로도 모든 사람들에게 희망과 용기를 주고 계시는 분이심을 아시는지 모르시는지. 그 모든 사람 중에 저도 속해 있습니다. 삶이 고달프더라도 늘 신부님을 생각하면 앞선 의식과 냉철한 판단으로 생활 안에서 실천하며 사시는 분으로 지금도 기억되지만 앞으로도 계속 기억되길 기도드렸습니다." 이게 무슨 소리? 착각도 이만저만이 아니다. 사실 이 수녀님뿐 아니라 다른 이들에게서도 가끔 그런 얘기를 듣곤 했다. 하지만 그런 얘기를 들을 때마다 나는 얼굴이 화끈거릴 만큼 창피하다. 창피한 줄 알면서도 여기에 인용하는 것은 이 기회에 입고 있던 옷을 한번 홀딱 벗어 보자는 의도에서다.

어떤 주교님은 그 옛날 1년에 한두 번씩 공소에 오신 신부님께 귀한 달걀을 대접해 드리는 것을 보고 달걀이 먹고 싶어 신부 되려고 생각하셨다지만, 나는 신학교에 들어가게 된 직간접적인 동기보다는, 지금의 내가 있기까지 잔뼈가 굵은 신학교 생활 중(소신학교에 국한한다. 왜냐하면 그게 나의 소중한 청소년 시기였으니까) 몇 가지의 잊히지 않은 기억을 들추어냄으로써 현재 내 삶의 뿌리를 찾아보려 한다. 신학교 생활은 이미 흘러가 버린 과거가 되었지만 유감스럽게도 좋았던 추억은 별로 남은 게 없다. 10년이 넘는 신학교 생활의 경험이 겹겹이 쌓여 지금의 내가 되었으니 내가 생각해도 못마땅하고 허점, 단점투성이인 나일 수밖에 없는 서글픈 연유가 거기에 있는 듯하다.

내 기억에 소신학교에서 우리 학생들을 지도하시던 신부님들에게 가장 자주 들은 이야기는 "너희는 신학생이다. 너희는 일반 사람들과는 다르다"는 말이었다. 그때는 그게 옳은 줄 알고 내 사고의 틀을 거기에 맞추려 안간힘을 썼다. 아마 적지 않은 신부가 고집이 세고 괴팍하고 별나다는 주위 사람들의 지적을 받는, 그러면서도 고치려 들지 않는 이유가 여기에 있지 않나 생각한다. 우리나라에서 어떤 신부들이 목에 힘주고 아무한테나 반말하며 예의범절 없이 구는 태도는 "나는 너희들과는 뭐가 달라도 다르다"는, 학교 때부터 몸에 익혀 온 생각을 버리지 못하기 때문이 아닐까? 가끔 평신도 선생님들이 "너희는 신부가 되기 전에 먼저 사람이 되라"고 말씀하셨지만 그건 으레 한 번씩 하시는 얘기려니 하고 귓전으로 흘려버렸던 것이다.

지금 생각해도 도저히 이해할 수 없는 몇 가지 일이 있다. 독자들은 이것들을 어떻게 이해하실지 궁금하다.

끊임없이 감시하고 매질하던 지도신부

이름을 대면 금방 알 수 있는 그 신부님(지금은 사제직을 버렸다)은 교실과 복도 사이의 우윳빛 유리창 너머로 교실 안을 들여다볼 수 있을 만큼 키가 컸다. 그분은 시도 때도 없이 복도를 순시하며 교실 안을 살피다가 공부하지 않고 떠드는 학생이라든가 딴짓하는(예를 들면 거울을 보고 여드름을 짠다거나 신문을 보는 행위 등) 학생들을 보면 가차 없이 앞으로 불러내어 종아리를 때렸다. 두세 대가 아니라 열 대 스무 대로 나갔다. 절대로 봐주는 법이 없었다. 그래도 나는 고등학교 때 들어갔으니 다행이었다. 중학교부터 신학교 생활을 하던 친구들의 말을 들어 보면 그때의 교장 신부님은 얼마나 무섭게 때렸는지 학생들을 교탁 위에 세우고 몽둥이로 팼다고 했다. 그 신부님한테 얻어맞지 않은 학생은 거의 없다고 했다. 어쨌든 키가 큰 그 신부님은 학생들이 공부하는 시간이면 공동 침실을 돌며 옷장 안을 뒤졌고 급기야는 옷장에 걸어 둔 저고리 주머니에서 담배 가루를 찾아내어 즉시 그 학생을 퇴학시키는 용단(?)을 내리기도 했다. 우리는 그런 분위기에서 늘 주변을 살피고 눈치를 보며 컸다. 쉬는 시간에 편을 갈라 축구 시합을 하면 무서우리만큼 극렬해져 팔다리가 부러지는 학생들이 많이 생겼던 것도 이와 무관하지 않다. 나는 지금도 그게 참다운 교육, 신학교다운 교육이었다고는 생각하지 않는다.

무릎 꿇고 밥 먹는 벌

규칙을 위반해서 적발되면(제일 많은 것이 침묵 시간에 떠드는 일이었다) 식사 시간에 자기 밥그릇을 들고 식당 단상 위에 특별히 차려진 교장 신부님의 식탁 옆에 나와서 맨바닥에 무릎을 꿇고 밥을 먹어야 했다. 지금 생각해도 그건 사람이 할 짓이 아니었다.

오려 내고 먹칠한 조각 신문

신문은 운동장 구석에 하나밖에 없는 게시판에 붙여 놓고 학생들이 읽도록 했는데 신문 하단의 영화 광고 등은 미리 다 잘라 냈으며, 오려 내지 못할 부분에 비키니 차림의 여배우 사진이라도 실려 있으면 그 사진을 까맣게 먹칠하여 게시했다. 고등학생인 우리는 온전한 신문 한 장을 보지 못하면서 자랐다.

소매 없는 옷 입은 여자 면회 금지

아파서 병원에 가는 것 외에는 외출이 허락되지 않는 신학교 생활이었으니 가족이 만나려면 어쩔 수 없이 부모 형제가 신학교에 와서 학생 면회를 신청하는 수밖에 없었다. 그런데 면회하러 오는 사람이 여자일 경우 여름철에 소매 없는 시원한 옷을 입고 왔다가는 그가 누나든 고모든 상관없이 학생을 만나지 못하고 돌아가야 했다. 그런 일이 있은 다음 날은 새벽 묵상 시간에 신부님에게 꼭 한마디 듣는다. "여자가 누굴 유혹하려고 그런 차림으로 신학교에 오느냐?" 애꿎은 학생만 또 찍히는 것이다.

추워도 이불 속에 손을 넣으면 안 된다

겨울에 공동 침실은 항상 추웠다. 어려운 살림살이니 그건 얼마든지 이해하고 견딜 수 있었다. 아침마다 우리는 전날 대야에 받아 놓은 물의 얼음을 깨야 그나마 세수를 할 수 있었으니까. 그런데 지도 신부님들의 지시는 이불 속에 들어가서 누워도 절대로 손을 이불 속으로 넣지 말고 이불 밖에 내어 가슴에 얹고 자라는 것이었다. 이유인즉, — 기가 막혀 표현하기도 부끄럽지만 — 가랑이 사이가 제일 따뜻해서 거기 손을 넣을 우려가 있기 때문이라는 것. 아마 이 글을 읽는 어떤 분은 '에이, 설마, 과장을 해도 분수가 있지' 하시겠지만 믿고 싶지 않은 사실이었다. 우리는 거기서 그렇게 잔뼈가 굵었다.

할머니 장례미사에도 참석 못해

나는 우리 집안의 장손이다. 내가 고등학교 3학년 때 할머니가 돌아가셨다. 부고를 받고 교장 신부님께 특별 외출 허락을 받으러 갔다가 고개를 숙이고 눈물을 흘리며 교장실을 나와야 했다. 그때 난 신학교에 온 것을 얼마나 후회했던가. 교장 신부님은 내게 이렇게 말씀하시면서 외출을 금하셨다. "세속을 떠나고 가족을 떠나 여기에 온 신학생이 할머니가 돌아가셨다고 해서 꼭 가야 하는가. 여기에서 열심히 기도나 해 드려라." 그래서 할머니 장례 때 찍은 사진에 우리 식구들 중 내 얼굴만 빠져 있다.

줄줄이 꼬리를 물고 악몽 같은 추억이 많이도 생각난다. 나와 내 또래의 소신학교 출신 신부들은 모두 그런 교육을 받고 그런 환경 속에서 자라 사제가 되었다. 30여 년 전 신학교의 이런 이야기를 글로 쓴 사람은 나밖에 없지 않을까? 어쩌면 『생활성서』 편집자도 내가 이런 글을 쓰리라고는 예상하지 못했을 거다. 그러나 나는 생각한다. 지금의 나는 과거의 나와 결코 무관하지 않다고. 그러니 이렇게 과거를 회상함으로써 지금의 나를 좀 더 정확히 살펴볼 수 있다고. 그래서 더 많이, 더 절절히 사랑하는 사람이 되도록 애써 보겠다고.

1996년 『생활성서』

어머니의 편지

어머니(陵城 具씨 然粉)가 돌아가셨다. 여든여덟 번째 생신을 닷새 앞둔 지난 6월 2일 오후 2시 15분에 며느리가 잡고 있는 휠체어에 앉아서 창밖의 가로수를 바라보시다가 주무시듯 고개를 떨어뜨리셨다. 사람들은 모두 하나같이 참 잘 돌아가셨다고 했다. 그러나 아무리 많은 노인이 부러워할 만큼 선종善終이요 호상好喪이라 하더라도 억장이 무너져 내리는 것 같은 내 슬픔은 줄어들지 않았다. 사흘 동안 어머니 시신을 지키며 문상객들을 맞이할 때는 말할 것도 없었거니와 시신을 우리 집 가정 묘지의 할아버지 할머니 산소 바로 옆에 모시고 난 후에도 시도 때도 없이 울컥울컥 가슴이 메어지고 눈물이 솟는 것을 주체할 수가 없다. 그렇다, 이건 분명히 커다랗게 뻥 뚫린 구멍이다. 무엇으로도 채울 수 없는 허전함이다. 이 세상에서 유독 나만 어머니를 여읜 게 아닌데 어쩌자고 나는 이렇듯 슬픔의 질곡에서 헤어나지 못하는 것일까. 솔직히 고백하지만 우리 어머니가 다른 어머니들보다 특별히 더 훌륭했거나 위대한 인물은 분명 아니셨다. 그저 다른 보통의 어머니들만큼, 꼭 그만큼 가족들에게 헌신적이셨다. 다른 어머니들보다 특별히 더 모질고 험한 인생을 살아오신 것도 아니다. 그 연세의 노인들이 대개 그렇게 살아오셨듯이 우리 어머니도 그와 비슷한 정도로 일제의 억압과 전쟁 전후의 가난을 온몸으로 끌어안고 사셨다. 난리 통에는 아들도 하나 잃으셨다. 아버지와 혼인해서 70년을 사시는 동안 다른 할머니들만큼, 꼭 그만큼 남편과 자식들 때문에 속이 썩으셨을 게고 가슴에 한도 많으셨을 게다.

가끔 속이 상하시면 "남편 덕 못 본 년이 자식 덕 보겠냐?" 하고 한숨 쉬시며 눈물 흘리시던 모습도 우리나라의 평범한 할머니들과 다를 바 없다. 그런 분이었다, 우리 어머니는.

어머니를 땅에 묻고 나서 집에 돌아와 우리 형제들이 어머니의 자질구레한 유품(유품이랄 것도 없다. 어머니는 당신이 미리 버릴 건 버리고 간직할 건 간직하면서 다 정리해 놓으셨으니까)들을 정리하다가 낡고 작은 손가방 속에서 손바닥만 한 종이쪽지 몇 장에 삐뚤삐뚤한 낯익은 글씨체로 써 놓으신 편지들을 발견했다. 여기에 그 편지들을 소개하려 하는데 그러기 전에 먼저 지난 1988년에 써서 시집 『백령도』에 이미 발표한 바 있는 나의 졸작 「어머니」라는 시를 다시 한 번 인용하는 게 이해에 도움이 될 듯싶다.

집 떠날 때 들고 나온 손가방 밑창 아래
누런 갱지에 정성껏 싼 만 원짜리 열 장
어머니,
당신은 그 갱지에 서툰 글씨로

밤새껏 저에게 편지를 쓰셨습니다

제발 술 많이 먹지 말고

모든 사람을 꼭같은 마음으로 대하고

무슨 일이든 앞장서 나서지 말고

남들처럼 자동차 면허증이나 하나 따라고

마지막으로 내 나이 일흔셋이니

얼마 남지 않은 명줄

남에게 폐 안 되게 선종하도록 기도하라고

볼펜 꼭꼭 눌러 아프게 쓰셨습니다

말씀대로 성냥불 그어 편지를 태우면서

사십 나이에 울컥 눈물이 솟았습니다

폐병쟁이 저에게 개소주 들고 오셨던 시골길 십 리

그 뜨거운 삼복 태양 아래 돌아서서 우시던 어머니

제가 이른 새벽 쇠고랑 차고 경찰서에 끌려갔던

70년대 말 어느 해 가을 추석

어머니는 주저앉아 온종일 가슴을 치셨습니다

어머니,

오늘은 장대비가 죽죽 쏟아지고

섬은 온통 해무에 덮여

지척을 분간할 수 없는 날입니다

궁상이 흐를 만큼 안 잡숫고 안 입으신 돈 십만 원

분부대로 요긴하게 쓰여질 때 기다리며

책상 속 깊이 조심스레 감춰 두었습니다

1988년에 휴가차 집에 왔다가 다시 근무지인 백령도성당으로 돌아
갈 때 현금 10만 원과 함께 내 가방 밑창에 넣어 주셨던 편지와 대동
소이한 내용의 편지들이 어머니의 낡은 손가방 안에서 다시 발견된
것이다. 그중에서 제일 오래되었음 직한 편지를 인용한다. 생생한 어
머니의 필체와 목소리를 실감할 수 있도록 글씨를 고치지 않고 그대
로 써 보겠다.

> 199십2년 구월 말일 엄마가 아들 신부한테 마지막 부탁
> 사랑하고 존경하올 신부에게 부탁하오 술은 조금식 안주는 만이들고
> 육신괄이(관리)을 잘해서 건강해야 하은님(하느님) 뜻을 일우고 노인
> 들부터 아이들까지 사랑해주고 강논준비을 충분이해서 모은 사람이
> 다 잘듯고 열심이 밋고 살두룩 도와주오 엄마은 육신선생만 골도하고
> 영신생명은 습관적으로 살아온 이 어미 위해 기도 만니 부탁하오 형제
> 들에 영신사을 부탁하오 신부 노후을 생각해서 조금 은행에 막겼으니
> (맡겼으니) 어려울때 차저쓰고 식사 걸느지말고 잘 챙겨들고 아모리
> 어려운 때에도 준님께서 함께해주시고 성몬님니(성모님이) 지켜주신
> 이 항상 감사하고 기쁘게 살다가 천국에서 만나도록 약속하오
> 예수 마리야 성심이여 사제 분도와 모은(모든) 사제을 보호하시고 구
> 원해주소서

그러셨다. 우리 어머니는 1992년, 아니 벌써 그 이전부터 아들인 내게 죽음을 앞둔 마지막 유서 같은 편지를 쓰신 것이다. 아래의 편지와 함께 내 이름으로 된 색이 바랜 통장도 나왔다.

> 엄마가 사랑하은 아들신부외게
> 노후을 생각해서 3천4뱅만원 용현동성당시용조합에 적금 3천4뱅만원 십년덴거야 이자관게로 이천만원 천4뱅만원 한 통장에 햇스니 다시할 때 잘보고 하도록하오 돈 우숙게(우습게)생각하지말고 여육간(영육간) 차저쓰도록하오 엄마가 꼭 부탁하오 술은 조금식 안주을 만이들고 실수업시하오 엄마 꼭 부탁이요 몸압푸면 즉시 병원가고 건강하게 사아야(살아야) 하고십은일 하은거요 만은 사람이 똑똑한 성인신부라고 하은데 노인서 아이들가지 칠절(친절)하게 사랑해주오 항상

어머니가 써 놓으신 또 다른 쪽지("엄마가 신부 위해서 은행 조금 막낑거야 4십년 키운 돈이야"라고 쓰신)를 보면 어머니는 자그마치 40년 전부터 아껴서 모은 돈을 전부 혼자 사는 맏아들이 걱정되어 신용조합에 맡겨 놓고 아무한테도 말씀을 안 하시고 돌아가신 것이다. 다만 어머니의 글씨가 적혀 있는 쪽지가 혼자 어머니의 뜻을 전하고 있을 뿐이었다.

그 돈의 출처는 묻지 않아도 뻔하다. 우리 형제들이 겨우 명절 때나 생신 때 용돈 쓰시라고 조금씩 드린 것이 다일 터다. 이제 어쩔 수 없이 홀로 되신 아버지도 눈물을 흘리시며 — 나는 아버지가 어머니를 생각해서 우시는 모습을 단 한 번도 본 적이 없다 — 어머니와 한

방에 사시면서도 생전에는 전혀 눈치를 못 챈 일이라고 하셨다. 갑자기 뜻밖의 거금이 생겼지만 나는 하나도 기쁘지 않았다. 오히려 어머니의 쪽지는 온 집안 식구들을 통곡하게 했다. 우리 형제들은 아무도 왜 어머니가 큰아들에게만 돈을 주셨느냐고 섭섭해하지 않았다. 나는 도저히 그 돈을 받을 수가 없어 그냥 그대로 아버지께 드렸다. 아버지 뜻대로 처분하시라고. 그리고 우리 형제들은 의견을 모았다. 언제가 될지 모르지만 어머니 따라 아버지가 돌아가시면 그때는 오시는 손님들에게 조의금을 일체 받지 않고 정성껏 대접만 하기로. 지금까지 해 드리지 못한 일흔, 여든 번째 생신과 나이 많다고 누구나 받는 게 아니라는 회혼回婚 잔치 — 아버지와 어머니는 늘 당신들을 위한 잔치를 강력하게 거절하셨다. 우리 형제들이 같은 요구를 두 번 다시 하지 못할 만큼 — 를 차리자고.

이제 가장 최근의 것으로 보이는 편지를 인용할 차례다. 이 편지는 병원에서 사용하는 메모지에 쓰신 것으로 보아 어머니가 자주 편찮으셔서 누나가 경영하는 산부인과 병원에 딸린 살림집에 계시면서 주사도 맞고 물리치료도 하시던 때에 쓰신 것이 분명하다. 그 전의 편지보다 글씨나 맞춤법도 훨씬 못하다. 연세가 많아지시면서 근력이 하루하루 눈에 띄게 떨어지셨다는 증거다.

엄마가 아들 신부한테 마지막 부탁하오 술은 좀식(조금씩) 들고 안주은 만니(많이) 들고 노인들부터 아이들가지 만니 사랑하고 강논준비을 열심니 해서 모은(모든) 사람이 다 잘듯고 열심이 밋고 살두록 도와

주오 아버지 하은님(하느님) 사제 불으신지 2십오년이 지냇습니다 잘 지켜주신 은혜 감사드립니다 예순님 사제 분도에게 건강과 지회(지혜) 와 능역(능력)주시고 항상 준님을 모시고 끗날까지 깁뿌고 즐겁게 살 다 끗날외 사제로 안어가시 읍소서 부족한 이제인(죄인) 막다리나(막 달레나) 사제 분도외게 부족햇던 잘못또 용서해 주읍소서 아들 사제에 게 부탁하오 한달에 한번식 식구들이 모여서 영신사 돌봐주고 자미인 은(재미있는) 대화하고 깁뿌게 살아가기 발아오 만사에 감사하고 준님 모시고 항상 설오(서로) 사랑하며 살게해 주읍소서

그러고 보면 어머니는 내가 사제가 된 날부터 며칠 전 돌아가실 때까 지 20여 년이 넘는 세월을 밤낮 똑같이 맏아들 걱정 하나만으로 사신 것이다. 술 먹고 실수나 안 할까, 교우들 차별해서 주위 사람들에게 싫은 소리 듣지 않을까, 혼자 사는 몸 앓아눕지나 않을까, 정의롭게 산답시고 감옥에나 가지 않을까, 늙고 병들면 누가 봐줄까 등.

명색이 사제인 내가, 예수의 부활과 믿는 이들의 부활을 믿고 또 믿어야 한다고 가르치기까지 하는 내가 이렇게 아무런 신앙심도 없 는 사람처럼, 어쩌면 그들보다 더 슬픔을 떨쳐 버리지 못하고 있는 것 일까? 이래도 되나? 밤새도록 술잔을 기울이며 이야기 나눌 수 있는 아버지가 계시면 좋겠다고 편지마다 목메어 반복하는 캐나다의 최종 수 신부에게 "짜식, 되게 궁상떠네" 하며 피식거렸는데 내가 지금 그 모양이다.

어머니는 쪽지 편지 몇 장을 남기고 돌아가셨다. 이제는 아버지

다. 얼마 전까지만 해도 광화문의 이순신 장군처럼 늠름하시던 아버지가 어머니 돌아가신 후로는 몸을 못 가누실 만큼 기울어지셨다. 곧 뒤따라가시려나? 또 '쿵!' 하고 가슴 한쪽이 내려앉는 소리가 들린다. 시를 한 수 썼다.

개구리와 맹꽁이가 맹렬하게 우는
저녁 논두렁을 걷다가
문득 고개 쳐들어
철쭉빛 하늘에 새로 나는 별들을
하나 둘 셋 세어 보네
아 때마침 뒷산에서
소쩍새 울음소리 들리네
외로움이 어디선가 밀려와 바람처럼 스며드네
헉, 숨이 막힐 듯
목구멍까지 차오르는 그리움
외로움이네
－『서포리 2』

2003년 『공동선』

걷는 게 좋아

전에 살던 부천 상동성당 근처에는 성주산과 소래산이 있어 좋았는데 이곳 고강동으로 이사 온 후로는 마땅한 운동거리가 없다. 나이가 들수록 운동을 소홀히 하지 말라니 아쉬운 대로 걷기라도 하자고 나섰다. 동네 골목길부터 시작해서 차들이 쌩쌩 달리는 8차선 오정대로, 분명히 사람은 염두에 두지도 않고 만들었을 김포공항 담 옆의 2차선 도로, 논밭 사이의 농로와 농수로 둑방길 등, 특별한 일이 없는 한 거의 매일 10~12킬로미터쯤 걷는다. 혼자 부지런히 걸으면 대강 두 시간 반쯤 걸리니까 거리가 그 정도는 되지 않겠나 싶다. 집에 전임 신부가 두고 간 '러닝머신'(이걸 우리말로는 뭐라고 하지?)이 있기는 하지만 뛰고 걷고 한두 달 하다가 지루하고 싫증 나서 그만뒀다.

내가 요즘 열심히 걷는 이유가 또 하나 있다. 내년 봄에 선후배 세 분과 함께 스페인의 산티아고 데 콤포스텔라 2천 리 도보 성지순례를 약속한 것이다. 순례 여정에 대해 쓴 책을 몇 권 읽었다. 결코 만만한 일이 아니다. 내가 과연 해낼 수 있을까 겁이 난다. 그러나 더 나이 먹기 전에 해 봐야겠다는 강한 의욕이 두려움을 압도했다. 순례자들의 말처럼 정말 세상과 사람을 보는 눈이 달라질까 하는 호기심이 발동했다. 우리들 네 명은 다들 각자 나름대로 준비 훈련을 하는 중이다. 나는 지금 그 고행길을 내 일생에 더는 없을 단 한 번의 대★피정으로 생각하고 덤벼들고 있는 것이다.

내 친구 원공 스님은 비행기를 타고 외국에 가거나 배를 타고 바다를 건너는 것 말고는 차를 타지 않는다. 언제 어디서든 늘 걸어만 다닌다. 기름 한 방울 안 나는 나라에서 차 타기가 미안하기도 하지만 그보다는 걷는 것이 자기에게는 면벽 좌선보다 좋은 수행 방법이기 때문이란다. 내가 이제 겨우 몇 달 운동 삼아 조금 걸으면서 걷기 수행을 하는 원공 스님까지 들먹이며 사방에 나팔을 불고 호들갑(?)을 떠는 것은 누가 봐도 우스운 꼴이지만 작심삼일이 되지 않기 위한 작전의 하나라고 봐 주면 좋겠다. 부끄러운 고백인데 나는 워낙 끈기가 없는 편이라 무엇 하나 제대로 끝을 보는 게 없으니 하는 말이다.

성급한 단정인지는 몰라도 나의 걷기는 적어도 작심삼일은 되지 않을 것 같다. 달리기는 너무 힘들고 무릎이 아파서 싫고 자꾸만 핑곗거리를 찾게 되는데 걷는 건 그렇지가 않다. 싫증이 안 난다. 게다가 혼자 걷는 게 좋다. 혼자 할 수 있으니 굳이 동반자를 구할 필요가 없어 좋고, 방향이나 속도를 내 마음대로 조종할 수 있어 좋다. 농로의 흙길이 좋고 뺨을 스치는 바람의 감촉이 좋고 출렁이는 황금빛 논과 재잘거리는 참새 떼가 좋다. 유행가를 흥얼거리는 것도 좋고 두 시간이 넘으면서 살살 아파오는 다리의 피로까지 감미롭다. 사제인 덕분에 낮 시간에 비교적 자유로울 수 있는 것 자체가 평범한 직장인들에게는 허용되지 않는 나만의 행운이다. 그것뿐이 아니다. 나는 걸으면서 참 많은 일을 한다. 복음 말씀을 되새기며 강론 준비를 하고 써야 할 글을 머릿속에 그린다. 크고 작은 일들을 설계하고 판단하고 결심한다. 나의 걷는 길은 내 방보다 훨씬 좋은 서재요 기도실이다.

나의 걷기에도 훼방꾼이 있다. 자동차다. 인도가 없는 좁은 2차선 도로는 무섭다. 흙먼지를 일으키며 나를 둑길 끝으로 몰아붙이는 고급 승용차도 적지 않다. 농로 드라이브인가? 바싹 비켜서 지나가기를 기다리는 내게 미안하다는 눈인사 한 번 하는 법 없다. 주일미사에만큼은 제발 걸어서 오라고 누차 강조하지만 엎어지면 코 닿는 아파트에서 굳이 차를 타고 오는 사람들과 같은 부류일 게다. 자동차 중독자들, 밉살스럽다. 가다가 빵꾸나 나라! 한비야는 어떻게 이런 길을 걸어서 우리 땅을 다 섭렵했을까? 도법 스님은 또?

2007년 「가톨릭뉴스 지금여기」

두 번의 병치레에서 얻은 것

전 인천교구 평신도사도직협의회 최일 회장님이 암으로 입원하셨다는 소식을 듣고 부평성모자애병원에 갔다. 팔십 평생에 처음 큰 병을 얻으셨다니 얼마나 건강하게 사셨던 분인가. 그분은 내게 이런 이야기를 하셨다. "신부님, 저는 요즘 새삼 이런 생각을 합니다. 지금까지 사는 동안에 참 많은 은혜를 입었다고요. 모든 것이 그저 감사할 뿐입니다. 남보다 특별히 더 바르고 착하게 산 것도 아닌데 하느님은 어찌 제게 이런 복을 주셨는지요." 남들은 대부분 나이가 들면 고깝고 서운한 것만 많다는데 최 회장님은 달랐다. 그분의 병실은 공교롭게도 내가 작년에 위암 수술을 받고 누워 있던 바로 그 방이었다.

내가 심한 각혈 끝에 처음 성모자애병원에 입원했던 것은 신품을 받던 그해 성탄절 바로 다음 날이었다. 급성 폐결핵이라고 했다. 며칠만 쉬고 나가라던 의사의 말을 믿고 얼떨결에 입원실에 들어갔던 나는 매일 대여섯 대씩 주사를 맞고 약을 한 줌씩 먹으며 자그마치 석달 열흘이나 병원 별관에서 격리 수용을 당해야 했다.

그 후 나 같은 사람만 있으면 병원 다 문 닫을 거라는 자신감으로 건강하게 30년을 살았다. 그러나 30주년을 기념하듯 작년 봄에 다시 병원 신세를 지게 되었다. 위암이었다. 열흘을 병상에서 지내고 퇴원했다.

돌이켜 보면 나는 두 차례의 병치레로 뜻밖에 많은 은인을 얻었다. 3년이 넘도록 폐병을 치료해 주신 내과 과장 최제하 선생님, 곱슬 머리 주치의 백남종 선생님과 간호사들, 가정동 기도의 집에서 내쫓긴 폐병쟁이 나를 받아 주신 오산의 노틀담 수녀님들과 계수리 바오로 농장의 유 델피나 수녀님. 줄줄이 고마운 분들이다. 이제 와서 생각해 보니 나는 그때, 그분들에게 감사의 인사도 제대로 안 했다. 오히려 젊은 놈이 이게 무슨 꼴이냐고 허구한 날 한숨만 쉬었던 것 같다. 한심한 나였다.

그로부터 30년 후, 위 절제 수술에 일곱 시간 걸렸다는 외과 과장 김진조 선생님, 밤낮없이 병실을 드나드는 간호사들, 환의까지 갈아 입혀 주신 박귀분 수녀님, 병원장 제정원 신부와 부원장 박문서 신부, 퇴원해서 몸도 못 가누는 나를 돌봐 주신 배재완 형님 내외분, 홍천에 사시는 이인의 씨 내외분과 윤근 선생님, 용인 노인전문요양원의 최옥분 원장 수녀님과 직원들. 잊을 수 없는 분들이다.

30년의 세월 때문인가? 그때와는 달리 이번에는 이상하리만큼 고맙고 미안하다는 생각이 내 안에 꽉 차올랐다. 솔직히 고백하건대 나는 사제라는 것 말고는 내세울 게 아무것도 없는 위인이다. 나야말로 남보다 더 바르게 착하게 살지도 못했다. 그분들이야 직업상 또는 신분상 "해야 할 일을 했을 따름"(루카 17,10)이라 하더라도 나까지 덩

달아 그렇게 생각할 수는 없었다. 어찌해야 옳은가? "중요한 건 마음이니 마음으로만 감사하면 …"은 절대 용납이 안 됐다.

　나는 주머니를 털어 성의를 다해 선물을 준비했다. 그리고 일일이 찾아다니며 감사의 인사를 드렸다. 그렇게라도 하지 않으면 견딜수가 없었다. 이제야 조금 철이 들었나? 천만다행한 일이다. 나이 먹은 덕분일 게다. 다른 이유가 없다.

　생각해 보면 세상 사람들은 다 그렇게 산다. 자기에게 은혜를 베푼 사람에게는 무슨 방법으로든 반드시 고마움을 전한다. 별난 일이 아니다. 당연한 일이다. 그런데 나를 포함한 우리 사제들은 안 그랬다. (아, 물론 모두가 그렇다는 건 아니지만.) 우리는 습관처럼 받고 신자들은 바쳤다. '하느님께 감사'는 우리의 입버릇이었다. 이것이 열 번 스무 번 반복되다 보니 이제는 뭔가를 받지 못하면 서운하게까지 된 것이다. 이거 정말 큰 병 아닌가?

2007년 「가톨릭뉴스 지금여기」

나의 신앙 수준

1년에 서너 차례 모이는 친구들과 함께 대포를 마시다가 오랜만에 우리 피정 한번 하자고 바람을 잡았다. 그것 참 좋은 생각! 다들 환영하는 분위기다. 그러나 몸이 마음을 못 따르는 법. 강화도 예수성심전교수도회 피정의 집에 모인 사람은 나를 포함해서 여덟 명이었다. 많지도 적지도 않게 딱 좋았다. 나이는 50대 중반에서 60대 초반, 부부가 두 쌍에 나머지는 남자들이다.

피정 도우미로 극단 '해' 대표 노지향 선생을 초청한 건 내가 했어도 잘한 일이었다. 늘 비슷한 유형의 피정 말고 조금은 특별한 체험을 하고 싶은 욕심에서다. 노지향 선생은 역시 출중했다. 자기보다 열 살씩이나 더 먹은 꼰대(?)들을 꼼짝 못하고 따르게 만들었다. 가벼운 놀이로 몸과 마음을 풀어 놓더니 웃고 즐기는 가운데 차츰 내용이 심각해졌다. 그냥 놀자 판이 아니었다.

거기서 한 놀이 작업 중의 하나. 우리 앞에 의자가 세 개 놓인다. 가운데 의자는 나, 왼쪽과 오른쪽 의자는 내게 큰 영향을 주었거나 나와 깊은 관계가 있는 실제 인물로 정한다. 처음에 나는 왼쪽의 사람이 되어 그가 나에게 했던 ― 혹은 하고 싶거나 했음 직한 ― 이야기를 하고, 그 이야기를 들은 나는 바로 가운데 자리로 가서 내가 그에게 하고 싶은 말을 한다. 다음엔 오른쪽 사람과도 그렇게 한다. 이렇게 몇 번 자리를 바꿔 앉으면 나와 양 옆의 사람은 관객 앞에 완전히 발가벗겨져 갈등이나 애증이 속속들이 드러나게 되는 것이다.

아무리 친한 사이라도 한 점 숨김없이 속마음을 활짝 열어 보이기란 쉽지 않은 일이다. 이게 잘될까 했던 나의 우려는 순전히 기우였다. 친구들은 너무나 솔직하고 진지했다. 뭔가를 숨기거나 억지로 꾸며 대는 기미는 조금도 찾아볼 수가 없었다. 노지향 선생의 덕이고 친구들의 덕이었다. 내 차례가 왔다. 나는 왼쪽 의자에 돌아가신 아버지, 오른쪽에 어머니를 모셨다. 두 분에 대한 기억이 너무나 생생하게 살아났다. 주책없이 또 눈물이 핑 돌았다.

나는 지금 그 놀이 작업을 상세히 소개하려는 게 아니다. 우리가 제각기 설정한 인물들이 미리 약속이나 한 듯 오로지 자기 가족뿐이더라는 이야기를 하려는 거다. 그게 어떠냐고, 무엇이 문제냐고 반문하는 독자가 계실 것 같아서 설명한다.

친구들의 모노드라마는 "아버지나 어머니를 나보다 더 사랑하는 … 아들이나 딸을 나보다 더 사랑하는 사람은 내 제자로 마땅치 않다"(마태 10,37)는 성경 구절을 생각나게 했다. 우리가 끌어안아야 할 배고픈 사람, 병든 사람, 감옥에 갇힌 사람을 당신과 동일시하신 예수의 말씀이다.

우리 중에는 본당의 사목회장, 사목위원도 있고 예비자 교리교사도 있었다. 다들 나름 올바른 신앙생활을 하려고 부단히 애쓰는 사람들이다. 그런데도 우리는 뭐가 잘못된지도 모른 채 모두 하나같이 부모와 자식과 남편과 아내에게만 시선이 고정되어 있었던 것이다.

사제 생활 30년이 넘은 나도 똑같았다. '늙어 가는 나이'란 것이 나와 내 가족밖에 모르는 이기주의에 면죄부가 될 수 있을까? 믿고 싶지 않지만 이것이 오늘날 우리 교회와 신자들의 현주소가 아닐까? 도대체 예수의 사람이라 자처하는 나는 예수와 무관한 사람들과 무엇이 다른가? 그러고 보니 우리는 여태껏 신앙도 아닌 것을 신앙이라 했다. 교회도 아닌 것을 교회라 하고 제자도 아니면서 제자라고 했다.

나의 신앙 수준이 막대그래프가 되어 바닥을 긴다. 이 정도였구나. 피정을 지도한답시고 아는 체하는 내가 너무 부끄러웠다. 마무리하면서 미사 중에 나는 내 느낌을 친구들에게 털어놓았다. 하기 싫지만 해야 했다. 꼭 그래야만 될 것 같았다. 친구들인들 골치 아픈 나의 고백을 듣고 싶었겠나? 그런데도 그들은 오히려 미안하다며 나를 위로했다. 미사예물까지 챙겨 주었다. 이거 뭐가 이러냐?

2007년 『갈라진 시대의 기쁜소식』

성묘를 하며

어머니, 아버지가 여섯 달 사이로 돌아가신 지 벌써 4년이 지났다. 처음엔 너무 슬프고 허전해서 못 살 것 같더니 해가 거듭되면서 그럭저럭 감성이 무뎌진다. 할머니, 할아버지가 돌아가셨을 때 눈물 콧물 범벅이던 조카 녀석들은 바쁘다는 핑계로 이젠 제 아비 따라 성묘도 가려 하지 않는다. 세상은 애고 어른이고 다 그렇고 그렇게 사는 건가 보다.

나는 다른 사람보다는 자주 부모님 산소를 찾는 편이다. 멀지 않고 교통도 불편하지 않아 다행이다. 건방진 생각인지는 몰라도 나는 우리 부모님이 확실히 천당 가셨다고 믿는다. 그래서 연도를 안 한다. (명색이 사제인 내가 이래도 되나 싶기도 하지만 왜? 내 생각이 뭐가 어때서?) 성호 긋고 조부모님, 부모님께 차례로 절을 올리고 주변을 찬찬히 둘러보고 비닐 자리를 깔고 산소 앞에 벌렁 누워 팔베개하고 하늘을 보다가, 살아생전 그분들의 모습도 그려 보다가, 그리운 얼굴들도 떠올리다가 나도 모르게 잠이 들면 한잠 자기도 하고 …. 그렇게 한 시간쯤 지내는 게 전부다. 고맙게도 묘원 관리소에서 "사제들의 부모님은 우리 부모님"이라며 때맞춰 벌초를 해 주니 낫질이 서툰 내게는 더없이 고마운 일. 그저 가끔 인사치레나 한다. 이거 다 사제된 덕(?)을 보는 거지.

추석 명절이 며칠 앞으로 다가왔다. 대선이 석 달밖에 안 남았으니 거기에 목맨 사람들에게야 장장 닷새나 되는 연휴가 할 일이 태산 같은 황금의 날들이겠지만 내게는 아니다. 이번 대선 주자들은 하나 같이 다 산뜻하지가 않다. 성묘는 벌써 며칠 전에 늘 하던 같은 방식으로 다녀왔다. 내 동생 내외가 부모님을 모시고 살던 집에는 추석 당일에 형제들이 모여 기도하고 차례만 지내면 그뿐, 처갓집이다 어디다 끼리끼리 서둘러 흩어진다. 그렇다고 본당 교우들에게 넌지시 눈치를 줘서 나를 자기네 집에 모시게 하고 싶은 생각은 추호도 없다. 말로야 "신부님이 오시면 영광이지요", "수저 하나만 더 놓으면 되는 걸요"라고 하지만 속은 적잖게 부담스러우리란 것을 다 안다. 올 명절에도 지난해처럼 딱히 갈 곳 없는 친구들끼리 등산이나 가자. 산이 좋아 산에 간다면 누구에게도 청승맞게 보이지는 않겠지.

문득 얼마 전에 만난 여교우 한 분이 생각난다. 그분은 내게 이렇게 물었다. "신부님은 은퇴하시면 어디 가서 뭐하며 사실 겁니까?" 난데없이 은퇴는 무슨? 구체적인 계획은 없지만 도시는 떠나 살고 싶다는 내 대답에 그는 간곡하게 이런 당부의 말을 했다.

"신부님은 독신이라 처자식은 없지만 항상 주변의 여러 사람에게 둘러싸여 계시니까 실제로는 혼자 사시는 게 아닙니다. 지금이야 언제든 누구에게든 가실 수 있고 부르시면 오겠지만 일단 은퇴하시고 1년만 지나면 그게 아니랍니다. 그러니 지금부터라도 혼자서 즐겁게 사시는 연습을 하십시오. 대책 없이 어느 날 은퇴하시면 진짜 혼자가 되시는 겁니다. 제가 몇 년 전에 은퇴하신 신부님을 한 분 아는데 그분은 책도 쓰시고 취미도 다양하셔서 늘 자신감이 넘치는 분이셨습니다. 그러던 분이 가끔 느닷없이 전화하셔서 오시겠다고 하시고 보자고 하시니 제가 당황스러울 때가 있습니다. 그분을 이해를 못하는 것은 아니지만 너무 구차하고 초라해 보여서 가슴이 아픕니다. 주머니 사정도 어렵다 하시고 무엇보다 외로움을 견디기가 어려우신 모양입니다."

나는 그분의 말을 돈을 챙겨 두라는 뜻으로 듣지 않았다. 내가 은퇴할 즈음해서 자본주의 — 더군다나 신자유주의 — 가 무너지는 이변은 일어나지 않겠지만 그렇다고 돈에 나의 노후를 몽땅 거는 건 정말 나답지 못한 처사일 터이다. 물론 그럴 능력도 마음도 없다. 그런데, 아, 그런데 과연 나는 지금 무엇을 나답다고 하는 것인가? 나라고 그 은퇴한 선배와 같이 되지 않는다는 보장이 있나? 나는 성묘를 하면서 그걸 두려워하고 있었다.

2007년 「가톨릭뉴스 지금여기」

사제는 신자들의 지지를 먹고 사나?

내게도 그런 비슷한 일이 있었다. 1990년대 중반, 내가 인천 제물포 본당에 있을 때 석탄일을 맞아 성당 입구에 예쁜 연등을 달고 "봉축 부처님 오신 날"이라고 쓴 리본을 달아 놓았다. 아마 우리나라에서는 제일 먼저 시도한 일이 아니었나 생각된다. 주일미사 때 교우들에게 그것을 설명하는데 갑자기 교우 한 분(전에 사목회장을 역임하신 분)이 벌떡 일어나 소리를 지르기 시작했다. 대강 이런 내용이었던 것 같다. "당신이 주교가 되고 싶어서 그러느냐? 성당을 절간으로 만들겠다는 거냐? 차라리 성당을 팔아먹어라." 나는 갑자기 할 말을 잃었다. 현기증이 일었다. 그분이 한참 삿대질을 하며 열을 올리자 곁에 있던 한 분이 "옳소!" 하며 박수를 쳤다. 성당 안은 순식간에 얼어붙었다. 가슴은 방망이질을 했다. 미사 후, 성당 마당의 광경은 더욱 가관이었다. 그분은 마치 개선장군이라도 된 것처럼 만면에 웃음을 띠고 교우들과 하나하나 악수를 나누는 것이었다. 나는 도망치듯 사제관으로 들어오고 말았다.

청주의 금천동본당에서 최근에 있었던 일이다. 김인국 주임신부님(정의구현전국사제단 총무)이 사제단 일로 서울 가고 보좌신부님이 미사를 주례하면서 요즘 힘겹게 싸우고 있는 사제단과 우리 주임신부님을 위해서 기도해 달라고 교우들에게 부탁했던 것이 화근이 되었던 모양이다. 본당에서 중책을 맡고 있다는 40대 중반의 남성 교우 한 분이 분기탱천해서 벌떡 일어나 고함을 치기 시작했단다. 주임신부와 사제단에 대한 그의 질타는 끝이 없어서 보다 못한 교우들 몇이 겨우 성당 밖으로 데리고 나갔는데 마당에서도 흥분은 좀처럼 가라앉지 않았단다. 마침 그때 본당에 돌아온 김 신부님이 그 광경을 보았다는 것이다. 전혀 예상치 못한 사태에 직면한 신부님은 얼마나 황당하고 기가 막혔을까? 보좌신부님과 교우들은 제정신으로 미사나 제대로 드렸을까?

나중에 그 소란의 주인공은 "내가 정신이 어떻게 됐나 보다. 그러나 순수한 뜻에서 그랬다"라고 하더란다. 소식을 듣고 전화를 건 내게 김인국 신부님은 본당 사목회 임원들이 자기에게 했다는 말을 전해 주었다. "신부님, 우리 본당은 배운 사람, 부자, 젊은이가 많아서 신부님의 생각이나 말이 신자들 사이에 분열을 일으킬 수 있습니다. 그 점을 명심하십시오." 더 이상 흉한 꼴 당하지 않으려거든 입 꼭 다물고 있으라는 말이렷다. 신부님의 한숨 섞인 한마디. "그분들도 다 그 사람 편이더군요." 동냥 안 주려면 쪽박이나 깨지 말지.

김인국 신부님은 평소 강론 중에는 현실 고발이나 비판적인 이야기는 잘 안 한단다. 그렇다면 그 본당 교우들은 도대체 무엇을 근거로 자기들의 주임신부를 정도를 벗어나서 외도하는 신부라고 일방적으로 매도할까? 하기야 정의구현사제단이라면 공연히 눈살을 찌푸리고 과민 반응을 보이는 신자들이 있기는 하다. 김 신부님은 11월 26일 기도회 미사 강론에서 국민과 교우들의 지지가 있어 사제단에 큰 힘이 된다고 했다는데 ⋯.

나를 반대한다고 미워하는 건 사제의 도리가 아니다. 하지만 솔직히 말해서 나는 제물포본당에서 내게 대들었던 사람이나 금천동본당에서 소란을 피웠다는 그 사람이 밉고 싫다. 내공이 턱없이 부족한 탓일 터다. 그러나 그들 버금가게 미운 사람이 또 있다. 주임신부가 당하는 것을 구경만 한 교우들이다. 설마 그들이 옳고 그름을 따지기보다 자신의 손익을 약삭빠르게 계산한 건 아니겠지. 혹시 중용을 말하면서 결과적으로는 슬그머니 대세에 편승하는 줏대 없고 비겁한 '군중'은 아닐까? 만약 그렇다면 사제는 누굴 믿고 옳은 일에 목숨을 걸고 나설 수 있을까? 사람에게보다 하느님에게 복종(사도 5,29)하는 순교자적인 절개를 지키기에 우리 사제들은 인간적으로 너무나 약점이 많고 나약한 존재들이다. 다시 한 번 물어보자. "사제는 신자들의 지지를 먹고 사는가?" "그렇다! 하지만 언제 어디서나 반드시 그런 것만은 아니다." 김인국 신부님과 사제단의 건투를 빈다.

2008년 「가톨릭뉴스 지금여기」

나의 영명축일에

어제 아침부터 조짐이 약간 이상하더니 아니나 다를까, 오늘은 개도 안 물어 간다는 오뉴월 감기에 걸려 팽팽 코를 푼 휴지가 휴지통에 그득하다. 내 꼴이 영 말씀이 아니다. 오늘이 베네딕도 아빠스, 내 주보 성인 축일인데 실은 지난달부터 사목회 총무가 내 눈치를 살살 봐 가며 조심스레 내 의사를 타진해 왔다. 내가 그렇게 말 한마디까지 눈치 보며 건네야 하는 껄끄러운 인간인가?

"신부님 영명축일이 다가오는데 어떻게 할까요?"

드디어 이 본당에서도 나는 예외 없이 몇몇 분들과 또 한 차례 작은 실랑이를 벌여야 하는구나. 이럴 때 흐리멍덩하게 굴지 말고 딱 부러지게 내 의지와 소신을 밝혀야 한다.

"뭘 어떡해요? 저는 본당신부 본명첨례本名瞻禮 ─ 예전엔 다 이렇게 불렀다 ─ 라고 교우들에게 돈 걷고 국수잔치하고 호들갑을 떠는 게 싫습니다. 전에 다른 본당에서도 아무것도 안 했습니다. 없는 일로 하고 제발 그냥 조용히 지내지요. 본당신부 축일이나 챙기는 게 사목회가 할 일은 아니라고 생각합니다."

괜한 얘기가 아니었다. 나는 남들 다 하는 은경축 잔치도 마다했으니까. 결벽증이라는 말도 들었다.

원장 수녀님은 오늘 식전 댓바람부터 내 단잠을 깨워 저녁 시간을 내라고 졸라 대더니 아예 수녀 네 분이 함께 사제관으로 쳐들어와 케이크에 촛불을 켜고 생전 처음 들어 보는 축하 노래를 부른다고 법석을 떨었다. 그렇게 하루가 시작됐다. 종일 휴대전화에 축하한다는 문자가 쇄도했다. 대부분이 수녀님들이다. 귀신같이 기억하고 있구나. 어떤 분은 친절하게도 본당 신자들의 축하 많이 받으시며 복된 하루를 보내시라고 남의 몫까지 보태서 곱빼기로 축사를 한다. 전화가 뻔질나게 온다. 평소에 소식 한번 없던 사람들도 더러 있다. 신학교 동기인 작은 예수회 박성구 신부 이름이 찍힌 축전은 어찌 된 일인지 두 장씩이나 배달됐다. 아, 하는 것 없고 영양가 없이 분주하기만 한 하루여!

사목회 총무가 사제관 벨을 누른 것은 저녁 일곱 시가 조금 넘어서다. 아무래도 그냥 지나기가 섭섭해서 수녀님들과 함께 몇몇이 모였으니 저녁 먹으러 가자는 것. 내 딴에는 영명축일 얘기는 꺼내지도 말라고 신신당부했건만 오랫동안 여러 신부의 영명축일을 꼬박꼬박 챙겨 온 이들에게 내 말은 '그저 해 본 소리'에 지나지 않았던 것이다. 오늘은 좀 좋은 곳으로 가잔다. 차를 나눠 타고 간 부평 계양구청 옆 생선조림 집에는 이미 음식상이 화려하게 차려져 있었다. 내 인상이 순간적으로 굳어졌다.

함께 간 사람들이 슬금슬금 내 얼굴을 살피는 것이 금방 느껴졌다. 어쩐다? 정해진 자리에 앉으면 사제 축일을 빙자한 잔치 자리는 내년에도 후년에도 계속될 게 빤하고, 단호하게 돌아서자니 자존심에 상처받은 이분들과는 영영 남이 될지도 모른다. 절체절명의 순간, 나는 전자를 택했다. 잘했다! 하지만 술잔이 돌기 전에 나는 내 진심은 이게 아니라고 굳이 초를 치고야 말았으니 이 못 말리는 소갈딱지하고는, 쯧쯧.

내가 생각해도 내가 참 많이 달라졌구나 싶다. 솔직히 고백하건대 전에는 주저 없이 후자를 택했다. 그럴 때마다 너의 그런 점이 마음에 든다는 칭찬도 받았지만 갈등도 적지 않았다. 나이 먹은 때문일까? 이젠 젊은 패기 다 날아가고 좋은 게 좋은 것, 누이 좋고 매부 좋게 얼렁뚱땅만 남았나 보다. 이게 바람직한 변화인가, 고약한 변화인가? 영명축일 건은 기실 별 게 아닐 수 있다. 매사에 옳고 그름에 대한 분별이 점점 더 어려워지고 고집과 타협의 조화가 쉽지 않다. 이런 가정은 전혀 쓸모없는 것이겠지만 만약 예수님이 30대에 돌아가시지 않고 환갑이 되셨다면 어떠셨을까? 달라지셨을까?

2008년 「가톨릭뉴스 지금여기」

2천 리 도보 순례를 떠나며

아무래도 미안한 마음 금할 수가 없다. 특히나 '생명의 강을 모시는 사람들'에게. 굳이 돈 써 가며 먼 유럽에까지 가서 고행길(?)을 걷겠다는 건 허영이요 사치가 아니냐는 생각이 떠나질 않는다. 이거 기껏 준비 다 해 놓고 이제 와서 무슨 소리? 그렇게 미안하고 죄스러우면 아예 처음부터 덤벼들지를 말았어야지. 하긴 내가 스페인의 산티아고 2천 리 길을 걷기로 마음먹은 건 이미 1년도 더 전의 일이니 너무 짐스럽게 생각하지 않아도 괜찮을 듯싶기는 한데 그래도 어쩐지 한쪽 구석이 자꾸만 켕기는 건 어쩔 수가 없다.

장장 40일쯤 걸릴 나의 도보 순례는 순전히 우리 인천교구의 휴가 규정(서품 30주년이 지나면 3개월의 휴가를 얻을 수 있다) 덕분이다. 1년을 정규 사목 활동에서 벗어날 수 있는 안식년은 일생에 단 한 번뿐이니 석 달의 보너스 휴가는 정말 금쪽같은 기회다. 이 소중한 시간을 나는 성찰과 반성과 보속의 기회로 삼으려는 것이다. 내가 굳이 성찰과 반성과 보속을 되뇌는 까닭은 암만 생각해도 나의 사제 생활 30여 년이 보람과 만족보다는 허탈과 후회와 아쉬움 쪽으로 기울고 있음을 부인할 수 없기 때문이다. 지금껏 나는 한 달이 넘는 이냐시오 피정을 비롯하여 개인 혹은 단체 등 많은 피정을 해 봤으나 마음 깊이 흡족했던 적이 별로 없었던 게 사실이다. 그래서 나이 한 살이라도 덜 먹어 나의 이성과 감성이 쌩쌩할 때 제대로 피정 한번 해 보고 싶은 것이다. 게다가 이제는 지나온 삶보다 남은 삶이 훨씬 짧다는 새삼스런 자각도 한몫을 했다. 얼마 전에 청주교구에서 은퇴하신 선배 김광혁 신부님을 찾아뵙고 도보 순례 계획을 말씀드렸더니 요즘 신부들이 너무 막 살고 있는 것 같다며 보속하는 마음이라면 대찬성이라고 격려해 주신 것도 용기를 내는 데 일조했다. 그분은 은퇴하신 후에 영어 공부도 할 겸, 예전에 읽던 성인전을 꼼꼼히 다시 읽으신다는 분이다.

준비는 끝났다. 부족하지만 걷기 훈련도 나름 열심히 했고 배낭도 대충 꾸려 두었다. 그래도 걱정과 불안은 가시질 않는다. 끝내 견디지 못하고 도중하차하는 일은 없을까? 순례 기간 동안 우리 일행 넷 사이에 불미스러운 일이 생기지는 않을까? 나는 긴 여행 중에 평소 같으면 아무것도 아닌 사소한 일로 대판 싸우고, 오랜 훗날까지 서로 얼굴도 안 보고 원수처럼 지내는 사람들을 여럿 보았다. 실제로 나도 그런 뼈아픈 경험을 한 적이 있으니까. 아, 생각만 해도 끔찍하다. 우리에게 그런 일이 생기면 어떡하나. 성찰, 반성, 보속의 순례는 고사하고 마음만 갈기갈기 찢겨 원수가 되어 돌아오면 어쩌나.

나는 눈을 감고 앉아서 조용히 다짐했다.

첫째, 누가 어떤 의견을 내더라도 나는 반대하거나 반박하지 않는다. 좋다, 그렇다, 해 보자는 말만 한다. 거꾸로 내 생각이 아무리 옳다 하더라도 우리 중 한 명이 반대하면 두 번 다시 주장하지 않는다. 나 혼자만 다짐할 게 아니라 우리 모두 그렇게 하자고 다음 최종 준비 모임에서 제안할 것이다.

둘째, 어떠한 난관이 있더라도 나는 2천 리를 완주한다. 그렇다고 해서 완주가 최종 목적은 아니다. 완주에 집착하면 도보 순례의 본말이 전도되기 십상이다. 결코 욕심을 부리지 않되 중도 포기는 하지 않을 ─ 이게 말이 되나? ─ , 뭐 그런 게 목표다. 그러나 만약 일행 중 한 명이 주저앉는다면 나는 즉시 걷기를 중단하고 그와 행동을 함께할 것이다. (여러 가지 정황으로 보아 동료가 아닌 내가 그럴 가능성이 매우 높다.)

셋째, 걸으면서 어쭙잖게 무엇을 꼭 깨달아야 한다거나 써야 한다는 강박관념에 사로잡히지 않는다. 다만 나의 여생이 어떤 형태로든 새롭게 변화되기만을 간절히 기도한다.

자, 이제 나는 떠난다. 또 다른 삶을 향하여!

2008년 「가톨릭뉴스 지금여기」

스페인에서 흘린 눈물

내 눈에서 주체할 수 없도록 눈물이 흐른 것은 전혀 예상치 못한 뜻밖의 때와 장소에서였다. 독자들은 오해 없으시기 바란다. 대단히 미안하지만 나는 스페인에 머무르는 만 49일 동안 일행 중 한 분의 전화를 통하여 얻어들은 제18대 총선의 한나라당 압승 소식밖에는 국내소식을 접한 게 없으니 시청 앞 서울광장을 꽉 메운 촛불들의 군무를보고 감격에 겨워 흘린 눈물이 아님을 미리 밝혀 둔다. 눈물의 진원지는 엉뚱하게도 힘겨운 순례를 무사히 마치고 산티아고에서 수도 마드리드로 가는 기차 안이었다.

솔직히 고백하건대 나는 하루도 쉬지 않고 꼬박 34일, 2천 리를걸으면서 앞서간 여러 사람이 쓴 책에서 본 갖가지 다양한 감동들을그리 절절하게 느끼지 못했다. 허구한 날 몰아치는 비바람과 젖은 신발에 거머리처럼 달라붙는 진흙길이 지겨웠고, 지친 몸을 뉘는 잠자리가 조금만 더 편했으면 좋겠다는 바람뿐이었다. 가도 가도 끝없는돌길을 걸을 때는 배낭 벗어 팽개치고 털썩 주저앉고만 싶었고 헛간같은 합숙소(알베르게)에서 추위에 웅크릴 때는 따뜻한 온돌방이 그리

웠다. 평소에는 잘 가지도 않는 찜질방 생각은 왜 그리도 많이 나던지
…. 거센 비바람에 고개도 못 들고 걷던 어느 날, 갑자기 돌아가신 엄
마가 못 견디게 보고 싶어 빗물과 범벅이 되어 흐르는 눈물을 꾹꾹 훔
쳐 낸 적은 있었지만 그리스도 신자가 아니라도 감격의 눈물이 절로
난다는 산티아고 대성당의 순례자를 위한 미사에 참례할 때는 민망
하리만큼 눈물 한 방울 나지 않았다. 그저 무덤덤했다. 그게 다였다.
워낙 감정이 무뎌선가? 아니면 순례길에 기도하는 마음이 부족해서
였을까? 그런 내가 그날, 거기서는 왜 그랬을까?

초고속으로 달리는 기차에서 바라보는 스페인의 연녹색 들판은
지평선의 연속이었다. 산봉우리 하나 보이지 않는 끝없는 밀밭. 이럴
수가! 하루 이틀 사흘씩 밀밭 사이를 걸을 때는 넓다는 생각은 했지
만 이렇게 넓은 땅인 줄은 미처 몰랐었다. 그때 갑자기 우리나라의 손
바닥만 한 논배미 밭뙈기 그림이 차창에 오버랩되면서 눈물이 펑펑
쏟아지기 시작했다. 우리의 땅이, 우리 서민들이, 농부들이 한없이 불
쌍하고 안됐다는 생각이 들면서 설움이 북받쳐 오르는 것이었다. 이
땅에 사는 사람들은 무슨 복이 이리도 많아 잠잘 거 다 자고 놀 거 다
놀며 쉬엄쉬엄 일해도 양식이 넘쳐 나고, 우리는 무슨 큰 업보를 치르
느라 꼭두새벽부터 오밤중까지 허리가 꼬부라지도록 논밭에 엎드려
있어도 팍팍한 살림살이를 면치 못하나? 이 나라는 그리스도 신앙인
이 아니라는 이유만으로 이슬람교도들을 죽이고 내쫓고, 남의 땅을
침략해서 강도질, 도둑질 다 한 나라다. 그런데 하느님은 이들에게 이
많은 선물을 주셨다. 우리 백성은 늘 얻어터지고 빼앗기고 짓눌려서

억울하게만 살아왔는데 아직도 고생 보따리를 내려놓지 못한다. 결코 새삼스럽지 않은 것이 새삼스럽게 내 가슴을 후볐다.

하느님은 공평치 못하셨다. 하느님을 만나게 될 거라는 남들의 말에 기대를 걸고 이제나저제나 작은 깨달음 하나쯤 얻겠지 하며 2천 리를 걸어온 내게 하느님은 더 이상 "악한 사람에게나 선한 사람에게나 해를 떠오르게 하시고 의로운 사람에게나 의롭지 못한 사람에게나 비를 내려"(마태 5,45) 주시는 분이 아니었다. 눈물이 줄줄 흘러내렸다. 통로 건너편의 조성교 형은 눈을 지그시 감고 묵주알을 돌리고 있었고 옆자리의 엄종희 선생은 청승맞게 울고 있는 나를 흘끔흘끔 훔쳐보면서도 무슨 일이냐고 묻지를 않았다. 우리는 그 시각에 같은 상념에 잠겨 있었던 걸까? 그날 나는 이제 우리 땅에 돌아가면 아무도 미워하지 말아야겠다고 스스로 다짐했다. 미워하고 저주하기엔 너무도 안쓰러운 내 동포 아닌가?

집에 돌아온 나는 6월의 어느 날 밤, 부끄럽게도 내 방 컴퓨터 앞에 앉아 또 한 번 눈물을 줄줄 흘리며 엉엉 울었다. 셀 수 없이 많은 서럽고 불쌍한 내 피붙이들이 화면 가득 촛불로 일렁이고 있었다.

2008년 「가톨릭뉴스 지금여기」

아침 밥상, 누룽지를 먹으며

특별한 일이 없는 한 우리(신품 받고 첫 발령을 받아 우리 본당에 온 새 보좌신부와 나)는 오전 일곱 시에서 일곱 시 반 사이에 아침을 먹는데 메뉴는 늘 누룽지다. 아주머니가 출근하기 전이므로 전날 저녁에 준비해 둔 누룽지를 끓여 김치하고 같이 먹는다. 누룽지는 죽하고는 달라서 벌써 몇 년을 넘게 먹었는데 물리지도 않는다.

오늘 아침에는 김태영 신부가 누룽지에 김치를 썹으며 이야기를 꺼냈다. "어제 저녁에 예비신자 한 분이 제게 면담을 요청하셨는데요." 신자들을 만나 사정 이야기를 듣는 일이야 우리에겐 다반사니 나는 시큰둥하게 고개만 끄덕였다. "2년 반 전에 그분의 부인이 병으로 죽었답니다. 엄마가 죽은 다음부터는 하나밖에 없는 딸이 툭하면 사고를 치고 속을 썩이더라는 거지요. 생각다 못해 아버지는 딸을 뉴질랜드에 이민 가서 살고 있는 처제에게 보냈답니다. 어찌 된 일인지 딸은 거기서 마약 소지죄로 경찰에 붙잡혔다가 겨우 경고를 받고 풀려났는데 이번에는 아예 가출을 해서 지금은 살았는지 죽었는지도 모른다는 겁니다. 대사관에 연락했더니 찾아보겠다고는 했지만 말이 그렇지 그게 어디 쉽겠냐며 땅이 꺼질 듯 한숨을 쉬었습니다. 요새 외국에 보낸 아이들 중에 그런 아이들이 많다는데요."

그 사람은 지금 뭐하는 사람이며 나이는 얼마나 되었냐고 묻자 김 신부는 누룽지가 식는 줄도 모르고 이야기를 계속했다. "신장이 안 좋아서 이틀에 한 번 꼴로 병원에 가서 투석을 해야 한답니다. 게다가 눈은 점점 실명되어 가고요. 그런 처지니 무슨 일을 할 수 있겠습니까? 딸을 찾으러 뉴질랜드에 간다는 건 꿈도 못 꾸지요. 나이는 물어보지 않았지만 언뜻 보기에 쉰은 넘은 것 같았습니다. 전화번호를 알려 달라니까 지금은 개신교 신자인 친구 집에 대책 없이 얹혀살기 때문에 천주교에서 전화 왔다고 하면 공연히 눈치가 보이니 전화는 하지 말아 달라고 하던데요." 나는 순간 이상한 생각이 들었다. 혹시 예비신자를 빙자해서 돈이라도 뜯어내려고 온 사람 아닐까 하는. 신부들이 세상 물정 모르고 어수룩해서 쉽게 당한다는 이야기를 더러 들은 때문이었다. 눈치 빠른 김 신부는 "저도 혹시 돈 달라는 거 아닌가 했는데 그런 사람은 아니었습니다. 예비신자 교리반에는 투석하러 다니는 병원의 봉사자가 몇 번을 권하기에 오게 된 거랍니다."

김태영 신부도 답답했나 보다. 그를 그냥 돌려보낼 수밖에 없었던 자신의 한계가 못내 아쉬웠나 보다. "제가 그분을 위해서 해 드릴 수 있는 일이 아무것도 없더라고요. 그래서 아무 말도 못하고 가만히 듣고만 있었습니다." 그랬겠지. 그럴 수밖에 없었겠지. 이해가 되었다. 내가 김 신부라 해도 별 도리가 없었을 게다.

그런데 갑자기 목이 메고 가슴이 먹먹해지기 시작했다. 섬광처럼 번쩍하는 날카로운 그 무엇이 내 가슴을 치고 지나가는 것을 나는 느꼈다. 들고 있던 숟갈을 내려놓았다. 그렇구나! 나야말로 수십, 수백 번 그런 사람들을 만났지만 아무 말도, 아무것도 못하고 그렇게 수십 년을 살아왔구나. 김 신부야 이제 갓 사제가 된 신출내기니까 그렇다 쳐도 사제 생활 30년을 훌쩍 넘긴 나도 그렇다니! 30여 년의 세월이란 나에게 무엇이었나. 이게 말이 되나. 이런 사람들을 허구한 날 성당에 불러 모아 놓고 나는 도대체 무엇을 믿고 바라고 사랑하며 살라고 나도 알아듣지 못하는 말들을 주저리주저리 늘어놓았을까? 그 사람들이 과연 위로와 평안을 얻었을까? 솔직히 말해서 나는 착하고 어수룩한 사람들만 골라 등쳐 먹고 사는 야바위꾼인지도 몰라. 책장을 뒤져 내가 사제 새내기였을 때 썼던 시를 찾아 읽어 보았다. "나를 보고 사람들은 / 예수 팔아먹고 사는 놈이라 했네." 그래. 내가 전에는 미숙하지만 그런 시라도 썼는데 ….

2008년 「가톨릭뉴스 지금여기」

혼자 사는 연습

최근 몇 년 사이에 내게 이런 질문을 하는 사람이 부쩍 많아졌다. 사제도 정년이 있습니까? 신부님은 언제 은퇴하세요? 은퇴하면 무얼 하실 겁니까? 사실 곳은 정해져 있나요? 연금이나 생활비는 나옵니까? …. 은퇴 얘기다. 혼자 사니까 더 그런가? 교우들은 사제의 노후에 대해 궁금한 점이 많다. 내가 아직 은퇴를 운운할 나이는 아닌데 …. 그럴 때마다 허무감이랄까 섭섭함이랄까 뭐 그런 것들이 얼핏얼핏 스친다. 하긴 내 또래 친구들 가운데 학교 교사나 — 며칠 전에 고등학교 교장이던 친구가 처음으로 정년퇴직했다 — 자영업자를 제외하고 지금까지 월급쟁이로 직장에 다니는 친구들은 거의 없다. '백수'가 많다. 그리고 보면 은퇴가 남의 얘기거나 아주 먼 훗날의 얘기만은 아닌 것이다.

2006년 12월 3일에 교구장 명의로 공포한 인천교구 규정집은 사제 은퇴 시기에 관하여 다음과 같이 정해 두었다.

1. 만 70세가 된 사제

2. 만 65세 이상 만 70세 미만에 해당되는 사제가 은퇴를 희망하고 교구장이 이를 승인할 때

3. 기타 사유로 더 이상의 사목 활동이 어려운 사제로서 교구장이 승인할 때

가끔 은퇴하신 선배 사제들을 본다. 어떤 분들은 나름대로 하루하루를 바쁘게 살아가시는가 하면 외롭고 심심해서 죽을 지경이란 인상을 감추지 못하는 분들도 더러 있다. 그런 분들은 전에는 죽고 못 산다고 가깝게 지내던 신자나 후배 사제들이 자주는커녕 1년 가야 코빼기 한 번 내밀지 않는다고 불만이 많으시다. 참 딱하다. 언제까지 남들이 찾아와 나를 위로하고 벗해 주기를 눈 빠지게 기다리고만 계실 셈인가. 요즘 젊은 것들은 다들 제 코가 석 자라 저 먹고 살기에 바쁜 걸.

일생을 독신으로 살았으니 나이 든다고 새삼 혼자 사는 게 두려워서는 안 될 일이다. 예전에 신학교에서 우리를 가르치셨던 고 최민순 신부님은 이젠 나이가 들어 전처럼 찾는 이 없어도 천주 성삼께서 늘 함께하시니 조금도 외롭지 않다고 입버릇처럼 말씀하셨던 생각이 난다. 하지만 그런 높은 신앙은 누구에게나 다 주어지는 것이 아니다. 그 정도의 경지에 다다른 분은 천에 하나, 만에 하나나 될까? 우리 같은 '보통 사람'은 어림도 없다. 말이야 바른 말이지 우리가 독신 생활은 하지만 깊은 산중 암자의 수도승처럼 그렇게 혼자 사는 건 아니잖은가? 아내나 자식 등 피붙이 가족이 없을 뿐이지 밤낮으로 많은 사

람 속에 파묻혀 산다. 외로움에 몸부림칠 겨를이 없다.

그런데 나이 들어 은퇴하면 그때는 사정이 다르다. 시간은 새털같이 많은데 할 일은 없고, 술벗 말벗도 없고 …. 청승맞게 "아무도 날 찾는 이 없는 외로운 이 산장에 …" 하는 옛 유행가나 웅얼거리며 궁상떨고 지내기 십상이다. 그래서 하는 말이다. 노후에 혼자서도 즐겁고 씩씩하게 사는 비결은 저절로 생기는 게 아니다. 반드시 사전 준비와 연습이 필요하다. 한 살이라도 덜 먹어 심신이 비교적 쌩쌩할 때 충분히 해 두어야 한다. 쓸데없는 시간 낭비라고, 미래를 하느님께 맡기지 못하는 약한 믿음 때문이라고 나무랄 일이 아니다. 은퇴 사제들을 보면 은퇴 후의 날들이 은퇴 전보다 긴 것 같으니까.

어쨌거나 은퇴는 교구장의 승인이 있어야 가능한 일이겠지만 할 수만 있다면 나는 온몸의 기력이 쇠진하여 더 이상 내 몸을 내 의지대로 가누지 못할 때까지 안간힘으로 버틸 생각은 없다. 사전에 연습한 것을 실전에 써먹어 볼 시간쯤은 넉넉히 남겨 두고 하고 싶다. 그때 나는 비로소 혼자 사는 새로운 삶을 시작하겠지.

2008년 「가톨릭뉴스 지금여기」

자가용과 시내버스

'우리신학연구소' 상근 직원 여섯 명 중에 자가용으로 출퇴근하는 사람은 한 명도 없다. 모두 지하철이나 시내버스를 이용한다. 공대 기계과 출신 소장은 아예 운전면허증도 없다. 받는 봉급이 넉넉지 않으니 차를 살 형편이 못되겠지만 요즘처럼 전셋집보다 먼저 차부터 장만하는 게 유행인 세태에 비추어 보면 좀 별나다 싶기도 하다. 마음만 있다면야 중고차든 할부차든 못 살 것도 없겠지만 지나가는 말로라도 차가 없어 불편하다는 이야기를 들어 보지 못했으니 우리 직원들은 차에 대해서는 남들만큼의 욕심이나 미련도 없나 보다.

내 자가용은 현대 소나타다. 4년 전 7월에 나의 든든한 스폰서인 누나가 내가 11년을 타던 차를 바꿔 준 것이다. 차종이나 색깔을 다 누나가 일방적으로 선택해서 배달시켰으니 내 취향이나 의지와는 전혀 무관하게 굴러든 뜻밖의 횡재지만 내 처지나 수입에는 걸맞지 않게 비싸고 과분한 차다. 적지 않은 자동차세와 보험료를 본당에서 대주는데 고지서가 나올 때마다 교우들에게 미안하고 죄스런 마음이다. 차가 고급이니 그에 따른 부대 비용도 비쌀 수밖에.

그 차를 나는 별로 이용하지 않는 편이다. 늘 마당 한구석에 세워 둔 차를 보고 교우 한 분은 차가 썩게 생겼으니 차라리 자기나 타게 달라고 할 정도니까. 차가 싫고 운전이 서툴러서가 아니다. 시내버스나 지하철을 타는 게 더 편하기 때문이다. 운전을 하면 신경 써야 할 것들이 너무나 많다. 졸지도 못하고 신문도 못 본다. 교통경찰만 눈에 띄면 공연히 뜨끔하다. 하지만 지하철이나 시내버스를 타면 얌체족이 갑자기 끼어든다고 욕을 하며 신경질을 부릴 일이 없다. 졸음을 참으려고 입술을 깨물며 눈을 부릅뜰 필요도 없다.

눈을 감고 써야 할 글이나 강론의 주제를 생각해도 좋고 남의 용모나 옷차림을 찬찬히 뜯어봐도 좋다. 값도 훨씬 싸다. 택시는 특별한 경우에만 이용하는데 눈 깜짝할 사이에 팍팍 오르는 미터기가 보통 신경 쓰이는 게 아니다. 그래서 나는 웬만하면 10리쯤은 걷든가, 아니면 버스나 지하철을 탄다. 시골에서는 어림도 없다. 도시에 사니 그나마 가능한 일이다.

이런 내가 뭐하러 운전면허증을 따고 차를 샀나 갸우뚱하는 독자가 혹시 계실지 모르겠다. 이미 다 지난 이야기지만 그건 순전히 돌아가신 우리 어머니 때문이다. 길거리에 자가용이 흔해지면서, 손수 운전하고 다니는 신부들이 차츰 많아지면서, 어머니는 내게 고무신 신고 길에서 궁상떨지 말고 남들처럼 자가용차 사서 편하게 타고 다니라고, 그게 어미의 소원이라고 만날 때마다 귀가 아프도록 되풀이 말씀하셨다. 처음에는 물론 귀에 담지도 않았다. 신품 받을 때 나는 차는 평생 안 살 거라고 단단히 결심했던 터였으니까.

날이 갈수록 연로해지시는 엄마의 소원 하나 못 들어드리랴 싶은
생각이 들기 시작한 것은 사제 생활 20년이 가까워지면서였다. 어렵
지 않게 면허 시험을 보고 운전면허증이 나오자 제일 먼저 어머니에
게 달려갔다. (물론 그때도 나는 차를 살 생각도 능력도 없었다.) 얼마
나 좋아하시던지 …. 그로부터 며칠 후 어느 날 밤에 어머니는 도둑처
럼 몰래 성당 마당에 비닐도 안 벗긴 반짝반짝하는 까만 승용차를 갖
다 놓으셨다. 이미 어머니는 아들에게 차를 사 줄 준비를 다 하셨던
것이다. 그게 내가 자가용을 갖게 된 동기요 과정이다.

그해 가을이던가, 나는 생전 처음으로 깨끗한 새 차 뒷자리에 부
모님을 모시고 어릴 때 우리 식구가 살던 충청북도 충주로, 괴산으로,
수안보로 한 바퀴를 멋지게 돌았다. 그게 엄마의 원풀이가 되었는지
는 모르겠지만, 어릴 적부터 두 내외분이 함께 어디 가시는 것을 못
보아 온 내게 그때만큼 운전면허증이 자랑스럽고 내 차가 고마웠던
적은 없었던 것 같다.

자가용을 가지고 있으면서 남들의 자동차 소유를 가타부타하는
것은 어불성설이지만 요즘 몇몇 후배 신부들은 본당 주임 발령도 나
기 전에 자동차가 우선순위 1번이라니 아무리 차 사는데 돈 보태 준
거 없다 하더라도 이건 좀 너무하지 않나?

2010년 「가톨릭뉴스 지금여기」

본당사제로 산다는 것

"호 신부님 정도의 간절한 말씀과 눈물 어린 호소를 할 수 있는 신부님들은 대체 한국 교회에 몇 분이나 계실까요? 실로 호 신부님은 우리 한국 천주교회의 보배요 땅에 묻힌 보물이자 진주이시지요! 그리고 계속 우리의 심금을 울리셔서 더 이상 잠들지 않게, 깨어 있도록 해 주세요. 보배 중 보배이신 호 신부님, 사랑해요! 새해 복 많이 받으세요!"(나의 최근 칼럼「자가용과 시내버스」에 눈사람 님이 달아 주신 댓글)

세상에! 이렇게 민망하고 쑥스러울 데가 있나. '눈사람'이 누군지 조금도 짐작이 안 가지만 지금까지 사제 생활을 하면서 내가 받은 찬사 중에 가히 최고 수준이다. 기가 막히다. 아무리 본색을 못 본 때문이라 쳐도 그렇지, 나라는 인간을 몰라도 너무 모르는구나. 그런데 문제는 이게 아니다. 이런 말도 안 되는 찬사가 슬그머니 내 입을 벌어지게 만드니 이를 어쩌나. 게다가 한술 더 떠서 이런 사람도 있는데 왜 누구누구는 나를 알아주지 못하냐는 한탄도 새 나온다. 아, 약도 쓸 수 없는 중증 속물이여!

사제 생활 34년차다. 결코 짧지 않은 기간이다. 돌이켜 보면 나는 가는 데마다 대대적인 환영을 받는 사제는 못 되었던 것 같다. 본당마다 문제를 일으키고 미운털이 박혀 쫓기듯 떠난 것은 아니지만 그렇다고 눈에 띄는 업적을 쌓거나 특출한 표양을 보여 여러 교우가 작별을 아쉬워한 적도 별로 없지 싶다. 나는 잘하는 강론은 신자들이 좋아하는 강론이 아니라 신자들에게 필요한 강론이라는 말을 가슴에 새겼고, 사제는 신자들의 인기에 연연하기보다 욕을 먹더라도 해야 할 것은 해야 한다는 선배의 말씀을 명심했다. 그렇게 살다 보니 열이면 열, 백이면 백, 모든 교우의 마음에 쏙 드는 본당사제 생활을 했던 적은 한 번도 없었던 듯하다. '가'가 좋아하면 '나'는 싫어하고 '다'가 박수를 치면 '라'는 눈을 흘겼다. 그럴 때마다 예수님도 모든 이에게 환영을 받았던 것은 아니라고 스스로 다독거렸지만 그런 자위가 나의 생각과 행동거지를 떳떳하고 자랑스럽게 여길 만큼의 뒷심은 되지 못했다.

본당사제로 정해진 임기 동안 옳은 일을 옳게 하면서 모든 교우의 전폭적인 지지를 얻을 수는 없을까? 어떻게 하면 노무현을 지지하는 교우들과 이명박을 지지하는 교우들에게, 「조선일보」구독자와 「한겨레신문」구독자에게 함께 갈채를 받을 수 있을까? 어떻게 하면 하느님을 섬기는 사람과 맘몬을 섬기는 전혀 다른 두 부류의 사람들에게 공히 '아멘!' 하고 외치는 함성을 들을 수 있을까? 오만 원 낸 아이와 오천 원도 없는 아이가 어깨동무하고 여름캠프에 가게 할 수 있을까? 하느님은 착한 사람에게나 악한 사람에게나 똑같이 햇볕과 비를 내려 주는 분이라 했거늘 ….

생각해 보니 애초부터 나는 도무지 실현 가능성이 없는 것을 목표랍시고 세워 놓고 그것이 뜻대로 되지 않는다고 끌탕을 하고 밤잠을 설쳤던 것 같다. 거기에는 소신학교 시절부터 귀에 못이 박히도록 들어 온 '모든 이에게 모든 것'이 사제의 임무라는 가르침도 크게 일조했다는 사실을 부정하지 못하겠다. 돌아가신 어머니도 유언처럼 남겨 주신 쪽지편지에 노인들부터 아이들까지 많이 사랑하고 강론 준비 열심히 해서 모든 사람이 다 잘 듣고 열심히 믿고 살도록 도와주라고 신신당부하셨다. 그러나 그건 애초부터 불가능한 것이었다. 그것도 모르고 건방을 떨었던 게 결정적인 나의 불찰이었다.

이제는 누가 봐도 살아온 날들보다 살아갈 날들이 훨씬 적은 나다. 전에 비해 몇 배나 게으르고 구태의연한 거야 말해 무엇하랴. 하지만 지금도 나는 예수님처럼 우리의 이웃, 특히 가난하고 소외된 이웃을 위해서 살려고 애쓰는데 누군가가 등 뒤에서 욕을 하고 비난을 퍼부으면 억울해서 방방 뜬다. 그게 오해에서 비롯되었을 경우는 더욱 못 참는다. 무슨 수를 써서라도 그를 이해시키고 동조를 얻고 싶은데 화부터 난다. 아직도 다하지 못한 숙제다.

2010년 「가톨릭뉴스 지금여기」

헬레나 님께

"천주교의 신부님 맞으세요?"라고 시작된 헬레나 님의 댓글을 보고 화가 나서 이러는 건 아닙니다. 누가 뭐래도 나는 옳으니 어디 한번 해 보자고 팔을 걷어붙이는 것은 더더욱 아닙니다. 이 글을 쓰는 이유는 혹시 저의 언행이 헬레나 님이 평소에 그리시는 바람직한 사제상과는 너무나 거리가 먼 '돌팔이 사제'의 그것으로 여겨졌나 싶어섭니다. 그게 겁나서가 아닙니다. 어쩌면 제가 신앙생활에 정진하시는 헬레나 님의 심기를 불편하게, 헷갈리게 해 드렸는지도 모르겠다 싶어섭니다. 굳이 한말씀 더 드리자면 우리 천주교회에는 헬레나 님과 같은 생각을 가진 교우가 적지 않게 계시니 이 기회에 최소한의 변명쯤은 할 필요가 있겠다 싶어섭니다. 편의를 위해서 헬레나 님의 댓글을 옮기겠습니다.

천주교의 신부님 맞으세요? 어떻게 이런 기사를 계속 쓰시는지 이해가 안 되는군요. 세상의 모든 것은 하느님의 것인데, 교회가 돈독이 오른 듯이 호도하는 저의가 뭡니까? 인천교구에서 영성센터를 짓겠다면 꼭 필요하니까 짓겠다는 것이고 봉헌은 자기 처지에 맞게 감사하는 마음으로 십시일반 각자 알아서 할 것이고 처지가 어려우면 하느님의 선한 사업이 아버지의 뜻대로 이루어지게 해 달라고 기도로 협력하도록 격려해 주시고 만약 교구에서 정말 잘못되고 있다면 전 신자들의 희생과 금식 기도로 40일 철야 기도로 속죄의 기도회를 갖는 것은 어떠실지요. 주교님께 순명 서약을 하신 신부님의 이런 모습은 양 떼들의 영성에 도움이 안 될 것 같습니다. 어려운 가운데서도 모든 것을 허락하시는 주님의 뜻을 찾고 그 안에서 감사를 발견하는 자녀들이 되도록 이끌어 주셨으면 합니다.

헬레나 님은 일개 사제인 제가 목자이신 주교님의 뜻에 툭하면 딴죽을 걸어 쪽박마저 깨려 하는 저의가 무엇이냐고 묻고 주교님께 순명 서약까지 한 사제로서 그런 모습을 보이는 것은 신자들의 신앙생활에 결코 도움이 안 된다고 충고하셨습니다. 고맙습니다. 겸허하게 받아들이면서 제 생각을 말씀드리겠습니다.

하느님의 백성인 교회는 또한 사람들의 집단입니다. 하느님은 오류나 하자가 조금도 없으신 분이지만 사람은 그렇지 못합니다. 그런데 왠지 교회의 사람들은 이를 인정하고 싶어 하지 않습니다. 교회 조직표의 '윗분'일수록 더 그런 것 같습니다. 혹 아랫사람들을 모두 양으로, 윗사람을 목자로 착각하는 데서 오는 것은 아닐까요? 우리는 모두 양이고 목자는 오직 예수 한 분뿐인데 말입니다. 특별한 성인군자가 아닌 보통 사람이 자신의 과오를 스스로 깨닫고 개과천선하는 경우는 극히 드뭅니다. 대부분이 얻어터지고 쓰러져 봐야 비로소 정신을 차립니다. 그것은 당하는 사람의 입장에선 결코 달갑지 않은 일이지요. 비록 그렇더라도 아랫사람은 그저 말없이 눈감고 순명하는 게 도리라는 사고는 옳지 않다는 게 제 생각입니다. 건전한 비판이나 직언이 없는 사회는 썩게 마련이기 때문입니다.

그래섭니다. 누군가는 말해야 합니다. 물론 말하는 사람도 당연히 자신이 틀릴 수 있다는 것을 전제해야지요. 그래서 대화와 토론과 논쟁이 필요합니다. 우리가 MB정부에 제일 못마땅해하는 점이 바로 이 광장이 닫혀 있다는 것 아닙니까? 헬레나 님은 MB정부는 명박산성을 쌓았지만 우리 교회는 아니라고 보십니까? 수많은 이들의 반대를 깡그리 무시하는 대통령의 4대강 삽질 밀어붙이기와 몇몇 교구의 대형 기념사업들을 어떻게 보시는지요?

주교님께 순명하는 것이 사제인 저의 도리요 의무입니다. 누가 저에게 네가 안 하는 순명을 우리에게 요구할 수 있냐고 따지고 든다면 대답이 참 궁색해집니다. 순명의 정의부터 다시 짚어도 쉽게 해결되지 않을 겁니다. 한 번 더 고백합니다. 이 교회에 속한 말단 조직원으로서 상사의 뜻을 선뜻 받들지 못하는 것은 진정 저의 아픔이요 고민입니다.

언제나 주님의 평화 안에 계시기 바랍니다.

2010년 「가톨릭뉴스 지금여기」

술과 사제

왜 하필이면 나에게 주어진 주제가 '차와 사제'가 아니요 '밥과 사제'도 아닌 '술과 사제'일까? 그것도 편집회의에서 이구동성으로 호 아무개를 지목했다니 글 청탁을 받는 순간 기분이 좀 떨떠름했다. 아니, 내가 그렇게 술고래로 소문이 났던가? 하기야 내가 머리가 허옇도록 지금까지 비운 소주병이나 막걸리 주전자 수는 헤아릴 수 없고 술자리를 같이한 술동무 또한 일렬로 세운다면 끝이 안 보일 테니 그 많은 사람의 입에서 입을 통해 꽤 유명(?)해졌겠다 싶기도 하다. 그래도 그렇지, 빈말로라도 내게 술 한잔하자는 인사치레 한번 없던 인간들이 나를 찍다니! 결코 명예롭지 못한 대표 선수로 뽑힌 기분이다. 하지만 어쩌랴, 얼떨결에 승낙을 하고 말았으니 죽이 되든 밥이 되든 지면을 채워 보낼 수밖에. 어차피 시시껄렁한 신변잡기가 될 게 뻔하다.

8년 전에 돌아가신 엄마는 살아 계실 때 조금씩 써 두셨던 쪽지편지를 장남인 내게 유물로 남기셨다. "엄마가 아들 신부한테 부탁하오 술은 조금식(씩) 안주는 만이(많이) 들고 육신괄이(관리)을 잘해서 건강해야 하은님(하느님) 뜻을 이루고 …" 몇 장 안 되는 편지에 똑같은 내용을 두 번이나 반복해서 쓰셨으니 술 때문에 혹시 아들이 건강을 해치거나 실수를 하지 않을까 늘 노심초사하셨던 엄마의 마음이 고스란히 느껴져 눈물을 펑펑 쏟았는데 솔직히 말하면 그때뿐이었다. 나는 인내심과 끈기도 부족한 데다 '한번 한다면 하는' 그런 위인이 못 된다. 술을 마실 때마다 엄마의 말씀이 떠오르지만 엄마도 내가 당신 말씀을 액면 그대로 따르리라고는 기대하지 않으셨을 것이다. 엄마는 아들인 나를 누구보다도 잘 아셨으니까. 「귀천」의 시인 천상병의 시 「술」을 읽어 보자.

  술 없이는 나의 생을 생각 못한다.
  이제 막걸리 왕대폿집에서
  한잔하는 걸 영광으로 생각한다

  젊은 날에는 취하게 마셨지만
  오십이 된 지금에는
  마시는 것만으로 만족한다

  아내는 이 한잔씩에도 불만이지만
  마시는 것이 이렇게 좋은 줄을
  어떻게 설명하란 말인가?

천상병은 나이 들면서 하루에 맥주를 두 병만 마셨나 보다.

나는 오전 다섯 시에 맥주 한 병 마시고

오후 다섯 시에 또 한 병 마신다

이렇게 마시니 참 몸에 좋다

한 병씩 마시니

음료수나 다름이 없다

많이 마시면

병에 걸린다는 걸

나는 너무도 잘 안다

입원까지 하지 않았는가!

…

- 「맥주 두병주의」의 부분

술이 좋고 술자리와 술동무가 좋다고 노래하지만 과음하면 입원을 할 만큼 해롭다는 것도 시인은 잘 알고 있다. 그렇지만 의기투합하는 친구들과 함께 밤 깊은 줄 모르고 술잔을 기울이며 즐겁고 신나게 담소하고 정을 나누는 것이 "이렇게 좋은 줄을 어떻게 설명하란 말인가?" 이미 고인이 된 천상병만의 이야기가 아니다. 내 심정이 그렇고 많은 술꾼들의 심정 또한 그와 같을 것을.

술을 안(못) 마시는 것이 자랑이 아니듯, 술을 잘 마시는 것 또한 자랑거리는 될 수 없다. 그러나 술을 마시는 사람에게는 안(못) 마시는 사람에게서는 볼 수 없는 결정적인 약점이 있으니 간혹 술로 인한 예기치 못한 실수가 그것이다. 술 좋아하는 사람치고 크고 작은 실수를 한두 번 안 해 본 사람이 있을까? 단지 창피하니까 남에게 내놓고 이야기를 하지 않아서 남들이 모를 뿐이지. 내게 유언처럼 "술은 조금, 안주는 많이"를 거듭 강조하신 엄마에게는 아버지의 과음으로 평생을 고생하셨던 엄마의 남모를 속사정이 들어 있었던 것이다. 술 마시는 남편의 귀가가 늦어지면 잠도 못 자고 좌불안석인 부인들이 주변에 참 많다. 술을 많이 마신 다음 날, 소위 필름이 끊겨 어제의 취중 언행이 도무지 생각나지 않으면 얼마나 불안하고 참담한지 경험해 본 사람은 다 안다. 나와 20년이 넘게 술동무로 지내는 선배 두 분의 술에 얽힌 경험담을 소개한다. 그분들은 자신들의 실수를 역시 술자리에서 술동무들에게 용기 있고(?) 솔직하게 털어놓았다.

ㄱ씨: 어느 날 밤에 친구들과 유쾌하게 술을 잔뜩 마시고, 택시 타고 동네에 와서 요금 계산까지 잘하고, 골목 앞에서 내렸다. 마침 비가 와서 잠시 비를 피한다고 처마 밑에 들어선 것 같은데 … 눈을 떠 보니 날은 훤하고 자기는 남의 집 처마 밑이 아니라 골목에 세워 둔 트럭 밑에 누워 자고 있더란다.

ㄴ씨: 술을 마시고 집에 가서 가방을 머리맡에 놓고, 옷을 벗어 벽에 걸고 누워 잠이 들었는데, 아침에 눈을 뜨니 집이 아니고 자동차가 쌩쌩 달리는 대로변 가로수 밑이었다는 것. 웃저고리는 나무에 걸어 놓고 구두는 벗어 가지런히 놓고 그 옆에 안경까지 얌전히 놓고 자기는 가방을 베고 자고 있더란다. 덕분에 지갑을 날린 것은 당연했고.

이쯤 되면 너무 심하지 않은가? 술꾼들의 호기로운 무용담이 아니다. 두 번 다시 해서는 안 될 아찔한 대실수다. 까딱하면 생명까지 위태로울 수 있다. 이왕에 술로 인한 실수 이야기가 나왔으니 남 이야기만 하지 말고 부끄러운 내 이야기를 해야겠다. 다 지난 옛이야기니까 너무 심하게 흉을 보거나 질책하진 말아 주시기를 바란다.

교우들과 함께 포천인가 철원 근처의 최전방에서 군종사제로 일하는 후배 신부를 위문차 찾아간 적이 있었다. 밤늦도록 술을 마시며 놀았는데 취기를 느낀 나는 바람을 좀 쐬어야겠다며 캄캄한 집 밖으로 나가 어슬렁어슬렁 산보를 했다. 한 시간쯤 되었을까, 아무도 없는 시골 밤길을 거닐다가 취기가 좀 가라앉자 걸음을 돌려 집으로 가려는데 '어?' 조금 전에 나온 집을 도저히 못 찾겠는 거라. 그래도 시골 마을이니 돌아다니다 보면 찾겠지 싶었는데 웬걸, 동쪽이 훤하게 밝아 올 때야 비로소 밤새도록 내가 눈을 부릅뜨고 헤매던 곳에서 불과 얼마 떨어져 있지 않은 군종사제관을 발견할 수가 있었다. 후배 신부와 교우들은 밖에 나간 내가 안 들어오니 걱정이 돼서 잠도 못 자고 나를 찾아 나섰지만 허탕이었다며 어디서 뭘 했냐고, 그래도 집을 찾아왔으니 천만다행이라고 저마다 한마디씩 했다. 나는 도대체 어디를 헤맸던 것일까? 도깨비한테 홀렸었나? 지금도 알 수가 없다. 차마 얼굴을 못 들던 그때의 내 몰골이라니! 그날은 물론, 며칠이 지나도록 어찌나 민망하고 창피하던지 ….

돌이켜 보면 나는 술로 인해 낭패를 본 적도 더러 있지만 거꾸로 술이 내게 여러모로 도움이 된 적이 더 많았다고 생각한다. 내가 비교적 다양한 계층의 많은 사람과 친분을 맺을 수 있었던 것도 술의 덕이다. 처음 만나 분위기가 어색한 사람과도 더불어 술을 몇 번 마시면 상대방의 성격이나 습관을 쉽게 파악할 수 있고 나의 본색도 나도 모르는 사이에 상대방에게 노출되어 서로 더 솔직해지고 가까워질 수 있다. 성직자와 평신도, 본당신부와 신자 관계가 아닌 사람과 사람으로 만나는 데 술은 참 큰 역할을 한다. 술자리에서의 한두 번의 사소한 실수는 흉이 아니라 오히려 더 인간미를 느끼게 한다는 것도 다 경험한 터다. 우리 동료 사제들 중에는 체질상 알코올은 한 방울도 입에 못 대는 사람이 있다. 아, 그런 사람은 대인 관계가 얼마나 껄끄럽고 힘이 들까? 술을 잘 마시는 것은 내가 초등학교 때 돌아가신 할아버지로부터 내려오는 우리 집안의 내력이다. 그런 의미에서 나는 참 복이 많은 셈이다.

이제 '술과 사제'라는 제목에 어울리는 말을 한마디 해야겠다. 그 옛날 예수님은 술을 마셨을까? 그분에게 망나니 같은 '술꾼'(루카 11,19)이란 별명이 붙은 것을 보면 전혀 근거 없는 헛소문은 아니었던 것 같다. 주량도 보통은 넘었을 게다. 체면상 포도주 한 잔을 들고 종일 홀짝거리는 사람에게 '술꾼'이라고 할 리는 만무하지 않은가? 상식적으로 생각해 봐도 집도 절도 없이 떠도는(마태 8,20) 무리들에게 밥과 술이 생긴다면 그 절호의 기회를 절대 놓칠 수 없지. 예수님은 당신 가르침의 핵심인 하느님 나라를 여러 번 잔치에 비유하셨다. 예나 지금이나 사람들이 많이 모이는 잔치에 술이 없을 수 없고, 사람들이 한데 어울려 와자지껄 먹고 마시는데 홀로 술과 음식은 입에도 안

대고 저만치 떨어져 앉아 가부좌를 틀고 있는 예수님의 모습을 나는 상상할 수 없다. 하지만 그분은 술에 취해서 허튼소리를 하거나 눈살 찌푸리는 추태를 보이는 일은 단 한 번도 없으셨을 것이다. 만약 그분이 술을 마시고 사람들 앞에서 실수를 하셨다면 어떻게 모든 사람들 앞에서 늘 한 점 부끄러움 없이 그렇게 당당하실 수 있었겠나? 예수의 길을 따른다는 우리 사제들 또한 '먹보'요 '술꾼'이어야 한다는 게 내 생각이다. 하지만 '술꾼'도 그냥 술꾼이 아니라 '예수 같은 술꾼'이어야 한다. 그러려면 우선 건강이 뒷받침해 주어야 하는데, 그보다 더 중요한 것은 끊임없이 절제의 덕을 닦아야 한다는 것이다. 도인의 경지가 요구된다. 이게 어디 쉬운 일인가? 다른 것은 다 예수님 근처에도 못 가면서 어째 술 마시는 것만 닮겠다고 하냐고 돌아가신 엄마가 한말씀 하시는 것 같다.

어제 저녁에는 부천장애인복지관 관장인 유영훈 신부와 술을 마셨다. 내가 이런 글을 쓴다니까 술에 관한 거라면 자기가 할 말이 많은데 자기에게는 그런 부탁을 안 하니 섭섭하단다. 누구든지, 언제든지 불러만 주면 가서 술과 신앙생활에 대한 강의를 해 주겠단다. 그러면서 하는 말, "땀 흘려 일한 다음에 시원한 맥주 한잔, 저는 그것을 이렇게 시적으로 표현합니다. '멈추고 싶은 황홀한 순간'이라고요." 나보다 훨씬 더한 술꾼 사제가 가까운 이웃에 살고 있었다. 진작 알았더라면 『기쁨과 희망』 편집실에 그를 추천할 것을 ….

2011년 『기쁨과 희망』

내 어릴 적 운동회의 추억

그날, 충북 충주시 교현초등학교 운동장에는 아침부터 파란 하늘 아래 오색 만국기가 펄럭이고 있었다. "고마우신 이이 대통령 우우리 이 대통려엉" 노래를 배워 부르면서 이승만을 찬양하던 시절이었으니 1960년 이전이었던 건 분명하다. 시골의 초등학교 운동회란 예나 지금이나 어린이들과 그 가족들, 지역의 유지들까지 한데 모여 1년에 한 번씩 벌이는 큰 잔치 마당이다.

　오후에 운동회가 거의 파할 무렵 계주 경기 때였다. 나는 운 좋게 청군(백군이었나?)의 학년 대표 선수로 뽑혔는데 몇 번째 주자였는지는 생각이 안 난다. 양 진영의 응원가 소리가 하늘을 찌르는 가운데 나는 바싹 긴장된 얼굴로 출발선에 섰다. 드디어 이마에 파란 끈을 동여맨 내 앞의 주자가 바통을 들고 내게 달려오는 게 저만큼 보였다. 가슴이 콩닥콩닥 뛰었다. 나와 내 옆의 아이가 거의 동시에 바통을 이어받고 우리는 냅다 뛰기 시작했다. 내가 조금씩 뒤처진다고 직감적으로 느낀 것은 불과 몇 초도 지나지 않아서였다. 기를 썼지만 한 발짝 정도 앞선 상대 아이를 도저히 따라잡을 수가 없었다.

순간, 나는 전혀 뜻밖의 엉뚱한 행동을 하고 말았다. 바통을 들지 않은 다른 한 손을 뻗어 앞선 그 아이의 한쪽 어깨를 잡아 뒤로 젖히면서 앞으로 나섰던 것이다. 사방에서 "와~" 하는 함성이 터져 나왔다. 박수 소리가 요란했다. 결국 나는 상대보다 먼저 바통을 다음 주자에게 넘겨줄 수 있었다. 마침내 우리 편이 이겼다.

맹세코 그때 나의 행동은 백 퍼센트 우발적이었다. 지금 생각해도 계획적으로 반칙을 할 만큼 영악한 나이는 아니었으니까. 계주 경기에서 이기고 상으로 공책을 탈 때까지도, 아니 그 훨씬 뒤까지도 나는 나의 행위가 명백한 규칙 위반이었다는 생각을 한 번도 해 본 적이 없었다. 그저 내가 잘했다는 생각만 했을 뿐이다. 구경꾼들이 함성을 지르고 박수를 쳤는데 반칙이었다면 심판관인 선생님이 못 봤을 리가 없다. 절대로 내가 속인 게 아니다. 내가 양심 고백을 하고 부끄러워해야 할 이유가 없음은 당연했다. 그 후로 나는 오랫동안 그 일을 잊고 살았고, 잊고 살았으니 떳떳했다. 그때는 그랬다.

그래도 내게는 몇 가지 의문점이 여전히 남는다. 어떻게 내가 그런 짓을 할 수 있었을까? 순간적으로 나를 홀린 것은 무엇이었나? 나는 어렸을 적부터 오로지 1등에만 눈이 멀었던 인간이었나? 왜 오랜 세월이 흐르도록 내 잘못은 모르고 상을 탔다는 자랑스러운 기억만 남았을까? 그 상은 지금 흔적도 없다. 선생님은 왜 즉시 호루라기를 불어 나를 퇴장시키지 않았을까? 우리 아버지는 그날 본부석 천막에 앉을 만큼 학교에 공을 세운 분도 아니고 지역 유지도 아니었다. 구경꾼들은 정말 나의 행동이 정당한 것이라고 판단한 걸까? 그래서 박수를 쳤나? 얄밉기 짝이 없는 못된 내게 왜 돌을 던지지 않았나? 나 때문에 2등 한 아이는 억울하다고 항의했을까? 그 아이도 지금 그때의 일을 기억하고 있을까?

벌써 50년도 더 넘은 어릴 적의 옛날 일이 언제 어떤 연유로 내 머리에 각인되어 오늘까지 왔는지는 나도 모르겠다. 하지만 나이가 어려서 아무것도 몰랐다는 것이, 아무도 나를 잘못했다고 단죄하지 않았다는 것이 그날의 과오를 '없던 일'로 덮을 수는 없다는 것을 천만 번 다행스럽게도 지금 나는 안다. 솔직히 나는 부끄럽다. 못할 짓을 한 것이다. 다만 이제라도 모교에 가서 선생님과 아이들 앞에서 그때는 내가 잘못했노라고, 그럼에도 나는 잘못인 줄도 몰랐노라고 고백하고 예쁜 공책을 몇 권이 아닌 몇 상자 사 드리고 싶다.

2012년 「한겨레신문」

받는 돈, 쓰는 돈

돈 이야기다. 우리나라 천주교회의 사제들은 월급을 얼마나 받고 어디에 어떻게 쓰는지 궁금해하는 사람이 의외로 많다. 사제 생활 자체가 일반인들에게는 베일에 가려져 있어 더러는 궁금증을 자아내기도 한다. 그렇다고 일부러 감춰서 호기심을 불러일으킬 일은 아니잖은가. 해서 오늘은 내가 받는 돈과 쓰는 돈 이야기를 해 보련다.

우리 사제들이 받는 봉급은 국가공무원과는 달리 교구마다 차이가 난다. 1976년 내가 사제가 되어 가슴 설레며 처음 받았던 봉투에 얼마가 들었었는지는 기억이 없다. 공무원이나 회사원에 비해서 월등히 적었던 것만은 분명하지만 사제가 되었다는 자부심과 사명감이 넘쳐 나던 때라 액수는 전혀 문제가 되지 않았다. 30여 년이 흐른 지금은 다르다. 지난달에 내가 받은 돈은 활동비와 자동차 기름값을 포함해서 150만 원 정도인데 거기에는 23,100원의 소득세가 붙었다. 이와는 별도로 우리에게는 주거지와 먹을 것이 보장된다. (이것까지 돈으로 환산한다면 우리가 받는 돈은 훨씬 더 많아진다.) 그런데 그 돈이 내 통장에 들어오기 전에 먼저 떼어야 할 돈은 세금 말고도 또 있다. 여기저기 정기적으로 보내는 돈이 합치면 한 50만 원쯤 된다. 주로 내가 속한 교회 안팎의 시민운동단체나 자선단체의 회비나 개인적인 후원금이다. 부양가족이 없는 사제로 살면서 그것도 안 하면 안 되겠다 싶어 나 스스로 작정한 것들이다. 받는 돈의 약 3분의 1이다. (가끔은 지인들이 나를 통해 좋은 일을 하겠다고 건네주는 돈도 있는데 그것은 정기적인 수입이 아니거니와 기부하는 사람의 의향을 물어 적합한 개인이나 단체를 찾아 보내는 복덕방의 역할을 할 뿐이니 예외로 친다.)

　나머지 3분의 2로 한 달을 산다. 내 신용카드 이용대금 명세서는 대부분 밥값, 술값으로 지불한 돈의 기록이다. 그도 그럴 것이 한 달이면 거의 하루도 빠짐없이 사람을 만나고, 만나면 같이 밥 먹고 술을 마시니 그럴 수밖에 없다. 내가 밥값이나 술값을 내줘야 할 사람들이 얻어먹어도 좋을 사람보다 늘 더 많다. 당연히 값비싼 고급 음식점은 생각도 못 한다. 그 외에 지출 항목 중에는 꼭 챙겨야 하는 경조사비가 있다. 그런가 하면 내가 입고 신을 옷이나 신발을 사는 데 돈을 쓰는 일은 1년에 한 번이나 될까 말까다. 신자들이 선물하는 것만으로도 충분하고 남아서 주위 사람들과 나눌 수 있다. 복에 겨운 고백이다. 휴일에는 종일 등산이나 걷기가 전부다. 흔해 빠진 동네 헬스클럽에도 안 다닌다. 덕분에 상류 계층에 속하지는 못할망정 신용불량자가 될 일은 없다. (이 글을 쓰면서 새삼스럽게 발견한 것이 하나 있다. 아, 내 돈의 용처를 보니 나는 대인 관계를 무엇보다도 소중하게 여기는구나!)

사람은 어떤 부류의 사람을 자주 만나고 누구와 밥을 같이 먹느냐에 따라 사고와 의식이 달라진다고 한다. 내가 번 돈을 누구를 위하여 어떻게 쓰는가도 마찬가지 아닐까? 매달 받는 돈을 나의 영화와 영달이 아닌 남을 위해 쓸 수 있다는 것이 내게는 참으로 다행스럽고 고마운 일이다. 이거 시건방지기 짝이 없는 배부른 소리인가? 사제이기에 가능하다. 독신이기에 가능한 일이다.

누군가 그랬다. 나이가 들수록 입은 닫고 지갑은 열라고. 말하기야 쉽지만 그렇게 사는 것이 얼마나 어려운지 아는 사람은 다 안다. 나도 점점 나이 들어 가면서 성경 말씀처럼 소중하게 가슴에 새긴다.

2012년 「한겨레신문」

요즘의 상념들

원고 청탁을 받고 몇 번을 정중히 사양했다. 할 이야기가 없으니 억지로 짜내는 것이 마땅찮기 때문이다. 내가 무슨 유명 인사도 아닌데 자꾸만 부탁하는 것도 무슨 까닭이 있지 않겠나 싶어 일단은 어정쩡하게 받아 놓았다. 예상대로 엄청 힘들다. 더군다나 이 잡지의 독자는 주로 우리 동료와 선후배 사제들이다. 속된 말로 구라도 못 치겠다. 평소의 글쓰기와는 달리 마감일이 다 되어서야 겨우 주제를 잡았다. 횡설수설, 두서가 없더라도 독자 제위의 양해를 바란다. 나의 공개적인 고해성사다.

떠날 때가 되어 간다

내 나이 60대 중반, 사제로 살아온 지도 40년에 육박한다. 언제부턴가 환갑노인이란 말이 없어졌으니 시쳇말로 꼰대 취급은 받지 않지만 한 분야에 종사한 경력으로 친다면 일반 사회에서는 거의 보기 드문 장기근속자다. 사제란 직업이 아니고 신분이다. 일터를 떠나야 하는 시기는 물리적인 나이가 아니라 본인의 의지나 신체적 · 정신적

능력에 따라 탄력적으로 정해져야 한다는 주장은 일리가 있다. 실제로 우리 선배 사제들 가운데는 은퇴 후에도 다방면에서 현역 시절 못지않게 놀랍도록 열정적으로 일하는 분들이 적지 않다. 존경스럽다.

하지만 세상의 모든 것에 다 한계가 있는 법, 사람이나 물건이나 지금의 위치에서 제 할 일을 다 했다면 저를 필요로 하거나 제가 할 수 있는 새로운 제자리를 찾아 미련 없이 떠나야 한다는 게 내 판단이다. 패기만만한 후배들을 위해서 흔연히 자리를 비워 주는 선배는 얼마나 아름다운가? 개신교나 천주교의 일부 원로 성직자들이 다만 몇 년이라도 더 버텨 보겠다고 발버둥 치는 모습은 보기에도 딱하다. 본인은 최후의 순간까지 봉사해야 한다는 사명감에 의기를 다질지 몰라도 주위 사람들에게는 도움은커녕 폐가 될 수도 있다는 것을 본인만 모르는 것 같다.

신부는 70세, 주교는 75세, 교황은 종신을 고집하는 봉황의 뜻을 나 같은 참새는 이해하지 못한다. 언제부턴가 입버릇처럼 반복해 온, 추수할 것은 많은데 일꾼이 적어서? 전국에 일곱 개나 되는 신학교에서 매년 적지 않은 사제가 배출되는 — 언제까지 이 현상이 지속될지는 모르겠지만 — 요즘엔 사제가 적어서 교회가 할 일을 못한다고 생각하는 사람은 없어 보인다. 사제의 숫자에 연연할 게 아니라, 적극적으로 평신도 인재를 양성해서 적재적소에 심고, 도시 교구와 농어촌 교구의 원활한 인사이동을 시행하고, 쓸모없는 직위나 직책으로 인해 발생하는 인력 낭비를 최소화하는 참신한 인사 정책이 필요하다. (이 문제에 대해서는 다음 기회에 좀 더 상세히 다루면 좋겠다.)

쏟아져 나오는 은퇴 사제들을 위한 대책은 또 다른 연구 과제다. 안 나가려 한다거나 나가려는 사람의 발목을 잡는 식으로 인력난을 해결하려 한다면 교회의 노령화만을 초래할 것이다. 그런 의미에서 지난번 교황님의 임기 중 은퇴 선언은 우리가 모르는 속사정이 있는지는 모르겠으나 오랜 전통과 규정에 관계없이 그 자체로 매우 신선하게 보였다. 정년 후, 제2의 인생에 대한 나의 기대와 꿈은 누구보다도 크다.

아직도 내게 할 말이 남았나?

지금이 내게는 물불을 가리지 않던 청춘의 시절처럼 고민하고 분노하고 밤을 새워 토론하고 설득하며 끊임없이 도전하는 때가 아니라, 찬찬히 뒤를 돌아보며 정리하고 마무리할 시기라고 생각한다. 그동안 내가 갖가지 형태로 쏟아 낸 말이 너무 많고 비록 잡문 수준이지만 써 낸 글들도 적지 않다. 그것들이 다 창조적이고 복음적이지는 않을지라도 내 소신의 피력임은 분명하다고 감히 자부한다. 신학교 문제, 교구 간의 사제 인사이동 문제, 군종 제도 문제, 순교자 현양 문제, 고해성사 문제, 예비신자 교리 교육 문제, 성직자의 권위주의 문제, 평신도 양성 문제 등 많이도 거론했다.

그렇지만 나의 문제 제기들은 때마다 더 적극적인 논의로 이어지지 못하고 대부분 없었던 일로 묻혀 버리기 일쑤였다. 교회라는 거대한 조직의 말단 구성원인 나의 발언은 영향력이 없을 뿐만 아니라 일고의 가치도 없는 습관적인 불평불만으로 취급된 때문이 아니었을까? 나는 이미 제기했던 것들을 똑같이 반복하고 싶은 심정이다. 혹시 내게 아직도 '해야 하지만, 하고 싶지만 못한 말'이 남았나? 있다면 그건 후학들의 몫이다. 나이 들수록 입을 다물라는 옛 성현의 말씀이 생각난다.

천주교 신자 작가의 고민

"가난한 자들을 돌보라 역설하면서 가난한 자들이 왜 가난하게 되었는지 도무지 살펴보려고 하지 않는 교회, 낙태하지 말라고 경고하면서 왜 젊은 엄마들이 배 속의 아이를 죽일 지경까지 이르렀는지 조금도 알고 싶어 하지 않는 교회, 수백 명의 인명을 살상하려는 강대국의 무기 판매에 아무 경고도 하지 못하는 교회! 이혼은 죄라고 하면서 이혼하지 못하는 사람들이 얼마만큼 불행하게 사는지 모른 척하는 교회! 동성애가 무슨 취향인 줄 아는 교회! 그 교회가 나를, 여자들과 성적인 문제를 일으키고 수도원 형제들이 노동한 대가인 그 돈을 떼어먹고 도망간 수사들과 같은 수위로 처벌하려 하는군."

소설 『높고 푸른 사다리』에서 미카엘 수사의 입을 빌려 작가 공지영이 고발하고 싶어 하는 교회의 실상이다. 매우 민감한 문제들을 나열했다. 얼마 전에 『높고 푸른 사다리』를 읽은 어느 수녀님이 공 작가의 이 발언 ─ 꼭 이 대목에 대한 물음만은 아니었던 것 같다 ─ 에 대한 나의 견해를 물은 적이 있었다. 그분이 기대했던 대답이 어떤 것이었는지는 확인해 보지 않았지만 나는 이렇게 말했다. "저는 작가의 의견에 전적으로 동의합니다. 그는 작가 특유의 예리한 감각으로 교

회를 보고 적나라하게 그렸다고 생각합니다만 슬프게도 우리 교회에
는 지금 이런 문제에 대해 분명하게 자기 소견을 말하는 신부나 수녀
들이 없습니다. 대세에 편승해서 보아도 못 본 척, 들어도 못 들은 척,
입 다물고 가만히 있는 것을 지혜로운 처신이라고 생각하는 사람들
이 대부분입니다."

나는 계속해서 이렇게 말하고 싶었다. "교회는 이미 의사가 필요
없는 성한 사람들만의 집단이 된 지 오랩니다. 교회 어디에도 가난한
사람, 낙태한 사람, 무죄하게 죽어 가는 무력한 사람, 이혼한 사람 등,
의사를 절실히 필요로 하는 환자들이 설 자리는 없습니다. 그들뿐만
아니라 그들이 곧 당신 자신임을 강조하신 예수님도 당연히 이 교회
에는 계실 곳이 없지요. '예수 없는 예수 교회'에 굳이 더 머물 이유가
있냐고 작가는 묻습니다. 수녀님은 어떻게 생각하세요?" 하지만 나는
입을 다물고 말을 삼켰다. 쉽게 내뱉을 이야기가 아니었다.

어쩌다 보니 속물이 되었다

여태껏 나는 도시와 농촌과 섬을 통틀어 정확히 14개의 본당을
전전했다. 이른바 특수 사목이란 소임을 받아 본 적은 한 번도 없다.
다른 신부들보다 월등히 많은 본당을 거친 셈이다. 가는 곳마다 특색
이 있고 환경이 조금씩은 달랐지만 하나같이 비슷한 것은 본당의 사
목위원이란 사람들이 대부분 그 지역의 내로라하는 유지였다는 점이
다. 아무래도 다른 사람들보다는 그들과 더 자주 만나고 그들이 즐겨
먹는 음식점에 함께 다니다 보니 자연스럽게 나도 지역의 유지가 되

고 어른으로 대접받았다. 교회와 지역사회, 사제와 신자 간의 원활한 소통과 일치·화합을 위해서는 달리 방법이 없다고 자위하면서 나는 차츰 그 지역과 동네에 걸맞은 자본주의와 권위주의에 익숙해졌다.

속칭 물 좋은 본당을 배정받는 게 정상이라고 믿게 되었고 그런 기대가 어긋나면 섭섭한 심정을 꼭 누군가에게 털어놓아야 직성이 풀렸다. 내가 이런 대접을 받아야 할 군번이냐고. 주교의 사람 보는 눈이 이것밖에 안 되냐고. 민족과 사회의 복음화란 나의 초심은 어느새 빛이 바랬고 영세자와 견진자 수를 새 복음화, 재복음화라고 자랑하게 되었다. 단체 회합에 들어가서 신자들의 건강과 복을 빌어 주고 가끔은 연륜과 경험을 내세우며 근엄한 얼굴로 훈계도 했다. '착한' 신자들은 고맙게도 그때마다 고개를 끄덕여 주고 우리 신부님 최고라는 칭송을 아끼지 않았다. 날이 갈수록 베풀기보다 챙기고 받는 데 익숙해져 갔다. 드디어 나는 아쉬움도 근심걱정도 없는 나날의 편안한 삶을 행복한 사제 생활이라고 확신하기에 이르렀다. 내가 후배들이 본받을 만한 모델이 아니라 형편없는 속물이라는 사실을 깨달은 것은 60년 한 바퀴를 돌고 난 후였다. 나에 대한 새로우면서도 부끄러운 이 발견은 매년 의무적으로 참가한 사제연례피정이나 연수를 통해서가 아니다. 40년 전이나 20년 전이나 지금이나 늘 똑같은 그것들은 내게 별로 도움이 되지 않았다. 오히려 나는 내가 만나는 각양각색의 수많은 사람들, 그중에도 특히 나를 싫어하고 비난하는 사람들과 끊임없이 부딪치고 깎이고 깨지면서 나도 모르는 사이에 얻은 결실이다. 그런 과정을 거치면서 나는 예수와는 거리가 먼 맘몬의 교회,

자본주의를 적당히 걱정하고 비판하면서 무대 뒤에서는 은근히 밀월을 즐기는 교회를 보았고, 급기야는 나도 거기서 떡고물을 챙기며 오늘까지 목에 힘주고 살아왔음을 뒤늦게 깨달은 것이다. 나를 끔찍이도 미워하고 욕하는 사람들이 나의 깨달음의 일등공신이었던 셈이다. 참으로 이상한 섭리다.

아직도 빨갱이 타령?

한 달 전쯤부터 화요일 저녁마다 보따리를 싸들고 동네에 나가서 미사를 하는데 거기서 들은 이야기다. 미사를 마치면 이웃들끼리 둘러앉아 간단한 음식을 나눈다. 도시 변두리의 본당이 그렇듯이 그 아파트 단지의 신자가 주로 연세가 높으신 분들이라 대학생으로 보이는 20대 여성 두 명은 특별한 손님이었다. 나이 많은 어른들 사이에 끼기가 쑥스러웠는지 한쪽에서 따로 막걸리와 과일을 먹고 있었다. 예비신자 교리반에 몇 번 와 본 경험이 있는데 갓 졸업하고 취업 준비 중이라고 했다. 그중 한 젊은이가 내게 말했다. "이 동네 어른들이 신부님을 빨갱이라고 하는 것 아세요?" 순간, 충격이었지만 짐짓 태연하게 받아넘겼다. "아, 가끔 들어서 놀랍지도 않아요. 그런데 두 분도 나를 빨갱이라고 생각하세요?" 둘이 합창을 했다. "아~니요."

그런 말을 여러 번 들어 온 터라 나는 어쩌면 사제로서 마지막이 될지도 모를 이 본당에서는 직접적인 정치 이야기를 의식적으로 피해 왔다. 강정마을이나 철탑 위의 노동자 이야기는 한두 번에 그쳤고 웬만하면 정의구현사제단이 주최하는 거리의 미사나 집회에도 참석

하지 않았다. 차츰 나이 들면서 내가 원만해졌다는 이야기가 아니다. '강한 바람보다 따뜻한 햇볕'이라는 지혜가 생겼다는 말은 더더욱 아니다. 더 이상 신자들의 구설수에 오르내리는 것이 싫었고 은연중에 심신이 고달프고 힘든 생활 대신 안일함을 추구하기 때문이다. 사심이다. 그러면서 나는 점점 비겁해질 대로 비겁해졌고 약을 대로 약아졌다.

변화가 없으니 희망도 없는

나는 사람들이 교회에 와서 세례 받고 신자가 된다는 것이 다마스커스 체험을 통해 완전히 딴사람이 된 바울로와 같은 변화가 아니라는 것도 알게 되었다. 이 또한 가슴 아픈 진실의 발견이다. 입교의 목적이 마음의 평화와 위로라고 대답한 예비신자들이 다수라는 최근의 한 통계가 그를 입증한다. 마음의 평화와 위로를 얻는 데는 꼭 예수를 공부하고 예수처럼 달라져야 할 이유가 없다. 그러니 세례를 받아 신자가 되어도 사람들은 달라지지 않는 게 당연하다. 정작 예수에게는 관심조차 없는 무늬만 예수의 사람들이다. 나를 보아도, 교회와 신자들을 보아도 도무지 희망이 보이질 않는다. 그런데 교회를 통한 세상의 변화? 하느님 나라 운동? 어림도 없다. 인정하고 싶지 않지만 현실인 걸 어쩌랴! 아, 나는 지금 누구를 원망하고 있는 것인가? 이건 분명 아니다!

2013년 『기쁨과 희망』

사제로 살아가기

내가 잘 아는 교우 한 분이 편지를 보내왔습니다. 10년 넘게 직장생활을 하는 평범한 회사원입니다.

오늘은 퇴근하는데 왜 이리 마음이 허전하고 기운이 빠지는지요. 요즘 제가 회사에서 제일 많이 듣는 말은 이런 겁니다. '바보처럼 착해 빠졌다, 헛똑똑이, 잘난 척도 할 줄 모르냐, 술도 잘 먹어야 한다, 윗사람에게 아부하고 정치를 잘해라, 잘못된 건 다 남의 탓, 손해 보는 짓은 절대 금물' 등입니다. 하지만 제가 어릴 적부터 성당에서 배운 것은 착한 사람 되라, 모두가 내 탓, 이웃은 내 형제, 서로 사랑하고 약한 자를 도와주라는 것들입니다. 달라도 너무 다릅니다. 배운 것과 정반대로 살지 않으면 촌스럽고 무식하고 리더의 자격이 없는 무능력자로 낙인찍혀서 결국은 쫓겨날 수밖에 없습니다. 한데 목구멍이 포도청이니 ….

답장을 해 줘야 할 텐데 뭐라고 하지요? 회사에서 왕따가 되고 쫓겨나는 한이 있더라도 배운 대로 살라고? 그게 신앙인의 자세요, 순교

정신이라고? 그가 그걸 몰라서 물었겠습니까? 그렇다고 세상이 다 그런 거니까 낙오되지 않게 요령껏 살라고, 그게 이 풍진세상을 살아가는 지혜라고, 좋은 게 좋은 거 아니냐고 두루뭉술하게 넘길 수만도 없는 노릇입니다. 꼭 신앙인이 아니라도 세상을 착하고 바르게 살려고 마음먹은 사람이면 누구나 하게 되는 흔한 고민인데, 그가 남들처럼 마음 편히 일하고 교회의 가르침에도 어긋나지 않는 삶을 살게 할 딱 알맞은 대답이 떠오르지 않았습니다. 왜 못할까? 문득 내게도 문제가 있다는 생각이 들었습니다. 나의 신앙심은 확고하고 옳은가? 나도 여느 사람들처럼 성직(업)을 단순히 먹고살기 위한 방편쯤으로 치부하는 것은 아닌가?

예수님이 하신 이야기(루카 10,30 이하)에 등장하는 사제의 모습에서 나를 봅니다. 강도를 만나 죽어 가는 사람을 보고도 못 본 체 피해 간 인물입니다. 예수님은 말씀하십니다. "부정한 것을 가까이해서는 안 된다는 법이나 관습에 얽매이지 말고 먼저 너를 필요로 하는 사람에게 달려가라. 그게 이웃이다." 예수님은 율법과 전통에 충실한 사제보다 유다교의 기본 상식조차 모르는 이방인의 행동이 더 옳다고 하셨습니다. 명색이 사제인 내가 지금 들어도 얼굴 뜨뜻한 이야기인데 나는 여전히 시시콜콜한 규정들에 목을 맨 채로 눈치를 살피고 있으니 부끄럽습니다.

일약 세계의 스타가 된 프란치스코 교황은 한 사제 서품식에서 이렇게 말했습니다. "세상 속으로 들어가 영적으로뿐 아니라 온몸으로 가르침을 실천하라!" 그는 정치·경제가 나락으로 떨어진 남미 아르헨티나의 교구장이었으니 사회나 교회, 동료 사제들의 속사정들을 너무나 잘 알고 있었겠지요. 그런 그가 취임 원년에 사제는 세상과 단절된 교회 안에서 심신의 안일만을 추구하지 말고 갖가지 상처로 얼룩진 세상 속으로 들어가라고, 흙먼지에 더러워지는 것을 두려워하지 말라고 강조했습니다. 절대 만만찮은 당부입니다. 그의 뜻을 실천하려면 옷은 물론이고, 맨살마저 상하기 십상이니까요. 엄청난 희생과 손해를 무릅써야 비로소 가능합니다. 부자와 권력자들의 소리는 크고 강하지만 가난하고 힘없는 사람들의 소리는 잘 들리지 않아서 교회의 기득권자인 사제는 저도 모르는 사이에 자칫 대세의 흐름에 휩쓸리기 때문입니다.

설을 쇠고 떡국과 함께 나이를 한 살 더 먹었습니다. 남들 다 하는데 나는 못하랴 싶은 가벼운 마음으로 사제 생활을 시작한 건 아닙니다만, 이 신자유주의 세상, 더군다나 지구상에 하나밖에 없는 남북, 동서의 분단과 대립의 땅에서 죽을 때까지 사제로 살아가기란 정말 쉽지 않은 일입니다.

2014년 「한겨레신문」

내 탓이오

어젯밤 꿈 이야깁니다. 내가 아주 좋은 자전거를 타고 인천 용현동 고개를 넘다가 힘이 들어 내려서 끌고 가는데 갑자기 사방에서 중학생으로 보이는 사내아이들이 나타났습니다. 나는 직감적으로 이 아이들이 내 자전거를 빼앗으려 한다는 것을 알았지만 꿈에도 이들과 맞섰다가는 아주 개망신을 당하겠다는 생각이 퍼뜩 들었습니다. 마침 어떤 아주머니가 길가의 대문으로 들어가는 것을 보고 다급하게 뒤쫓아 들어갔는데 아이들이 어느새 마당까지 따라 들어와서 나를 빙 둘러썼습니다. 큰일 났습니다. 급박한 나머지 담장 너머로 지나가는 사람들에게 소리를 질러 도움을 청했지만 힐끗 보고는 다들 제 갈 길을 갔습니다. 사이사이 보이는 낯익은 얼굴들도 마찬가지였습니다. 절망적이었습니다.

「한겨레신문」에 칼럼을 쓰기 시작한 지 2년이 넘으면서 횟수가 거듭될수록 글쓰기가 점점 더 힘들어진다는 것을 솔직하게 인정하지 않을 수 없습니다. 쓰기도 쉽지 않지만 '삶의 창'이라는 꼭지에 딱 어울리는 주제를 잡는 일이 몇 곱절 더 어렵습니다. 이왕에 험한 꿈에 시달리다가 깨어 다시 잠들기도 그른 것 같아 오늘 새벽에는 작심하고 가부좌를 틀고 요즘 내가 왜 이런가를 곰곰이 성찰해 보았습니다. 참으로 오랜만에 갖는 혼자만의 조용한 시간이었습니다. 몇 가지 어렴풋이 잡히는 게 있었습니다.

언제부턴가 내게서 '삶'이 없어졌습니다. 좀 더 구체적으로 말하자면 차츰 나이가 들고 사제의 연륜이 쌓여 가면서 이래저래 꾀만 늘고 사람들의 땀내 나는 삶의 현장과는 되도록 일정한 거리를 유지하며 편안함만 추구하고 있다는 것입니다. 벌써 몇 년째 전쟁 중인 강정과 밀양에도 인사치레로 단 한 번 다녀왔을 뿐, 신도들의 모금 봉투를 전하고 고맙다는 인사를 받은 게 다입니다. 팽목항은 고사하고 안산의 합동분향소에 가는 것도 요리조리 빼면서 이런 나라도 나라냐고 목에 핏대를 세우고, 세월호 특별법 서명 용지에 이름 올리는 것으로 면피하려 했습니다. 내 방에 텔레비전 없는 게 무슨 큰 자랑거리라고 만나면 텔레비전에서 봤다는 이야기가 전부인 이웃들을 수준 미달로 여겼으니 바리사이가 따로 없습니다. 그저 말로만 성스럽게 설교하고 점잖게 훈시하면 됐습니다.

전과는 달리 내 주변에는 이런 나를 뼈아프게 지적하고 비판하는 사람이 보이지 않습니다. 나는 여전히 사제의 기득권을 누리며 느긋하고 걱정 없는 하루하루를 살고 있습니다. 이게 마약입니다. 끊임없는 성찰과 반성, 쇄신을 위한 몸부림은 어느덧 나 아닌 너에게만 해당되는 훈수로 둔갑해 버렸습니다. 멀리 예수님까지 갈 것도 없이 사람이 좋아 사람들과 함께 웃고 울고 먹고 마시며 평생을 사셨던 정호경,

정일우 신부님의 흉내라도 내보겠다던 다짐은 세월과 함께 차츰 희석되어 갑니다. 온몸으로 사는 '삶'이 없이 머리 몇 번 굴리고 문장 두세 번 다듬어 '삶의 창'을 만들어 내려니 잘 안 되는 것이 당연하지요. 자기 안위만을 신경 쓰는 교회보다 거리로 나와 다치고 상처받고 더럽혀진 교회를 더 좋아한다는 프란치스코 교황님의 새삼스럽지 않은 권고가 번갯불 같은 죽비로 느껴지는 까닭은 그동안 나의 삶이 껍데기뿐이었음을 여실히 증명하는 것입니다.

조금 전에 유병언 회장의 사망 소식을 들었습니다. 그는 정말로 죽었을까요? 죽였을까요? 아니면 두 눈 멀쩡히 뜨고 어딘가에 살아 있을까요? 우리나라가 아무도, 아무것도 믿지 못하는 불신공화국이 되는 데 명색이 사제인 나도 일조했습니다. 가슴을 칩니다.

2014년 「한겨레신문」

나의 살던 고향, 고잔본당

올해가 본당 설립 50주년, 그러니까 내가 30대 초반의 새파란 나이에 첫 주임으로 발령을 받아 잔뜩 긴장된 모습으로 작은 오토바이 하나 타고 고잔본당에 부임했던 1980년은 설립 15주년이 되던 해였군요. 석바위를 경유한 낡은 20번 시내버스가 하루에 몇 번씩 뽀얀 흙먼지를 일으키며 성당 앞 신작로를 따라 안동네로 내려가던 때였습니다.

거기서 시작하여 열 군데도 넘는 본당을 돌아 여기 부평의 부개동까지 왔지만 지금껏 내 가슴에 깊이 남아 지워지지 않는 곳은 역시 고잔뿐입니다. "나의 살던 고향은 꽃피는 산골~"을 부를 때면 제일 먼저 머리에 떠오릅니다. 이삿짐을 풀자마자 동네 사람들과 친해져야 매사가 잘 풀릴 거라는 귀띔에 터줏대감들을 수소문해서 찾아다닌 것하며, 새벽부터 구멍가게 평상에 걸터앉아 소주를 마시고 있던 야고보 형을 처음 대면한 일, 허구한 날 해만 지면 안주라고는 김치밖에 없는 사제관에 또래의 남자란 남자들은 다 모여 밤새도록 술타령하던 일, 성당 옆 복숭아 과수원에 거름한다고 생전 처음 똥지게를 지던 일, 과수원에 원두막을 짓고 갓 제대한 아우들과 강술을 마시며 모기에 뜯기던 일, 성당 지붕에 올라가 페인트칠하다가 슬레이트가 꺼져 떨어져 죽을 뻔했던 일, 미사 가방 꾸려 들고 논밭에 나가 보리 베고 모내고 새참을 먹으며 미사를 드리던 일, 뱀이 나오는 오래된 흙벽 돌집을 헐고 직접 콘크리트를 비비고 질통을 지며 시멘트 블록을 쌓아 작은 살림집과 강당을 짓던 일, 비만 오면 진흙구덩이가 되는 성당 마당에 어촌계에서 실어 온 조개껍질을 겹겹으로 깔아 짠 바다 냄새를 풍기던 일 등, 돌이켜 보면 그저 모든 게 추억입니다.

어디 그뿐인가요? 나이에 걸맞지 않게 머리가 하얗더니 어느 날 갑자기 식구들 다 버려두고 먼저 저세상으로 간 젊은 늙은이(?) 이민호 씨, 술만 마시면 "소리 없이 흘러내리는 눈물 같은 이슬비~"를 부르던 오봉산 구역장 이재우 씨, 시도 때도 없이 내 방문을 열어 보던 아랫집 쌍둥이 아빠 김정길 씨, 뻥공장(한국화약)의 화약 폭발 사고로 현장에서 숨졌지만 쥐꼬리만 한 보상금에 소리 소문도 없이 장사가 치러진 성관이 아버지 김용덕 씨 …. 아이고! 일일이 다 헤아리자면 책을 한 권 써도 모자라겠습니다. 3년의 보좌를 마치고 처음 주임으로 나갔으니 나의 열성이 하늘을 찔렀겠지요. 아마 내가 사제 생활을 줄곧 그때처럼만 해 왔다면 살아 있는 성인품에 올랐을 겁니다. 고백하건대 그 후로는 어느 본당에서도 더 이상 그만큼 혼신의 힘을 다해 기도하고 사랑하며 살았던 기억이 없습니다.

어른들 앞에서 건방을 떨 소리는 아니지만 사람이 나이가 들면 자꾸 과거에 집착한다는데 아직 일흔도 안 된 내가 벌써부터 그런 꼴 불견이 아닌지 모르겠습니다. 못 말리는 잘난 척이 아니라 못 잊을 추억의 되새김질 정도로 봐 주십시오. 지금까지 내가 살아온 39년의 사제 생활 초기에 잔뼈가 굵은 고향 이야기라고 생각해 주시면 고맙겠습니다.

고잔을 떠난 후에도 나는 가끔 그곳에 가서 그때 같이 지내던 동무들과 교우들을 만나 밥도 먹고 술도 마셨습니다. 개똥밭에 굴러도 이승이 좋다는데 그동안 서둘러 세상을 등진 분들도 여럿입니다. 오래오래 잊히지 않는 얼굴들입니다. 그래서 그런지 이제는 뭔가 모르게 허전하고 분위기가 전 같지 않습니다만 아쉬운 대로 옛날 냄새를 희미하게나마 맡을 수 있어 다행입니다.

그런 고잔이 언제부턴가 몰라보게 달라지기 시작했습니다. 공단이 들어서고 신도시가 건설되었습니다. 동서남북 어디가 어딘지 방향을 알 수가 없습니다. 새벽마다 삼종을 치던 옛집들과 과수원도 사라지고 성당도 현대식 새 건물로 바뀌었습니다. 조상 대대로 거기 뿌리박고 살던 토박이들 가운데 대부분은 제 땅 스스로 팔고 떠나거나 억지로 밀려났습니다. 바닷가에서 농사짓고 조개 잡던 검고 거친 얼굴들 대신에 마주치는 사람들은 거의가 낯설지만 젊고 세련돼 보입니다. 세월이 많이 흘렀습니다. 반백 년이 된 고잔본당이 새 시대, 새 땅에서 새로운 생명평화공동체를 이루는 머릿돌이 되기를 두 손 모아 빕니다. 고잔에 사시는 주민들과 교우 여러분, 부디 만수무강하셔서 옳은 일, 좋은 일 많이 많이 하십시오. 나의 고향, 고잔본당 만세!

2015년 『고잔본당 50년사』